MEMORIA de la HISTORIA

Personajes

Memoria de la Historia pretende ofrecer a los lectores la Historia contada por quienes la hicieron, por los mismos *personajes* que en vez de figurar en las páginas de los libros como objeto pasivo, adquieren voz y nos cuentan su vida y su peripecia en primera persona. La Historia como una novela personal, autobiográfica, en la que todo lo que aparece en estas páginas es verdad, con hechos ciertos y comprobados, pero que se presentan con la inmediatez y el dramatismo que da al relato la voz del protagonista, supuesto historiador de sí mismo gracias a la pluma de unos escritores que consiguen el difícil y apasionante equilibrio entre los materiales de la crónica, tratados con el máximo respeto, y el enfoque que corresponde a la más amena de las narraciones novelescas. Otra vertiente de estas semblanzas es la evocación de *episodios* del pasado en tercera persona con todo el rigor que exige el trabajo del historiador y la amenidad de la novela.

Éste es el objetivo de una colección que aspira a fundir lo más atractivo que pueden ofrecer la historia y la literatura.

El mago de Siberia

PRÓLOGO

El primero de enero de 1917, la temperatura de Petrogrado estaba por debajo de cero y nevaba ligeramente. En el puente Petrovski, sobre el río Neva, unos cuantos espectadores observaban a unos policías que rodeaban un hoyo en el hielo. La cabeza de un buzo rompió la negra superficie y dos policías lo agarraron de los brazos y lo sacaron. Era un hombre corpulento, de pecho amplio, cuyo cuerpo estaba untado de una capa de grasa blanca para protegerlo del frío; la capa resaltaba en su velludo pecho, formando pequeñas púas, cual azúcar en una tarta. Los policías empezaron a tirar lentamente de una cuerda en el agua. Los espectadores del puente soltaron gritos sofocados cuando un cadáver salió a la superficie. Lo colocaron sobre el hielo y el agua chorreó del abrigo de piel de castor negro dentro del cual iba atado con cuerdas.

El inspector de policía se agachó y miró asqueado la hinchada cara. El cuerpo era el de un hombre barbudo de casi cincuenta años, y sus facciones se hallaban extrañamente distorsionadas por el hielo que las cubría. Los brazos y las piernas del hombre estaban atados, pero era evidente que había logrado librar una mano, que tenía alzada sobre el pecho, con el puño cerrado. Diríase que se estuviera persignando.

El inspector se volvió hacia el sargento.

—Es Rasputín, no cabe duda. Más vale que llame al despacho del ministro.

Vio la expresión satisfecha del sargento.

—Deje de sonreír, imbécil, que un asesinato no es una broma.

—No, jefe.

Pero el sargento no intentó ocultar su sonrisa al volverse.

Cuando, media hora más tarde, llegó Protopopov, el ministro del Interior, ya habían llevado el cuerpo a la choza de madera de un trabajador, a orillas del río. La noticia se había extendido; carros y carruajes bordeaban en el muelle, y el puente se hallaba atestado. La policía prohibió a los espectadores caminar sobre el hielo, por si éste se rompía.

En la choza, el médico dictaba su informe a su ayudante. El inspector se encontraba de pie, en un rincón, calentándose las manos encima de un brasero de carbón. El cuerpo, tumbado sobre un banco de madera, estaba ya desnudo; el hielo se había derretido y encharcado el suelo. El médico echó un vistazo a Protopopov y siguió dictando.

—Herida de bala en la espalda, apuntada probablemente al corazón. Una segunda herida de bala en el cuello. Cualquiera de las dos hubiera podido causarle la muerte. La mejilla izquierda está magullada y tiene magulladuras y varias heridas, debidas probablemente a un puntapié. Faltan puñados de cabello en la cabeza...

Protopopov, un hombrecillo atildado con bigote cuidadosamente acicalado, miró el cuerpo, palideció y se volvió rápidamente. Se aclaró la garganta.

—Si le dispararon al corazón, ¿cómo logró librar las manos?

—Fue sólo una mano.

El médico era un hombre fornido, canoso, de modales bruscos.

—El disparo no dio en el corazón.

—¿Cómo lo sabe?

Protopopov estaba de espaldas al cuerpo, a fin de no verlo.

—Porque murió ahogado. Mire.

El médico colocó las manos en el pecho desnudo y presionó con toda su fuerza; de la boca ladeada salió agua a borbotones.

—Los pulmones están llenos de agua, lo que prueba que estaba vivo cuando lo arrojaron al río.

Protopopov hizo una mueca, con lo que se asemejó

a un niño a punto de llorar. Con tono asombrado, exclamó:

—¡Qué bestias! ¡Qué inmundas bestias! —vaciló, como si no estuviese seguro de lo que debía hacerse a continuación—. Los atraparemos y los castigaremos. Informaré de ello a Su Majestad, la zarina.

El inspector preguntó:

—Disculpe, señor ministro. ¿Puede usted identificar el cuerpo con toda seguridad como el de Grígori Rasputín?

—Sí, sí. Es él. No cabe duda.

Salió apresuradamente, sin mirar atrás. El médico gruñó:

—No se ha quedado mucho tiempo.

El inspector miró hacia afuera, para asegurarse de que el ministro se había ido.

—Debía su nombramiento a Rasputín. Me atrevería a decir que está preocupado por si lo pierde.

El doctor se estaba poniendo la levita.

—¿Tiene usted idea de quién pudo hacerlo?

—Por supuesto. Todo el mundo lo sabe. Fue ese joven idiota, Yussupov. Con la ayuda de Purishkevich. Uno de ellos salió corriendo y se acercó a dos soldados. «Acabamos de matar a Rasputín, enemigo de Rusia y del zar.» Entonces los obligaron a ayudarlos a mover el cuerpo.

El médico silbó.

—Por lo que dice, parecería que el zar está detrás de todo esto.

—Lo dudo. ¿Por qué habría de estarlo?

El médico bajó la voz, señalando el cuerpo con una inclinación de la cabeza.

—Dicen que era el amante de la zarina.

El inspector puso expresión de indignación.

—¿Dónde oyó decir eso?

—En mi club.

—No, no, querido amigo. Un asqueroso mujik como ése, no. —Miró enfurecido el cuerpo—. Podría creer que fuera un espía alemán. Pero no que fuera amante de la zarina.

El sargento metió la cabeza por la puerta entreabierta.

—El ataúd ya ha llegado. Y la ambulancia trata de abrirse paso. La calle está atiborrada de coches.

—¡Entonces, hágalos circular! Para eso le pagan —exclamó el inspector.

Cuando el sargento se hubo ido, preguntó al médico:

—¿Adónde lo llevan?

—Al hospital de Chesma. Allí practicaremos la autopsia.

Resultó que el ataúd no tenía tapa; tuvieron que cubrir el cuerpo con una vieja manta. Debido a la multitud, la ambulancia tuvo que esperar en el extremo del muelle; cuando la ambulancia pasó con el ataúd, la gente hizo esfuerzos por ver lo que había dentro. El médico subió a la parte trasera de la ambulancia y se sentó en el estrecho asiento de madera, con las rodillas apretadas contra el ataúd. Los dos hombres de la ambulancia, ambos campesinos de mediana edad (la mayoría de los jóvenes se encontraban en el frente), lo miraron con respeto, pero sin decir nada. Mientras la ambulancia traqueteaba y se bamboleaba sobre los adoquines, el médico miró por las ventanillas. En la avenida Nevsky parecía haber un número inusual de grupitos. Cuando pasó por allí dos horas antes, estaba casi desierta. Ahora, la gente hablaba entusiasmada, sonreía, gesticulaba; el ambiente era casi carnavalesco. La noticia se estaba extendiendo con evidente rapidez.

La manta se había deslizado de la cara del muerto, descubriendo la mejilla cortada y la herida de bala en el cuello. Cuando el médico volvió a colocar la manta en su lugar, uno de los hombres de la ambulancia dijo:

—Debieron odiarlo mucho para tratarlo así.

Al médico le asombró el tono pensativo del hombre.

—Usted, ¿no lo odiaba?

El campesino negó con un pesado gesto de su redonda cabeza; sus cándidos ojos castaños hicieron pensar al médico en un gran perro.

—No teníamos por qué odiarlo, *batushka*. Era un campesino, como nosotros.

El otro añadió:

—Lo mataron los ricos porque trataba de ayudar a los pobres.

El médico los miró fijamente, sorprendido; le extrañaba oír una opinión tan distinta a la de sus conocidos. Los campesinos bajaron la mirada, como si se sintieran avergonzados de hablar tan francamente con uno de sus «amos»; en Rusia, en esos tiempos, uno era o amo o sirviente. El momento embarazoso pasó y el carruaje se balanceó violentamente, obligándolos a aferrarse a los bordes del ataúd; el carruaje había doblado en la carretera, camino de Zarskoé Selo, y el conductor había azuzado los caballos. Bajo la manta, la mano alzada daba la impresión de que el difunto estaba a punto de destaparse la cara e incorporarse.

1

Siberia es una tierra de extensas y vacías estepas, de ríos tan anchos que en la mitad de su cauce no se pueden ver las orillas. Sus bosques son tan inmensos que, cuando, en junio de 1908, un gigantesco meteoro estalló por encima de ellos, aplastando más de dos mil kilómetros cuadrados de árboles, la noticia tardó varias semanas en llegar a la civilización.

Un gran meteoro cruzó también el cielo de Siberia occidental la noche del 23 de enero de 1871, cuando nació Grígori Efimovich Rasputín; al dar a luz, su madre lo vio por la ventana de la habitación y observó que estallaba, produciendo una lluvia de algo parecido a brasas ardientes, para luego desaparecer. En medio de los dolores del parto se preguntó si era un presagio bueno o malo.

Ana Egorovna era la mujer de Efim Akovlevich Rasputín, un campesino acomodado. Tras diez años de matrimonio, su vida era agradable y su propiedad prosperaba. No siempre fue así. Cuando se casaron, Efim Rasputín era cochero del Correo Imperial; un hombre cuya apostura y vitalidad natural atraían a muchas mujeres. Se casó con Ana debido a una especie de bravata, pues su modesta gentileza parecía contener un ruego de que le hiciera perder la cabeza un hombre que sabía lo que quería. Tuvieron primero una niña, que era epiléptica, y el gallardo cochero, para quien la vida de casado se había convertido en una especie de anticlímax, se dio a la bebida. Una noche, mientras dormía la borrachera en la paja de un establo, un ladrón le robó uno de los caballos. Sus superiores ya le habían advertido que no debía beber, y el rumor de que había perdido el caballo en un juego de naipes los llevó a acusarlo de grave negligencia, bajo los reglamentos imperiales. En el reinado de Alejandro II, dichas transgresiones recibían un duro castigo; hubieran podido matarlo a latigazos. Pero la suerte no lo abandonó; su castigo consistió en seis meses de encarcelamiento y la pérdida de su empleo. Su mujer y su hija se fueron a vivir con los padres de ella.

El desastre hizo que Efim Rasputín valorara a su mujer; hizo también que deseara un hogar estable. Siguiendo el consejo de su suegro, decidió emigrar a Siberia occidental. El gobierno deseaba alentar la colonización de esa inmensa y desierta tierra; a Efim le asignaron cincuenta verstas cuadradas de tierra y diez más de bosque. La tierra era buena y Efim se deleitaba con la sensación de ser propietario. Con trabajo duro, buena administración y un préstamo de su suegro, se convirtió rápidamente en uno de los hombres más prósperos de la aldea de Pokrovskoé. En 1869, nació un niño, Mijaíl, o Misha, fuerte e inteligente, que pronunció sus primeras palabras antes de cumplir un año. En la semana en que nació Grígori, su segundo hijo, Efim Rasputín acababa de comprar al gobierno una franja de terreno en la pradera (a dos rublos por versta cuadrada) y fue nombrado jefe de la aldea. Era un hombre satisfecho y nunca añoró la vida en la carretera, ni las tabernas donde jugaba a los naipes con otros cocheros.

Grisha —diminutivo de Grígori— era tan fuerte como su hermano, pero menos plácido. Misha aceptaba lo que la vida le deparaba; Grisha pedía siempre más. A Misha le gustaba que su madre lo acariciara; Grisha se debatía violentamente si alguien trataba de besarlo. De niño, tan pronto como se despertaba se quitaba la ropa de cama, por lo que durante los dos primeros inviernos de su vida, su madre durmió a su lado, en la cocina, donde el fogón permanecía encendido toda la noche.

Si bien ya caminaba a los ocho meses, a los dos años aún no había pronunciado una palabra. Evidentemente, esto no se debía a falta de inteligencia, pues ésta chispeaba en sus vivaces ojos. Sencillamente, carecía del deseo de comunicarse a través del lenguaje. Un día, su madre tuvo un indicio del porqué de ello, al observar cómo la mirada del niño pasaba de un rostro a otro durante una conversación; diríase que entendía lo que se decía, gracias a una especie de telepatía.

Una tarde, justo después de haber cumplido un año, Grisha desapareció. Su madre lo buscó con creciente alarma, hasta que vio que la puerta del establo se hallaba abierta. Había sólo un animal adentro: un caballo que se había herido una pata al caer. El animal yacía tranquilo en la paja y Grisha dormía plácidamente a su lado. Ana levantó a su hijo y lo llevó a la cocina. Al atardecer, su esposo regresó del campo y se sentó a tomar un té, fuerte y dulce. El mozo de cuadra, Ignati, entró a fumarse una pipa. Efim Rasputín le preguntó:

—¿Cómo está *Kulat*?

Ignati sacudió su calva cabeza.

—No lo entiendo. Parece estar bien.

—¿Bien?

Efim salió apresuradamente hacia el establo. Regresó sacudiendo la cabeza, pero encantado.

—Es asombroso. La hinchazón ha desaparecido totalmente.

Ana miró a Grisha, que jugaba con una herradura. No dijo nada. La idea que le pasó por la mente era absurda.

A partir de entonces, el niño pasó mucho tiempo en el establo y el cobertizo donde se ordeñaba a las vacas. Entre animales experimentaba una honda sensación de paz y satisfacción; además, podía transmitir esta sensación a los animales cuando éstos se mostraban inquietos. Una vaca sufrió una herida interna al parir y de allí en adelante fue difícil ordeñarla. A menos que el mozo de labranza mantuviera firmemente entre las rodillas su pata trasera, lo pateaba a él y al cubo. Pero si Grisha se ponía a su lado, apoyando ligeramente una mano en su flanco, se relajaba y se volvía dócil. Cuando el potro se dañó el tendón de una corva, Grisha, que tenía cuatro años, se puso a su lado, con los ojos cerrados y la mano apoyada ligeramente en la pata trasera. Entonces sonrió y dijo:

—Ya estás bien ahora —y salió.

Ignati, que lo había observado silenciosamente desde un rincón, salió guiando al animal al patio; el potro caminó sin cojear.

Fue poco después del incidente con el poney que Grisha empezó a sospechar que era distinto a los demás. Una clara y soleada mañana, él y su hermano se habían tumbado boca abajo en la pradera de su padre, mirando fijamente el agua cristalina del río Tura. Tenían el sol a la espalda, por lo que el agua se hallaba en la sombra. Grisha clavó la mirada en la oscuridad del agua y dijo:

—Hay un pez grande.

—¿Dónde?

Misha alargó el cuello cuidadosamente, acercando la nariz a la superficie; pero no vio nada. Finalmente, manifestó:

—No hay nada ahí.

—Sí que lo hay.

—¿Lo puedes ver?

Grisha miró las profundidades con atención; ciertamente, el agua estaba oscura y las algas formaban una especie de cortina en la orilla. No sólo veía el pez, sino que percibía también su alarma ante los rostros de los chicos.

—No hay ningún pez —profirió Misha, disgustado.

Metió la mano en el agua. Gritó cuando una gran tenca saltó debajo de la orilla y se deslizó hacia la mitad del río. Grisha se echó a reír, pero no por malicia, sino simplemente porque se había dado cuenta de que podía percibir la presencia del pez sin haberlo visto, y que su hermano no compartía su habilidad.

Más tarde, esa misma mañana, se agachó para oler una flor amarilla medio oculta entre la hierba. Sabía que su aroma sería agradable, porque la rodeaba una plateada neblina, cual diminutas chispas. Misha alargó la mano para cogerla y Grisha empujó su mano.

—No hagas eso. Impedirás que tintinee.

Misha lo miró ligeramente asombrado.

—¿Que tintinee? No es una campana.

Pero eso era precisamente lo que Grisha quería decir; la neblina que rodeaba la flor le producía una sensación parecida al sonido de las campanillas de un trineo, o de las diminutas campanas atadas a la cuna en que dormía cuando era bebé.

Misha le preguntó, burlón:

—¿Tintinea ésa?

Señaló una flor púrpura en forma de campana, con hojas oscuras. Grisha sintió rabia y frustración. Era perfectamente obvio que la flor púrpura no tintineaba; su aura era más suave, más modesta. Pero no sabía cómo expresarlo. Un momento después, una abeja pasó zumbando junto a la flor amarilla y desapareció en la púrpura. Al observarla, fascinado, Grisha percibió el placer de la abeja ante la suavidad complaciente de la flor, así como el placer de la flor al entregarle su polen. Cuando miró a su hermano, volvió a darse cuenta de que Misha era incapaz de percibir estas cosas. Pero esta vez no se sintió superior; experimentó sólo una punzante tristeza. Era como si hubiese descubierto de pronto que su hermano era ciego.

Un día de septiembre, su padre regresó temprano del bosque. Un árbol había herido a Ignati al caer. La comadrona local (en Pokrovskoé no tenían médico) había dicho que tardaría meses en sanar. Al escucharla, Grisha tuvo un repentino presagio, la seguridad de que Ignati no regresaría nunca al trabajo.

En Siberia, el otoño es corto. El verano caliente se convierte rápidamente en invierno helado. Durante esta breve estación, el aire es suave, pesado con el recuerdo de los días veraniegos y la sensación del paso del tiempo. Dos semanas después del accidente de Ignati, Ana Egorovna se encontraba sentada en el porche trasero, rodeada por los sonidos de la naturaleza y por indefinidas nostalgias. Grisha estaba sentado a sus pies, hojeando un libro con imágenes de santos rusos. De pronto, preguntó:

—¿Está muerto Ignati?

Su madre lo miró sorprendida.

—¿Por qué habría de estarlo?

Grisha explicó:

—Lo vi entrar al establo esta tarde, cuando daba de comer a *Karat*.

—¿Cojeaba?

—No.

Ana no dijo más. Pero diez minutos más tarde, se dirigió calle abajo para preguntar. Ignati había muerto a las cuatro de la tarde, la herida de la pierna se había gangrenado.

Ana Egorovna estaba inquieta y un tanto atemorizada. En las zonas rurales de Rusia, la clarividencia se toma a menudo por descontado. Pero Ana se había criado en una ciudad. Su tía Dunya, que estaba postrada en cama, poseía también el don de «ver cosas» y sabía cuándo habría una muerte en la familia. Ana relacionaba la clarividencia con la enfermedad y temía por la salud de Grisha. Esta preocupación duró exactamente media hora, hasta que Grisha tiró la jarra de la leche mientras perseguía a su hermano por la cocina. Con un niño tan travieso y ocasionalmente tan destructivo como lo era Grisha, no parecía haber razón de preocuparse por su vitalidad.

Pues, pese a sus accesos de ensoñación, Grisha era un chico totalmente normal, o sea, lo que el cura de la aldea, el padre Pavel, llamaba alguien que «hace novillos en la santidad». Podía ser irritable, brusco, susceptible y egocéntrico. Era también cariñoso, generoso y totalmente sincero. Los siberianos son conocidos por su franqueza; pero Grisha decía la verdad por razones propias. Estaba tan acostumbrado a saber cuándo los demás mentían, que presumía que ellos también podían leer la mente. La costumbre de ser sincero perduró en él aun después de que se diera cuenta de que los demás carecían de su perspicacia. Estaba presente en el corral cuando un chalán de Tiumen convenció a su padre de que le comprara una yegua pía. Según el chalán, un hombre alto de orejas grandes y acento «señorial», la yegua era de buen talante, trabajadora y de excelente pedigrí. Grisha veía que el animal era díscolo y temperamental, y que el chalán lo había alimentado bien media hora antes para que permaneciera quieto. Cuando acordaron el precio y su padre entró a buscar el vodka, Grisha lo siguió y le dijo:

—No te está diciendo la verdad.

—¿No? ¿Por qué?

Su padre estaba de buen humor, pues pensaba haber sacado el mejor partido del trato.

—Algo le ocurre al animal.

—No seas tonto, niño. Sé mucho más de caballos que tú.

A Grisha lo llamaba «niño» cuando se sentía irritado.

Pero después de trabajar con la yegua durante dos días, Efim Rasputín se dio cuenta de que le habían tomado el pelo. Era un animal perezoso, malhumorado y corto de resuello, y el chalán se habría sentido evidentemente encantado con la mitad del precio que le pagó.

Grisha experimentó una iracunda satisfacción cuando oyó a su padre quejarse del caballo; se lo merecía por ser tan testarudo. Este tipo de cosas fueron las que profundizaron el abismo entre padre e hijo.

En los años setenta del siglo XIX no había escuela en Pokrovskoé, por lo que los niños crecieron en total libertad. Su padre les enseñó a leer y escribir y, al poco tiempo, Misha pedía libros prestados por doquier. Grisha prefería pasearse por el *urman*, el inmenso bosque de abetos y pinos, recogiendo frambuesas y grosellas silvestres, o simplemente permanecía acostado boca abajo y observaba cómo el viento hacía ondear la hierba de la estepa. Su padre lo llamaba perezoso, pero no se daba cuenta de que los paseos de su hijo no se debían al aburrimiento ni al deseo de no trabajar. Lo que empujaba a Grisha a salir en los amaneceres de verano era una oscura hambre de la imaginación. Tumbado en la hierba, antes de que el sol evaporara el rocío, sentía una honda paz, al fondo de la cual yacía una extraña excitación. Cuando escuchó al chalán de Tiumen, trató de entender lo que intentaba ocultar; pero diríase que su oído interno no era lo bastante sensible. Al pasear por el bosque, experimentaba la misma sensación, como si los árboles y la hierba trataran de decirle algo, pero su susurro estuviese justo fuera del alcance de su oído. Mas, había días en que la propia tierra parecía viva, y la paz en su interior crecía hasta que oía todo lo que decía. Si cerraba los ojos, la tierra parecía moverse a sus pies, como un mar suavemente palpitante. La sensación nunca duraba mucho tiempo, pues él se excitaba en exceso y era demasiado consciente de sí mismo. Pero, al regresar a casa, se sentía exaltado. En la habitación de su madre había una caja de hojalata cuya tapa contenía una foto de la boda del zar Alexis con Natalia Naryshkin en la catedral de la Asunción, rodeados éstos de centenares de boyardos. Algo en su interior le decía que su vida sería asombrosa, extraordinaria. En su imaginación, sentía la corona en su cabeza y la túnica forrada de pieles arrastrándose por detrás.

Los dos hermanos se fueron distanciando emocionalmente. Al llegar a la adolescencia, Mijaíl se convirtió en un chico alto, torpe y lleno de granos; Grisha se dio cuenta de que deseaba estar solo, para adaptarse a los cambios que observaba en su cuerpo. Una soleada mañana de 1883, antes de que la corta primavera siberiana diera paso al bochornoso y sofocante verano, Mijaíl sugirió que se fueran de día de campo. Llevaron consigo trozos de pan negro, cebolla y botellas de *kvass* elaborado en casa y se dirigieron hacia una pradera poco más arriba y no lejos de la cascada donde el río Tura se une al Tobol. Era domingo y, al parecer, todo el mundo había tenido la misma idea; la zona para bañarse se encontraba atestada. Caminaron un kilómetro, río arriba, hacia la pradera de su padre. Allí el agua no era tranquila ni clara, sino fangosa y henchida de hielo en vías de derretirse. Ambos sabían que había una ancha plataforma debajo de la orilla donde podían permanecer de pie con el agua helada llegándoles hasta la cintura. Grisha apenas se estaba quitando la ropa cuando oyó un grito de Misha. Corrió hacia la orilla y vio a Misha luchando en el agua, varios metros río abajo, tratando de agarrarse a un arbusto de la orilla. Grisha saltó al agua, afianzándose en un arbusto, y alargó la mano para coger a su hermano. El agua helada le entumeció las piernas. Misha asió su mano y se aferró frenéticamente a ella, tratando de darse la vuelta en la rápida corriente para sostener a su hermano con ambas manos. El tirón fue demasiado fuerte y Grisha soltó el arbusto; sintió terror cuando la boca y la nariz se le llenaron de agua fangosa. Misha seguía aferrado a su mano y ambos fueron arrastrados río abajo.

Doscientos metros más abajo, Arkhip Kaledin, su vecino el herrero, vio lo que ocurría. Sin vacilar, saltó al agua, agarrándose a la hierba de la orilla con una mano; cuando Grisha pasó por su lado, lo sujetó del antebrazo. Kaledin era un hombre fuerte, pero necesitó toda su fuerza para arrastrar a ambos niños hacia la orilla. La lucha no había acabado aún. Con Grisha entre las rodillas, empujó a Misha hacia la orilla y luego a Grisha. Entonces, Kaledin perdió el equilibrio y el río lo arrastró cincuenta metros abajo antes de que pudiera afianzarse a una roca saliente y auparse hacia la orilla.

Los dos chicos jadeaban, castañeteaban los dientes, y estaban demasiado abatidos para sentir agradecimiento. Temblando de frío y conmocionados, dejaron que Kaledin los obligara a regresar andando a casa. Efim Rasputín les hizo tomar mucho vodka, lo que mareó a Mijaíl. Mandaron llamar a la partera local, pero ella no tenía medicina para eso.

Hacia la noche, ambos chicos se hallaban enfermos y deliraban. Misha murió dos días más tarde, pues su débil constitución no pudo resistir la pulmonía. Cuando eso ocurrió, Grisha dormía enfebrecido, con el cabello empapado en sudor. Sus padres decidieron ocultárselo, pero eso era imposible. Tan pronto como despertó, preguntó:

—¿Dónde está Misha? —y, mirando la cara de su madre, añadió—: Está muerto, ¿verdad? —tras lo cual hundió el rostro en las mantas.

Durante unos días, Ana Egorovna pensó que perdería también a Grisha. Pero era más fuerte que su hermano. Fue la tristeza, más que la enfermedad, lo que retrasó su recuperación. Tres meses más tarde, en pleno verano, se hallaba aún pálido y débil. Por la noche, pasaba horas despierto, pensando en Misha.

Su recuperación se logró con un acontecimiento que asombró a la aldea entera. Una tarde de junio, una docena de campesinos y sus mujeres se habían reunido en el patio trasero del jefe de la aldea, bajo un tilo, para disfrutar de la frescura del atardecer y cotillear sobre sus vecinos; un humeante samovar se hallaba sobre el banco en el que se colocaban normalmente las lecheras. Grisha se encontraba sentado, apoyado contra la pared de la casa y las rodillas dobladas bajo la barbilla. Desde la muerte de Mijaíl se sentía entumecido y evitaba estas reuniones en el patio trasero de su casa. Esa tarde, por primera vez, experimentó un despertar de la vida, y los olores del patio le calmaron los sentidos.

Los vecinos hablaban de la pérdida de un caballo que pertenecía a un campesino de la localidad, muy trabajador, llamado Matvei Zhigoulev. La noche anterior, dos caballos habían desaparecido de su cercado y a uno de ellos lo encontraron errando junto al río. El otro no dejó rastro en la dura tierra. Algunos del grupo tendían a creer que Zhigoulev, que bebía demasiado, había olvidado asegurar la puerta del corral y que los caballos se habían escapado. Cuando alguien sugirió que habían robado el caballo desaparecido, un campesino llamado Vasili Gvosdev lo contradijo:

—En ese caso, ¿por qué no se llevaron los dos caballos?

Mientras Vasili hablaba, Grisha supo repentinamente la respuesta.

—Yo puedo decírselo —anunció.

Todos lo miraron. Su padre, que creía que el niño no tenía derecho a interrumpir, pero que no deseaba mostrarse descortés frente a sus invitados, preguntó irritado:

—¿Y bien?

El corazón de Grisha latía apresuradamente de miedo por la temeridad de lo que estaba a punto de decir; sin embargo, habló:

—Porque el ladrón no quería que la gente pensara que lo había robado.

El herrero inquirió:

—¿Quién es el ladrón?

Grisha miró directamente a Vasili Gvosdev y lo vio hacer una mueca; eso confirmaba lo que ya sabía. Lo señaló.

—Él cogió el caballo.

Gvosdev se levantó iracundo.

—¿De qué habla?

Los demás guardaron un asombrado silencio. Efim Rasputín exclamó:

—No puedes decir cosas así... —pero se hallaba demasiado sorprendido para enfadarse.

Gvosdev siguió gritando.

—¿Me está acusando...?

Y Ana Egorovna interrumpió apresuradamente.

—No le haga caso. El niño ha estado enfermo.

Se acercó a Grisha, le rodeó los hombros con un brazo y lo conminó:

—Ven, es hora de que te acuestes...

Efim Rasputín pidió disculpas a Gvosdev, que las aceptó de mala gana, y se marchó diez minutos más tarde. Con tacto, los demás evitaron mencionar lo ocurrido. Sin embargo, todos pensaban en lo que Grisha había dicho.

Al llegar la mañana siguiente, Efim Rasputín había tenido tiempo de darle vueltas al asunto. Despertó a Grisha a las cinco y le dijo que limpiara el establo. Pero mientras ambos atravesaban el patio (Grisha se encontraba aún demasiado soñoliento para explicarse o disculparse), vieron que trasponían la puerta del corral tres de los vecinos que se habían reunido allí la noche anterior. Tenían aspecto cansado pero alegre y llevaban consigo un caballo. Era el de Matvei Zhigoulev.

—¿Dónde lo encontrasteis?

El herrero le dio una palmada en la espalda a Grisha y le preguntó:

—¿Dónde crees? En casa de Gvosdev.

Interrumpiéndose constantemente los unos a los otros, contaron cómo, al salir de casa de Rasputín la noche anterior, empezaron a hablar de lo que había dicho Grisha y acordaron que valía la pena investigarlo. Gvosdev llevaba apenas dos años en esa zona y ya le habían acusado de estafar a una viuda en un trato por un terreno. La principal objeción a la idea del robo era que no tenía sentido robar un caballo de la misma aldea. Alguien lo reconocería. Entonces, Kaledin recordó que, al cabo de unos días, habría una feria de caballos en Tiumen, y que los gitanos de allí no tenían escrúpulos a la hora de comprar propiedad robada. Se dirigieron a la pequeña finca de Gvosdev, a seis kilómetros de la aldea, y esperaron. Justo antes del amanecer, le vieron salir de su casa y encaminarse a un cobertizo en un campo un tanto alejado. Cuando salió llevando consigo el caballo robado, los tres hombres se abalanzaron sobre él. En las zonas remotas de Siberia, el robo de caballos es considerado como algo más despreciable que el asesinato. Dejaron a Gvosdev inconsciente en el suelo, con las orejas y la nariz sangrando. Ahora, llevaban el caballo de vuelta a Matvei.

Cuando los tres hombres se hubieron marchado, Efim Rasputín se volvió hacia su hijo. Tenía una expresión amable y pensativa.

—Regresa a la cama —le dijo.

Pero Grisha no tenía ganas de volver a la cama. Se metió pan y cebollas en el bolsillo y salió de la aldea, caminando a lo largo de la orilla del río. Por primera vez, se sentía reconciliado con la idea de la muerte de Misha. Tenía la sensación de haber cambiado extrañamente, como si fuese una persona distinta. El silencio en su interior era más profundo que nunca. En una confluencia entre la corriente principal y un afluente, se sentó a observar la luz del sol caer sobre el agua, hasta hipnotizarse. Diríase que en su interior se abrían espacios. La impresión no era muy distinta a la de los senos al aclararse tras un fuerte resfriado, liberando así las vías nasales. De un modo indefinible, su corazón parecía abrirse, expandirse y entraba en él una corriente, como de aire fresco. Su cuerpo ya no parecía limitar sus sentidos. Al mirar el agua, percibió los peces nadando en las profundidades. Entonces, a medida que el silencio aumentaba, advirtió el movimiento de los gusanos y los insectos en la tierra. Hasta podía percibir la vida de los árboles, con sus hojas bebiendo la luz del sol y chupando agua de la tierra. Grisha no sabía nada de botánica. Sin embargo, en ese momento supo, con toda certeza, que las hojas mismas eran las que chupaban el agua de la tierra.

Tras media hora, esta sensación de parentesco con la tierra lo dejó tan cansado que se tumbó en la húmeda hierba y se quedó dormido. Soñó con Misha pero ya no sintió pesar, pues le parecía obvio que no había muerto. Cuando despertó, la percepción seguía presente. Era evidente que la muerte era una especie de ilusión, una combinación distinta de ciertos elementos básicos.

Cuando estas experiencias dieron lugar a unos sentimientos más normales, pensó en su predicción sobre el caballo robado y rebosó satisfacción. Pensó orgulloso en las palabras de Arkhip Kaledin: «Es un chico maravilloso el que tienes... se dará a conocer.» Era cierto. Lo supo entonces con tal seguridad que por poco se le corta la respiración. No era egoísmo, sino una humilde seguridad de que había sido elegido para hacer algo importante. Aún no tenía idea de lo que sería. El futuro era como una neblina plateada que atravesaban destellos azules. De pronto, para su propio asombro, se sintió impulsado a caer de rodillas y juntar las manos. La emoción le hizo un nudo a la garganta y las lágrimas le corrieron a los lados de la nariz. Simultáneamente, recordó algo que había olvidado por completo. A los cinco años había padecido una fiebre. En pleno delirio reparó en una mujer sentada al lado de su cama. Era hermosa, tenía el cabello rubio y vestía de azul. Cuando colocó su mano en la frente de Grisha, la fiebre cedió y el niño cayó en un sueño pacífico. Tuvo una sensación de seguridad total, de que no había nada que temer. Y ahora volvía a experimentarla: la sensación de contar con un aliado inmenso y poderoso.

Camino de casa, ya entrada la tarde, creyó haber tenido una revelación. En cierto sentido, era un «elegido». Parecía increíble, él, Grisha Efimovich Rasputín, hijo de un campesino, se enfrentaba a un destino importante. Pero, ¿cuál podría ser? ¿Se convertiría en santo? Era una idea atrayente. Podía imaginarse viviendo en una choza aislada en el bosque, así como a los peregrinos de todas partes de Rusia que le irían a visitar. Podía verse yaciendo en un ataúd, tal vez en la catedral de la Asunción, rodeado de cirios encendidos y de una multitud de adoradores con el corazón destrozado, rezándole para que hiciera desaparecer sus pecados... Todo eso era muy satisfactorio. Sin embargo, estas ilusiones no se debían enteramente al egoísmo infantil. Tenía un auténtico anhelo por proporcionar ayuda y paz a los que sufrían, por curar a los enfermos, e incluso por resucitar a los muertos.

Antes de llegar a casa el carácter de sus pensamientos había cambiado. ¿Y si estaba destinado a convertirse en un gran dirigente, como Alejandro Nevski? [1] ¿O en un gran estadista como Pobiedonostsev? [2] (No estaba muy seguro de quién era Pobiedonostsev, pero le había gustado siempre el nombre.) ¿O incluso, tal vez, en un zar todopoderoso como Pedro el Grande? Su imaginación estaba enardecida y ningún sueño le parecía demasiado absurdo. Cuando llegó a la aldea, la gente lo saludó con la mano o de palabra, pues la historia del caballo ya la habían repetido cien veces, y él respondió solemne, digno, como correspondía a un hombre que acaba de enfrentarse a un futuro deslumbrante.

A media tarde, su madre subió a su habitación para llevarle un tentempié de pescado salado y pepinillos en vinagre, una costumbre que estableció cuando estuvo enfermo. Se sorprendió al encontrarlo leyendo. Grisha había cogido todos los libros del lado que Misha ocupara en el cuarto y los había colocado en la mesa junto a su cama. Era una colección bastante variada: *La vida del arcipreste Avvakum escrita por el propio arcipreste*; dos volúmenes descabalados de la *Historia de Rusia* de Karamzin; una traducción de una novela de sir Walter Scott; un ejemplar llamado *Miscelánea familiar*; y un *Nuevo Testamento* que el padre Pavel había regalado a Misha por haber aprendido de memoria dos salmos. Su hijo había decidido que un futuro estadista o general debía saber leer y escribir al menos tan bien como un párroco de aldea.

1. Alejandro Nevski (1220-1263). Hijo segundo del gran duque Jaroslav II, que, en 1239, recibió el principado de Novgorod. Al irrumpir los tártaros en el sur de Rusia, los suecos, daneses y livonios invadieron el norte, pero Alejandro los derrotó cerca del Neva. Sucedió a su padre en 1247 y se opuso al intento de Inocencio IV de unir las Iglesias oriental y occidental. Reverenciado en vida, fue canonizado después de su muerte. Pedro el Grande fundó un monasterio y una orden con su nombre. *(N. de la t.)*

2. Konstantin Petrovich Pobiedonostsev. Político y jurisconsulto ruso (1827-1907). Fue preceptor de los hijos del zar Alejandro III, senador, consejero de estado y, por último, procurador general del Santo Sínodo. Fue el hombre más influyente de los reinados de Alejandro III y Nicolás II. Profundamente conservador y ortodoxo, combatió enérgicamente las ideas liberales de su tiempo. Dejó notables obras jurídicas. *(N. de la t.)*

Cuando Ana Egorovna le explicó a su esposo que Grisha estaba leyendo *La vida del arcipreste Avvakum*, Efim se sintió complacido. Se consideraba un hombre religioso y a menudo leía pasajes de la Biblia a su familia en las noches de invierno. De haber conocido las ideas que surgían en la mente de su hijo al descubrir la vida del arcipreste, habría estado menos encantado. En la segunda página, Grisha había encontrado un pasaje que leyó y volvió a leer, fascinado:

«Cuando yo era párroco, una joven vino a confesarse conmigo, agobiada por sus muchos pecados, pues había fornicado y cometido todo tipo de pecados contra la pureza y empezó a contármelos en gran detalle, sollozando en la iglesia ante los Sagrados Evangelios. Pero yo, tres veces maldito médico, enfermé también y ardía en un fuego lascivo; fue una hora amarga para mí. Encendí tres cirios, los fijé sobre el atril y puse mi mano derecha sobre la llama y la mantuve allí hasta que la lujuria se extinguió.»

Grisha se impresionó ante la capacidad del párroco para aguantar el dolor; pero le pareció absurdo que se sintiera tan decaído por arder en un fuego lascivo. ¿Sería algo tan importante? De haber pecado, seguramente Dios lo perdonaría, ¿no?

Este episodio no fue lo único de *La vida del arcipreste Avvakum* que excitó la imaginación de Grisha. El libro es también una historia de aventuras. Avvakum viajó mucho y corrió graves peligros: en el río Tunguska, en Siberia, su barcaza casi se hundió y su mujer tuvo que sacar a sus niños del agua. Y, tras muchas tribulaciones, Avvakum fue a Moscú «y el zar me recibió con alegría, como si yo fuese un ángel de Dios». Sin embargo, por negarse a abjurar su fe, en la antigua forma de culto, lo arrojaron en una prisión y finalmente lo quemaron en la hoguera. Grisha se conmovió profundamente. Anhelaba visitar esos distantes sitios, ver las iglesias de Moscú, las montañas Altai y la vasta extensión del lago Baikal.

Cuando sus ojos se cansaron de leer, los cerró y pensó nuevamente en la joven «agobiada por sus muchos pecados». En el centro de Pokrovskoé, cerca de la iglesia, vivía una atractiva viuda llamada Daria Petrovna Grishkin, que Grisha admiraba por sus magníficos ojos y su blanca piel. Ahora la imaginó arrodillada frente a él, la cabeza gacha y confesando sus pecados, mientras él permanecía sentado, con una mano descansando ligeramente sobre el hombro de la mujer. Como todos los niños criados en una granja, Grisha sabía todo lo que había que saber sobre el acto de la reproducción, por lo que no tuvo ninguna dificultad en imaginar los detalles más sensacionalistas de su confesión. Pero, a diferencia del piadoso Avvakum, el arcipreste Rasputín no se avergonzaba de su excitación al oírla hablar de sus pecados contra la pureza. Y, cuando ella acabó, él se puso de pie, la levantó con gentileza y llevó la arrepentida cabeza de la viuda a su pecho mientras la absolvía de sus pecados. La fantasía terminaba ahí. Pero le pareció tan dulce, que volvió a empezar desde el principio, añadiéndole más detalles. Cuando su padre entró a la habitación, la vela casi se había apagado; Grisha dormía, con una expresión tan serena como la de un bebé y *La vida del arcipreste Avvakum* abierta todavía sobre el pecho.

Las ambiciones de la vida se forman a menudo con una única impresión fuerte de la niñez. La búsqueda de santidad y romance de Grígori Rasputín empezó ese atardecer de junio de 1883.

Cuando despertó a la mañana siguiente, Grisha experimentó una sensación que tendría a intervalos durante el resto de la vida. Los acontecimientos del día anterior le habían llenado de una honda gratitud y una sensación de pureza e inocencia. Su alma rebosaba amabilidad e incluso se compadeció de Gvosdev, de cuya ruina había sido un instrumento. (Cuando a un hombre lo atrapaban robando caballos, se convertía en paria.) Al mismo tiempo, una basta y burbujeante vitalidad hacía que la idea de la santidad pareciera un tanto cómica. El pensar en la viuda Grishkin arrodillada frente a él le daba todavía una alegría erótica. Las dos sensaciones no eran realmente contrapuestas. Existían una junta a la otra. Por alguna razón, a Grisha le costaba creer que Dios desaprobara la belleza de las mujeres y el efecto que ésta causaba en los hombres.

2

Ahora que Mijaíl había muerto, Efim Rasputín esperaba que Grisha se encargara un día de la granja. Éste estaba secretamente resuelto a no hacerlo, al menos no en muchísimo tiempo. Al leer y releer la vida de Avvakum y luego *El Talismán* de sir Walter Scott, se le llenó la cabeza de visiones de horizontes lejanos y gente extraña. Un día, su madre lo envió a casa del padre Pavel con una cesta de fruta. Grisha la subió al estudio, donde el padre se encontraba escribiendo el sermón. En la pared se hallaba un enorme mapa de Rusia, con el escudo de los Romanov arriba. El padre Pavel lo hizo esperar mientras iba a buscar una botella de licor de frambuesas, y Grisha estudió el mapa con intensa fascinación. Ahí estaban Tobolsk, donde Avvakum fue párroco, y el gran río Tunguska, donde casi se ahogó; ahí estaban los Urales, y más allá, pero al parecer bastante cerca, la ciudad de Moscú. Cuando el párroco regresó, Grisha se apartó renuente del mapa y camino de casa soñó con sitios lejanos.

Las relaciones entre padre e hijo se deterioraron. Cuando Grisha se convirtió en un fuerte adolescente, se esperaba de él que trabajara en la granja, que recogiera patatas, ordeñara las vacas, limpiara los establos y segara el trigo. Si tenía ganas de hacerlo, podía trabajar muy bien; pero le aburría desherbar y reparar cercas y dejaba generalmente la tarea a medias. Cada vez que se le presentaba la oportunidad de hacerlo, desaparecía en el bosque o en la estepa y se tumbaba boca arriba mirando fijamente el cielo, tratando de inducir nuevamente un estado de profunda serenidad. Le llegaba en destellos y luego sus pensamientos se volvían de nuevo corrientes. Su padre estaba disgustado con él; él también estaba disgustado consigo mismo. Sin embargo, no parecía que pudiese hacer nada al respecto.

Un domingo, aburrido y con ganas de rebelarse, acompañó a sus padres a la iglesia. El templo, con su cúpula en forma de cebolla, se encontraba sobre una loma en el centro de la aldea. Durante las cálidas tardes de verano, como ésta, las puertas quedaban abiertas de par en par. Grisha se sentó en un lugar desde el cual veía la distante *urman* por encima de los tejados de la aldea. El padre Pavel no era un buen predicador y su sermón aquella tarde resultaba inusualmente aburrido. Pero algo que leyó en voz alta capturó la atención de Grisha: «Tampoco dirán ¡he aquí! o ¡he allí!, pues mirad, el reino de Dios está en vuestro interior.»

Había oído la frase muchas veces, pero nunca significó nada. Ahora, al recordar su experiencia a orillas del río, la comprendió de pronto. *Eso* era lo que percibió en su interior, el reino de Dios. La idea lo asombró. Cuando terminó el oficio sintió la necesidad de estar a solas. Mientras sus padres regresaban a casa para la cena dominical, él caminó por la orilla del río hasta llegar al lugar donde había experimentado su primera revelación. Nuevamente trató de apaciguarse y lograr un estado de paz y tranquilidad. Lo que le excitaba era la posibilidad de que el reino de Dios estuviese más cerca de lo que había pensado. Su respiración se suavizó; le pareció que de pronto controlaba sus pensamientos; éstos ya no le arrastraban hacia el mundo exterior. En su interior se expandieron la alegría y el bienestar. Nuevamente experimentó la sensación de poder ver la naturaleza desde dentro, de sentir la tierra viva bajo su cuerpo.

Pero esto no era todavía el reino de Dios. Se esforzó aún más, y sus sentidos le obedecieron, permitiéndole hundirse más y más profundamente en su interior. En ese momento, experimentó una sensación extrañamente agradable en la base de su espina dorsal. Empezó a extenderse hacia arriba, hasta penetrar en su cabeza, convirtiéndose en un punto de luz dorada. Tan absorto que casi dejó de respirar, la observó expandirse, llenándole de una indescriptible dulzura. Resplandeció aún más y de pronto se encontró pensando en cuán extraño era que se hallara ahí, sentado, a punto de entrar en el reino de Dios. La idea bastó para destruir su concentración. La luz dorada se desvaneció y se encontró sentado bajo un alerce, a la luz del atardecer y a orillas del Tura. Se sintió inmensamente desolado. Se arrodilló y rezó, tratando de inducir otra vez la visión. Pero ésta ya había desaparecido. Regresó a casa, lenta y tristemente.

Su madre fue la única persona a quien trató de describir la experiencia. Su reacción fue de indignación:

—Sólo los grandes santos ven a Dios. Serás castigado por pecar de orgullo.

Y le ordenó que no hablara de ello con nadie más.

La acusación de orgullo era injusta. La experiencia lo llenó de ira y de humillación. Tenía la impresión de que, al permitir que sus pensamientos se dispersaran, había insultado intencionadamente a la fuerza que había entrado en él. Sin embargo, a la mañana siguiente, al despertar, la aflicción había desaparecido. Ahora sentía sólo una alegría llena de seguridad al saber que el reino de Dios se hallaba tan cerca.

De hecho, esta concentración en sus ideas religiosas tuvo como resultado hacerlo más trabajador; trabajaba automáticamente, absorto en sus pensamientos. Se llevaba mejor con su padre. Se dio cuenta también de que las chicas de la aldea sentían curiosidad por él. A los dieciséis años era alto y una sombra de bigote empezaba a aparecer en su labio superior. Mas, pese a que sonreía amablemente a los que le hablaban, parecía dueño de sí mismo, absorto en sus pensamientos.

Una cálida tarde de julio, fue con su padre al prado junto al río donde se bañaba la gente. La mitad de los habitantes de la aldea se encontraban ya allí, tumbados alrededor de una poza. Los que habían estado en el agua se hallaban desnudos, secándose al sol. Las gentes de Pokrovskoé eran pudibundas; sin embargo, generaciones de aldeanos se habían bañado desnudos y secado al aire, así como en pleno invierno compartían el baño de vapor del pueblo y salían desnudos a revolcarse en la nieve. En el agua, dos chicas empezaron a salpicarlo y él las hizo gritar al zambullirse y tratar de asirlas por los tobillos. Más tarde, cuando salió, las dos chicas se acostaron a poca distancia de él, con la cabeza bastante cerca a la suya. Las conocía bien. Eran hermanas, Aksinia y Katia Gomozov, hijas de un campesino que tenía cierta habilidad en cirugía veterinaria. Durante el invierno, Grisha les había ayudado en el parto de una vaca. Katia, la más joven, lo interrogó acerca de su reputada «clarividencia». La conversación era seria y correcta, sin coqueteo disimulado. Se miraban cuidadosamente a la cara, sin dejar vagar la mirada. El mirarse fijamente sería considerado como una violación abierta de la decencia. Grisha les explicó que tenía a veces destellos de intuición sobre acontecimientos futuros, pero que no los tenía a voluntad. Puesto que estaban uno frente a las otras, con los cuerpos estirándose en dirección opuesta, le fue difícil evitar darse cuenta de que ambas hermanas poseían buena figura y un atractivo trasero. Katia se puso boca arriba y siguió hablando; había hierbas pegadas a sus húmedos pechos. Ahora que ella no podía verle la cara, nada impedía que la contemplara a gusto. Inevitablemente, empezó a sentirse físicamente excitado.

Dos chicos se encontraban sentados al borde de la poza, observándolas conversar. Seriozha Glatkin era un muchacho de buena figura, de nariz chata y respingona, hijo único y mimado por sus padres. Se levantó, caminó y, al pasar junto a Grisha, le dio un golpecito con su toalla, diciéndole:

—Levántate ya, bizco —un juego de palabras con el nombre de Rasputín que significa cruce de caminos—, y ven a mojarte.

La toalla escoció como un látigo, pero la presencia de su padre, tumbado a unos metros de ahí, obligó a Grisha a controlarse. Contestó con una evasiva y Seriozha se alejó con una sonrisa maliciosa.

Cuando regresaba a casa, aproximadamente una hora más tarde, Grisha tomó un atajo por un pastizal que se utilizaba como campo de juego. Un grupo de chicos jugaba con canicas de arcilla. Seriozha se puso de pie y le gritó burlón:

—¿Todavía tienes ganas de jugar?

Avergonzado, pero con deseos de ser conciliador, Grisha respondió:

—Si quieres.

Ahora que Efim Rasputín no se encontraba cerca, Glatkin podía demostrar abiertamente su hostilidad.

—¿Realmente crees que alguien querrá jugar contigo, niñito de mamá?

Le dio la espalda y con un puntapié le llenó de polvo el pantalón. Grisha se indignó.

—Eso fue estúpido.

Esto era lo que Seriozha esperaba.

—¿Ah, sí? ¿Es estúpido?

Se adelantó amenazador e hizo repentinamente ademán de golpear a Grisha en el rostro. Los reflejos de éste eran excelentes; alzó el brazo y desvió el golpe. Seriozha se abalanzó, repartiendo golpes a diestro y siniestro. Grisha dio un paso hacia un lado y le golpeó con la fuerza que le proporcionaba la ira. El golpe agarró a Seriozha en un lado del mentón, y se cayó con estrépito. Alzó la mirada, con aire atontado. Otros tres chicos, que habían abrigado cierta antipatía por Rasputín, se abalanzaron también sobre él. La delgadez de Grisha no daba ninguna indicación del poder de sus músculos, herencia de su padre. Una extraña calma interior le permitió igualmente golpear con más decisión y precisión que las de sus oponentes. Cuando hubo derribado a otro y hecho sangrar la nariz de un tercero, los chicos huyeron. Seriozha se incorporó sin dar muestras de querer seguir con la pelea. Nadie trató de detener a Grisha cuando éste prosiguió su camino a su casa.

Tres días después de la batalla, Grisha regresaba del campo de nabos, con un azadón al hombro, cuando se encontró con Katia Gomozov, que llevaba un potro. El animal cojeaba. Ella le explicó que había estado cabalgando y que el caballo tropezó con algo. Grisha colocó suavemente la mano en el cuello del animal y le levantó la pata trasera; mientras tranquilizaba al inquieto potro, le sacó un fragmento de piedra de la pezuña.

—Ya está. Ahora podrás montarlo.

Grisha estaba a punto de proseguir su camino cuando Katia le preguntó:

—Quiero preguntarte algo... Tuviste una pelea con Sergei Glatkin. ¿Fue por mí?

Grisha se sorprendió.

—¿Y por qué habría de serlo?

—Porque está siempre coqueteando conmigo. Le molestó que te hablara.

Esto trajo a Grisha el recuerdo de la poza y del cuerpo desnudo de la chica. Puesto que ambos estaban ahora completamente vestidos y ella no podía leerle la mente, nada le impedía pensar en ello. El resultado fue una oleada de deseo que lo sorprendió. Pero lo que más lo sorprendió fue el cambio de expresión de Katia. Al mirarla a los ojos, con cierta agresión masculina, los de ella se suavizaron y mostraron cierto temor. Él siguió mirándola fijamente, saboreando esta nueva sensación, intoxicado por la rendición que vio en sus ojos. Se sintió poderoso, peligroso, y ella le pareció desamparada. Sin poder resistirse, se inclinó hasta que su rostro se encontró a dos centímetros del de ella; luego, cuando ella no intentó desviar la cabeza, la besó. La rodeó con los brazos, una mano en su cintura y la otra presionándole las nalgas a través de la delgada falda veraniega. Tras un momento, ella se separó; por lo visto, necesitaba resistirse aunque sólo fuera simbólicamente, pero no trató de zafarse del abrazo. De pronto, avergonzado, Grisha se dio cuenta de que no sabía qué hacer a continuación. Podía besarla con habilidad, pero la mecánica misma de las relaciones sexuales era todavía un misterio para él. Su instinto le falló. La soltó y dijo:

—Lo siento.

No era cierto, pero le hizo sentirse menos torpe.

—No me molesta.

Pero Grisha resistió firmemente la tentación de volver a besarla. Regresaron caminando a casa juntos, tratando de conversar despreocupadamente acerca de caballos.

Una vez a solas en su habitación, Grisha volvió a pensar en ello y sintió un deseo abrumador al recordar la expresión de los ojos de Katia. Para entonces, ya se había dado cuenta de que ella se lo contaría a su hermana, que, a su vez, se lo contaría a otras chicas. Y Katia esperaría que él la sacara a pasear. Pero no tenía ganas de renunciar a su soledad y pasar las veladas con la chica. Le asombró que su cuerpo pudiese experimentar tan profunda necesidad cuando su mente no deseaba en absoluto conocerla mejor. Como resultado, la evitó cuidadosamente el resto del verano.

Los campesinos de Pokrovskoé vendían su trigo al molino local, administrado por el padre de Seriozha Glatkin, que, a su vez, se lo volvía a vender ya convertido en harina. En agosto de 1877, la cosecha de Efim Rasputín fue tan buena que tuvo un excedente de trigo y cebada. Tendría que llevarlo al molino o a la feria de ganado de Tiumen, a ciento veinte verstas de distancia. Efim Rasputín tenía que supervisar la granja y decidió enviar a Grisha al mercado.

Grisha se puso en camino antes del amanecer de una mañana de principios de setiembre, llevándose a *Iván*, el semental gris, su caballo preferido. Los muelles del carro eran buenos y Grisha había acolchado el asiento con pieles. A lo largo de las primeras quince verstas del camino, la tierra a ambos lados se hallaba cultivada, si bien las pocas granjas que pasó se encontraban en mal estado, y las cercas, a menudo rotas. El ruso no es, o al menos no lo era en el decenio de 1880, granjero particularmente apto, por ser naturalmente perezoso y más cazador que labrador. El hecho de que tantos campesinos viviesen en la aldea y no en sus campos determinaba que la mayoría de los rendimientos fuesen bajos.

Era una mañana tranquila y soleada, húmeda y silenciosa, salvo por el canto de los pájaros. El cielo, azul y claro, prometía un hermoso día. La hierba y los rastrojos de trigo estaban empapados de un pesado rocío. En el puente de madera sobre el río, Grisha detuvo el carro y contempló las pacíficas aguas, bajas tras el cálido verano, y las sombras de los peces. Lo embargó una profunda satisfacción. Cuando *Iván* resopló, impaciente, le permitió proseguir amblando. El camino era malo, lleno de baches, por lo que era necesario ir con lentitud.

Tras unos cuantos kilómetros más, Grisha llegó a una parte del camino que nunca antes había visto; en todos los años que llevaba viviendo en Pokrovskoé, nunca había salido más allá de unos kilómetros de la aldea. Ahora, repentinamente, la Siberia occidental se extendía a su alrededor, sus amplias llanuras, sus bajas colinas onduladas, sus inmensos bosques. La experiencia lo deslumbró. No esperaba que el mundo más allá de Pokrovskoé fuese tan imponente, tan hermoso. Para los viajeros más experimentados, el paisaje de Siberia es monótono. Para Rasputín era algo tan fértil y asombroso que se le llenaron los ojos de lágrimas. Deseaba rezar, pero no sabía realmente por qué, salvo para agradecer a Dios por crear un mundo tan enorme y variado. Durante horas, condujo en una especie de trance, demasiado hechizado para tener hambre. El aire parecía acariciarlo amorosamente y su cuerpo hormigueaba con una especie de corriente eléctrica. Ocasionalmente, se cruzaba con otros campesinos, la mayoría con harapos en los pies en vez de botas; en esos tiempos, esto era común en Rusia y no indicaba necesariamente una pobreza extrema.

Pese al paso lento, hizo buen tiempo, debido a la firmeza del carro y a sus excelentes muelles. A media tarde había llegado a Borki, una aldea a medio camino entre Pokrovskoé y Tiumen, y se detuvo allí para comer. En un cuidado edificio pintado de blanco a las afueras de la aldea, se sentó a una gran mesa, tan larga que podía acomodar a veinte comensales, y comió una típica comida rusa de sardinas con cebollas y tomates, picadillo de cordero caliente con bolitas de masa picante, pan negro rancio, té de limón y una enorme rebanada de melón. En otra mesa, adornada con plantas en macetones, había diversas botellas de vino, cuyas etiquetas llevaban marcado el precio. En casa de los Rasputín casi nunca se bebía vino. Su padre prefería acompañar el queso y el pescado salado con vodka. Ahora se extrañó al ver que el vino era tan barato, que no pasaba de diez copecs la botella. Vacilante, casi contando que se lo negara, preguntó a la propietaria si podía comprar una botella. Sin titubear, ella colocó una frente a él, junto con un vaso mojado. Grisha lo probó y le pareció dulce; olía a una fruta que no pudo reconocer. Tras dos vasos, se apoderó de él una inmensa alegría. Se recostó en la silla como un señor tártaro, examinó la taberna como si le perteneciese y golpeó la mesa, exigiendo una última ración de crema agria y pepino.

La chica que le sirvió era joven y rolliza. Grisha, ya perdida toda timidez, le preguntó dónde había estado hasta entonces. Ella respondió que en el patio trasero dando de comer a las aves. Cuando él continuó haciéndole preguntas, la camarera se sentó sin que él se lo pidiera y siguió conversando. No era bonita, pero poseía unos lindos ojos castaños de expresión suave y sus dientes sobresalían, lo que proporcionaba un enorme encanto a su sonrisa. Grisha le explicó que su padre era el jefe de Pokrovskoé y logró dar la impresión de que su existencia era casi la de un caballero. La joven rechazó el ofrecimiento de un vaso de vino, pero tomó té.

Finalmente, mirando el sol de afuera, Grisha se dio cuenta de que era hora de partir. Preguntó si podía pagar y ella fue a pedirle la cuenta a su madre. Eran ochenta y cinco copecs. Grisha le dio un rublo y le dijo que guardara el cambio; la joven se sonrojó, pero sus ojos destellaron. Grisha tapó la botella de vino, todavía medio llena, y se la metió en el bolsillo. Arrugando la nariz, como solía hacer su padre cuando estaba de humor jocoso, inquirió:

—¿Qué te parece si me das un beso?

La camarera miró por encima del hombro hacia una cortina de cuentas que tapaba la entrada a la cocina; el ruido de una cacerola le hizo decidir que estaba a salvo, y le dio un beso en la comisura de los labios. Grisha la cogió por la cintura. Ella negó resueltamente con la cabeza.

—¡No!

Grisha contempló los labios rojos y deseó urgentemente besarlos. Clavó la mirada en sus ojos, agarrándole firmemente las manos en una de las suyas. La expresión de la camarera se suavizó; era la misma expresión extrañamente desamparada que había visto en los ojos de Katia Gomozov. La chica no intentó mover la cabeza cuando él apretó, hambriento, los labios contra los de ella. Cerró los ojos y Grisha sintió su pecho redondo contra el propio y el fuerte latido de su corazón. El deseo lo recorrió, pero era evidentemente imposible hacer algo en ese momento. El ruido producido por una cacerola al caer los obligó a separarse. El rostro de la chica se hallaba sonrojado; un mechón se le había soltado del lazo y pegado a la mejilla.

—Hasta la próxima —le dijo Grisha.

La joven corrió detrás de él hasta llegar a la puerta.

—¿Regresarás?

Él asintió con la cabeza.

—Regresaré.

Al azuzar a *Iván* y conducir por la calle principal de Borki, menos próspera, por cierto, que la de Pokrovskoé, se sintió muy satisfecho y presa de una inmensa exaltación. Besar a la chica se le había dado naturalmente. Sin embargo, era sólo la segunda chica que besaba en la vida, aparte de sus jóvenes primas. Coquetear le venía tan naturalmente como el nadar a un pez.

Esa noche durmió bajo las estrellas, envuelto en una manta y una piel de oso, mientras *Iván* pastaba en un campo cercano. Mirando el arco aterciopelado con sus estrellas azules y amarillas, se dijo firmemente que no se quedaría a vivir en Pokrovskoé. Viajaría por el mundo hasta haber visto cada distante rincón. Su idea de la geografía era casi inexistente. Sólo sabía que una infinita variedad de hombres y lugares se extendía a su alrededor, y quería ver todos y cada uno de ellos.

El día siguiente fue una especie de anticlímax; tras la exaltación del día anterior, su ánimo había decaído. El cielo se hallaba cubierto de nubes. Llegó a Tiumen poco después del mediodía y le pareció grande y un tanto intimidante, con sus calles atestadas, sus aceras de madera (Pokrovskoé no tenía nada por el estilo), sus numerosas iglesias y tabernas. Preguntó por la feria y le dijeron que había tenido lugar el día anterior. Bastante deprimido, preguntó por el molino de harina y le indicaron un lugar que se encontraba entre campos grises y polvorientos, en el extremo de la ciudad. Había otro campesino delante de él, que llevaba una carga de cebada; Grisha le preguntó cuál era el precio del trigo y le sorprendió que fuese mucho mayor que en Pokrovskoé (donde el molinero tenía el monopolio). Vendió su carga sin dificultad y, con el bolsillo lleno de rublos, se fue a buscar una posada para pasar la noche. Después de asegurarse de que hubiesen instalado a *Iván* en el establo, paseó por la ciudad, maravillado por las tiendas que veía, las iglesias, y, sobre todo, las mujeres vestidas con elegancia. Nunca antes había visto tantas mujeres atractivas.

Delante de una tienda cuyo letrero rezaba «Modistka», se detuvo para oler el delicioso aroma que salía flotando por la puerta. Mientras se encontraba ahí, salió una mujer, una chica de mejillas sonrosadas, de poco más de veinte años. Llevaba un vestido de seda morada y una toca le apretaba los rizos contra las mejillas. Grisha se enamoró instantáneamente, en unos cuantos segundos. La mujer subió a un *droshky* tirado por un elegante caballo castaño, un pura sangre, comparado con el cual *Iván* parecía un campesino. Ordenó a su doncella, sentada a su lado, que prosiguiera su camino.

Grisha permaneció inmóvil, mirando fijamente, hasta que desaparecieron al doblar la esquina. Entonces, con el corazón oprimido, siguió caminando. Llevaba toda la mañana pensando en la chica de la taberna de Borki, pero ahora ya no despertaba su interés. Lo que lo entristecía era pensar que nunca podría esperar poseer una chica como la que acababa de ver. Hubiese dado un año de su vida por poder besarla como había besado a la camarera de la taberna. La vida era injusta. ¿Por qué estaba él, Grisha Rasputín, condenado a una existencia de mujik? Observó a los jóvenes oficiales que caminaban con elegancia por la acera y los envidió.

Su melancolía no duró mucho. Encontró una iglesia dedicada a san Cirilo y entró. El interior iluminado con cirios llevó una paz inmediata a su inquieto espíritu. Sintió nuevamente la presencia de un aliado secreto, un ángel guardián que tenía buenas intenciones para con él. Rezó con devoción durante media hora y entonces, radiante e inspirado, salió nuevamente a la polvorienta calle. El cielo estaba claro y el sol brillaba; parecía ser una señal, como el arco iris que Dios envió a Noé.

Esa noche, tumbado en un duro camastro de madera, en una habitación que compartía con tres hombres y un perro ovejero, se sintió de nuevo inundado de felicidad, pero esta vez era de naturaleza puramente física. Con la nariz bajo las mantas olía su propio sudor, el olor personal de su cuerpo, y le pareció tan hermoso como un perfume excepcional. Lleno de contento debido a su vigorosa salud, se durmió profundamente y sin soñar.

Cuando, a la mañana siguiente, pagó la cuenta, se fijó en que los precios en Tiumen eran mucho más elevados que los de Pokrovskoé. Caminando por las calles, llevando a *Iván* por la brida, observó los precios de los varios artículos expuestos afuera de las tiendas y tomó cuidadosa nota mental para su madre. (Su memoria había sido siempre excelente.) Durante el viaje de regreso, le deprimió la idea de que pasaría otro año antes de que tuviese oportunidad de recorrer el mismo camino. Entonces, tuvo una idea. Muchos de los campesinos de Pokrovskoé producían en exceso, no sólo cereales, sino también verduras, plantas medicinales y finas hierbas, jamón ahumado, carne de res seca, pescado salado. ¿Por qué no hacer viajes regulares a Tiumen con el fin de aprovechar los precios más altos?

Llegó a Pokrovskoé antes del atardecer, pues el viaje de regreso fue más rápido con el carro vacío, y lo recibieron como a un general después de una campaña de éxito. Su padre estaba obviamente encantado con el precio que obtuvo por el trigo, aunque gruñó un poco cuando Grisha reconoció que no había intentado regatear. Su madre le hizo su budín preferido, relleno de finas hierbas, y Grisha dio cuenta de una enorme cena. Conocía bien a su padre, porque no mencionó su idea de hacer viajes regulares a Tiumen; pero durante la comida habló de los precios elevados y mencionó que debía haber otros aldeanos con artículos por vender. Su padre se mostró pensativo y salió. Una hora más tarde, regresó y le preguntó a Grisha si le gustaría ir nuevamente a Tiumen al cabo de un mes. Grisha fingió pensar en ello y entonces dijo que no le molestaría, pues era un trayecto agradable. Una vez en la cama, permaneció despierto, casi sin poder creer que la vida se hubiese vuelto tan repentinamente interesante.

Para el segundo viaje, a principios de octubre, llevó el carromato más grande y necesitó una yunta de dos caballos. Ya hacía más frío; en pocas semanas llegaría el invierno. Necesitó todo el primer día para llegar a

Borki y se hospedó esa noche en la taberna de las afueras. El nombre de la chica, según se enteró, era Olga. Su madre, madame Semenova, era viuda. Lo trataron bien y le permitieron pasar la velada con ellas en la cocina. Pero el primo de Olga se encontraba también presente; era un joven campesino de mirada franca, cabello como cerdas de cepillo y tartamudo, y era evidente que consideraba a Olga como su futura esposa. La rivalidad despertó nuevamente el interés de Grisha. Sin embargo, no hubo oportunidad de hablar a solas con Olga. Durmió en el pajar del establo, arrullado por la respiración de las vacas y el olor a paja. Pero al día siguiente, justo antes del amanecer, cuando estaba atando a *Iván* y a *Marfa* al carromato, la joven entró con el cubo para la ordeña y no objetó cuando él la besó. Cuando Grisha se iba, ella le gritó:

—Regresa pronto.

El viaje tuvo tanto éxito como el anterior. Se obligó a regatear, vendió los bienes a un precio superior al mínimo establecido por su padre y regresó con una ganancia satisfactoria. Efim Rasputín no era negociante por naturaleza, pero le parecía evidente que estos viajes podrían incrementar sustanciosamente sus ingresos. La gente de Pokrovskoé estaba poco dispuesta a aventurarse más allá de la aldea, y no existía ningún carretero. Lo único que Efim Rasputín tenía que hacer era comprarles sus productos al precio fijado por él —en verano, cereales y verduras y en invierno, pieles, ropas tejidas por las mujeres y cosas similares— y venderlos en Tiumen, obteniendo así una ganancia del cincuenta por ciento.

La segunda vez que Grisha se quedó en Borki, el primo estaba en cama con una pierna rota. Nuevamente, pasaron una agradable velada junto a la cocina, durante la cual convenció a madre e hija de que bebieran un poco del vino dulce que había comprado.

Antes de irse a la cama, pudo susurrarle a Olga:

—Ven al establo cuando tu madre se haya dormido.

La joven pareció indignarse.

—¿Por quién me tomas?

Grisha probó a ver si tenía efecto una profunda mirada a los ojos, pero ella se limitó a decirle:

—No te servirá de nada mirarme así —y le dio la espalda.

Sin embargo, el rechinar de la puerta lo despertó antes del amanecer. Olga entró con una linterna y el cubo para la ordeña. Él se puso el pantalón, bajó apresuradamente y la cogió por la cintura. Ella le permitió besarla, suspirando y relajándose en sus brazos. Grisha oía el fuerte latir del corazón de Olga contra su pecho. Cuando él le pidió que subiera con él al pajar, ella se negó, aduciendo que su madre podría entrar. Grisha tuvo que besarla de pie, lo que lo frustró y, al cabo de un momento, lo avergonzó por la evidencia física de su deseo. Cuando la puerta trasera se cerró de golpe, se separaron con aire culpable, y él enganchó los caballos al carro. Se marchó de mal humor.

Era un día de lluvia helada y llegó empapado hasta los huesos; afortunadamente, su madre había puesto una muda en su equipaje. La feria se hallaba medio vacía y tuvo que regatear durante horas para poder vender sus productos. De regreso a la taberna donde solía hospedarse, se cambió de ropa y fue a sentarse en la sala. Un hombre extraño, de tez amarillenta, con un hueco en los dientes y una barba desordenada, le convidó a una copa de vodka. El hombre parecía ser bastante agradable y amistoso, pero había algo en él que despertaba la antipatía instintiva de Grisha. Sin embargo, puesto que eran los únicos huéspedes, no había razón alguna para no mostrarse amable. Jan Illacowicz, que así se llamaba el hombre, hablaba de sus viajes y sonreía ocasionalmente con ferocidad, sonrisa que el hueco en los dientes hacía aún más desagradable. Después de cenar, Grisha pidió permiso para retirarse y se acostó temprano.

En medio de la noche despertó sobresaltado y se dio cuenta de que no se encontraba solo en la cama. Había estado soñando con Olga y al principio se preguntó si estaba alucinando. El cuerpo a su lado parecía estar desnudo, y debía llevar algún tiempo allí, pues estaba bastante caliente. Entonces, asombrado, oyó el susurro del polaco mellado.

—Espero que no le moleste, pero mis mantas están húmedas...

—¿Qué quiere?

—Sólo un poco de calor, eso es todo.

Con la mano, el polaco acarició el muslo de Grisha. Conmocionado, éste entendió lo que el otro deseaba. Saltó fuera de la cama gritando y asió a Illacowicz por el cabello. El dolor hizo jadear al polaco.

—¡Chitón! Por favor, no grite... ¡Ay!

Soltó alaridos de dolor mientras Grisha lo sacaba de su cama por el cabello. Cayó de golpe al suelo y permaneció tumbado, gimiendo, con las manos alrededor de las espinillas de Grisha.

—Me hace daño...

Grisha, con el corazón latiéndole a toda velocidad, vociferó:

—Salga de aquí, o lo mataré.

—De acuerdo. No tiene por qué ser tan brusco.

El polaco salió corriendo de la habitación.

Grisha volvió a meterse en la cama y permaneció inmóvil, estremeciéndose por el asco y mirando fijamente el techo. Nunca se había sentido tan vulnerable ni tan desconcertado. Acostado, clavó la mirada en la puerta, imaginando que la veía abrirse lentamente. Finalmente, cuando la luz del amanecer entró por la ventana, bajó. Aliviado, vio que no había señales del polaco. Enganchó a *Iván* al carromato y se marchó.

Era un día helado. Después de una hora de camino, recordó que había dejado sus otras botas en la taberna, junto a la estufa. Entonces, a media mañana, empezó a nevar. Sólo le faltaba eso para que su desgracia fuese total. El día se oscureció tanto, que parecía de noche y la nieve era tan espesa que a duras penas veía. Se le pegaba a los hombros y sin guantes tenía las manos tan heladas que ya no sentía las riendas. *Iván* trotaba, evidentemente tan preocupado como su conductor. De pronto, el carromato dio un bandazo y Grisha salió disparado. El vehículo se había volcado. Grisha se encontró de rodillas. Durante un momento de terror, pensó que *Iván* se había roto una pata. Pero el caballo luchó por levantarse. Casi llorando de frustración, Grisha logró empujar el carromato y enderezarlo. El agua le entraba por las botas. Se dio cuenta de que ya no podía ver el borde del camino. Nunca se había sentido tan atemorizado y solo. Su muda se hallaba en el suelo, en la bolsa de piel de oveja. Se la puso por encima de la que llevaba y prosiguió su camino, llevando a *Iván* por la rienda.

Una hora más tarde, dejó de nevar. Grisha se encontró en un mundo blanco y monótono; el paisaje llano se asemejaba a un mar sin fin. Afortunadamente, podía vislumbrar el camino. No había ni casas ni ningún tipo de edificio a la vista. Volvió a subir al carromato y se arriesgó a azuzar a *Iván* para que trotara nuevamente. El vehículo se bamboleaba y se mecía al pasar sobre los baches, pero Grisha estaba tan inquieto que esto no le importaba. Gradualmente, su temor se apaciguó, adormecido por la monotonía del trayecto. Los saltos del carromato le llevaron incluso un poco de vida a las heladas extremidades, si bien hacía tiempo que no sentía los pies. Se puso a rezar en voz alta, y eso lo tranquilizó. Una hora más tarde, comenzó de nuevo a nevar, y el día se iba oscureciendo. Entonces, a cierta distancia, reconoció un grupo de árboles familiar, por lo que supo que se encontraba a pocas verstas de Borki. Casi lloró de alivio.

Olga y su madre se mostraron encantadas de verlo. Le hicieron quitarse la ropa mojada —las rodilleras del pantalón se habían helado—; se envolvió en una manta y se sentó frente a la estufa caliente, bebiendo un caldo humeante y contándoles sus aventuras. Pero no mencionó al polaco mellado; por alguna razón, la experiencia lo avergonzaba demasiado como para hablar de ella.

Con el calor no tardó en recuperarse del miedo y unas cuantas copas de su vino dulce preferido le devolvieron el valor. Ahora se daba cuenta de que probablemente había exagerado el peligro; Borki se encontraba apenas a cuatro horas en carro de Tiumen y el camino era bueno, aunque lleno de baches. Ya no nevaba y vio que había sólo unos centímetros de nieve. Mas no podía llegar a Pokrovskoé ese día.

Olga lo ayudó a hacer su cama en el pajar y le dijo, con una risita:

—Tal vez tengas que quedarte aquí todo el invierno.

—No me molestaría —contestó Grisha y vio cómo la chica se sonrojaba, complacida.

Tiró de ella y la besó. Pero Olga se hallaba evidentemente nerviosa, preocupada por si su madre se preguntaba lo que hacían. Después de unos minutos, regresaron a la taberna.

Esa noche, se quedó dormido frente a la estufa, mucho antes de la hora en que normalmente se acostaba. El primo de Olga, el campesino tartamudo, sentado al lado de la chica, la cogía de la mano. Grisha estaba demasiado cansado para sentir celos. Los dejó solos y fue al establo.

A la mañana siguiente oyó el rechinar de la puerta al abrirse y el ruido metálico del cubo para la ordeña. Aún estaba oscuro. En el inmóvil aire siberiano, oyó cada uno de los movimientos de Olga. La escalera crujió. Un momento más tarde, ella se encontraba a su lado.

—Grisha, quiero hablar contigo.

—Métete bajo las mantas.

—No, me sentaré aquí.

Grisha la tomó de la mano, que estaba fría.

—Vasily quiere casarse conmigo —dijo Olga.

—Y, tú, ¿quieres casarte con él?

—Yo... no lo sé.

—Métete bajo la manta.

Esta vez ella hizo lo que él le pedía y permanecieron acostados, uno al lado del otro, cogidos de la mano.

—¿Lo amas?

—No.

—Entonces, no te cases con él —susurró Grisha.

Con esto, Olga pareció feliz.

—Si tú lo dices.

Le permitió besarla. De pronto, Grisha se dio cuenta de que la noche anterior, a esas horas, se había despertado y había encontrado al polaco mellado en la cama con él. Ahora, esta cálida chica, que respiraba suavemente, se hallaba a su lado. Entre ambos acontecimientos hubo un día temible en el que temió morir. La vida parecía inexplicablemente extraña e impredecible. Una inmensa ola de felicidad lo inundó, así como la percepción de la fascinante complejidad de la existencia humana. En ese momento, supo que quería vivir eternamente.

Besó el rostro de Olga y luego su cuello. La joven parecía estar en trance; respiraba rápida pero regularmente. Poco a poco, fuertemente abrazados, Grisha se percató de que ella compartía su deseo. Compartía también sus sentimientos. Ambos sentían que habían entrado en un rincón de la eternidad. La vida parecía haberse detenido. Podía leerle la mente. Sabía que pensaba en su primo, y que se alegraba de que fuera Grisha el que yaciera a su lado. Era Grisha con quien quería casarse, Grisha la persona en quien podía confiar a tal punto que no sentía vergüenza cuando sus manos le recorrían el cuerpo.

No obstante, mientras compartía con ella el encanto, desplazándose en un cálido mar de instintos, una parte de él observaba la situación con objetividad. ¿Se preocuparía Olga por el paso del tiempo y decidiría que debía ordeñar las vacas? ¿Los interrumpiría su madre? Sería cruel que los interrumpieran ahora, cuando todo su cuerpo se sentía más vivo que nunca antes. Entonces, de pronto, supo la respuesta a las preguntas, tan claramente como si ella las hubiese contestado en voz alta. Ella pensaba que no lo vería hasta la primavera siguiente y que, por tanto, era necesario atarlo a ella de algún modo. Su única preocupación consistía en asegurarse de que Grisha regresara. Además, quería algo que pudiera recordar durante los largos meses de invierno. Grisha la empujó suavemente por el hombro, apretándola contra el duro colchón, y la besó en los labios. Ella permaneció quieta, como si estuviese en trance, y sólo empezó a respirar más rápidamente cuando sintió el peso del joven sobre su cuerpo.

Una hora más tarde, el carromato trituraba la nieve, ahora helada y crujiente, rompiéndola como si fuese hielo en una charca. La temperatura apenas sobrepasaba los veinte grados bajo cero, pero debido a su inmovilidad, el aire parecía menos frío. Sentía el cuerpo maravillosamente ligero, como si pudiese flotar por encima del suelo y acercarse a las nubes. Pensó enternecido en Olga y sacó del bolsillo una peineta ornamental que ella le había dado como recuerdo. Al mismo tiempo, se daba cuenta de la ironía de la situación. Ella le había liberado, le había quitado el miedo a las grises distancias; había estimulado su anhelo por ver Kazán, Orienburg, Taskent, el mar de Aral y los minaretes de Bagdad. Pero ella no formaba parte de esa visión de libertad futura.

Cuatro horas más tarde, cuando *Iván* entró con paso pesado en Pokrovskoé, los grandes copos empezaban a caer suavemente del cielo gris. Para cuando llegó a casa, nevaba tanto que Grisha no podía ni ver la cabeza de *Iván*. Sería un largo invierno.

3

Y así fue. Estuvo atrapado en Pokrovskoé y hasta el bosque era inaccesible, debido a la gran cantidad de nieve. Al principio, soñó con lugares distantes y luego estuvo demasiado aburrido y deprimido para soñar. En los inviernos anteriores se había sentido extrañamente satisfecho, como un niño que escucha la lluvia golpear la ventana. Ahora, se sentía asfixiado. Su luz interior se atenuó y acabó por apagarse. No sentía nada cuando rezaba. No tenía deseos de leer; las palabras le parecían irreales. Un día de enero montó a *Iván* y trató de llegar a Borki. Pero antes de llegar a medio camino, éste desapareció, oculto por la acumulación de nieve y el ventisquero, por lo que regresó a casa.

Una tarde fría y aburrida, entregó una carga de troncos cortados a la *kabachock* (taberna) local y aceptó el ofrecimiento de una copa de *slivovitz* que le hizo el tabernero. La música del acordeón le proporcionó una repentina felicidad y, cuando alguien inició un baile cosaco, primero de cuclillas y luego lanzando cada pierna alternativamente a poca altura del suelo, Grisha se unió al baile y lo hizo con tanto vigor que todos aplaudieron. Esa noche, al regresar a casa para la cena, se hallaba ligeramente borracho, pero se sentía de nuevo totalmente vivo.

Al cabo de una semana, la taberna se había convertido en costumbre, y el asiento junto a la estufa era considerado como suyo. Por ser hijo del jefe de la aldea, la gente lo respetaba. Pero diríase que también simpatizaba con él por sí mismo. Cuando jugaba a las damas o bailaba con las chicas, sus sueños de grandeza y fama le parecían un tanto absurdos, como cuando, de pequeño, creía en el Baba Yaga. La vida entre la gente común y corriente era dulce. Una tarde, tras beber una botella entera de vino georgiano, se armó de valor y relató lo ocurrido con el polaco mellado. Todos rieron a mandíbula batiente y Grisha sintió que su vergüenza desaparecía. Al observar estos rostros felices, barbudos (en esos días sólo los oficiales militares y los convictos se afeitaban), experimentó un inmenso amor por la gente de su propia aldea.

Durante la segunda semana de marzo, comenzó el deshielo. La nieve se derritió y se convirtió en fango. El hielo del Turo empezó a romperse. Las cunetas se encontraban llenas de torrentes rugientes de nieve derretida, y había fango por todas partes, por doquier que la vista se fijara.

Los campos se convirtieron en viscosos pantanos que chupaban las botas y los caminos eran casi tan intransitables como cuando caía la nieve con ventisqueras. Pero a principios de abril, la monotonía de los tonos pardos había dado lugar al verde. La tierra olía a calor y fertilidad y los pájaros regresaron. La alegría afectó a todos. Más que cualquier otra nación, la rusa recibe el regreso de la primavera como los salvajes la luna al final de un eclipse, con alivio de que Dios haya decidido, después de todo, no destruir el mundo.

Efim Rasputín ya estaba calculando el dinero que ingresaría durante el año siguiente con las visitas regulares de su hijo a Tiumen. Quería ampliar su establo y tener una nueva pocilga. Ana Egorovna quería un nuevo porche trasero y un banco que rodeara el tilo. Pero cuando, en la última semana de abril, el gran carromato estuvo cargado y listo para partir, la lluvia de primavera cayó torrencialmente y volvió a convertir el camino en una brillante extensión de agua y fango. Luego, una tribu de gitanos llegó y anunció que el camino a Tobolsk era nuevamente transitable. Grisha acarició la idea de ir a Tobolsk en vez de Tiumen. Pero esperaba con ansia volver a ver a Olga y Tobolsk se encontraba en dirección opuesta. Además, los gitanos le fascinaban. Traían consigo el aroma de la carretera y de lugares lejanos, y quería conocerlos mejor. Hasta su padre estuvo de acuerdo en que unos días de retraso no significarían una gran diferencia.

Pero esos primeros días incluían el primero de mayo y ese día Subdina, la diosa del destino, tenía planes especiales para Grígori Rasputín.

En Pokrovskoé la mañana del primero de mayo se dedicaba al oficio en la iglesia, seguido de una procesión por la aldea con iconos y crucifijos. En la calle se colocaban mesas con comida y bebidas y todas las puertas en la ruta de la procesión permanecían abiertas. Existen pocos sitios donde las celebraciones del primero de mayo sean tan alegres como en Siberia, pues diríase que los campesinos de allí conservan un recuerdo racial de los festivales paganos que celebraban la fertilidad renovada de la diosa tierra. Ya a mediodía, las calles de Pokrovskoé se hallaban atestadas de bailarines, y los *kabachoks*, de bebedores.

Para Grisha, ése era de doble celebración. Por primera vez sentía que formaba parte de la vida que fluía a su alrededor, y no algo aislado y separado. Esa mañana había regresado a casa en la madrugada, tras pasar la noche bebiendo en el campamento de los gitanos. Ahora, después de dormir unas cuantas horas, estaba totalmente despierto, y ansiando beber y bailar más. Sus sentidos absorbían la luz del sol, los vistosos colores de los vestidos de las mujeres, la música de los violines gitanos.

En la plaza, bailó con Aksinia, la hija del herrero, y luego con Daria Petrovna Grishkin, la viuda que tanto había admirado antaño (y cuya figura se había deteriorado por excesos de comida), más tarde aún, con Aksinia Gomozov, la hija del veterinario. Después, ya sin aliento, se sentó delante de la taberna a tomar un vaso de cerveza. Cuando se lo llevaba a los labios, una chica alta y rubia dobló la esquina, con una mujer mayor, y se quedó inmóvil, taconeando y observando a los que bailaban. En Rusia, las rubias son excepcionales. Esta chica lo era también por ser alta y delgada. Grisha estaba a punto de levantarse y pedirle que bailara con él, cuando un joven se acercó y se la llevó, uniéndose a la multitud. Grisha se puso de pie para verla mejor. La joven bailaba bien, con gracia y vigor, y, con sus mejillas encendidas, le recordó la rubia del vestido de seda morada que había visto en Tiumen. Con el recuerdo, se le cayó el alma a los pies. Cuando Aksinia Gomozov llegó y se puso a su lado, le preguntó:

—¿Quién es la chica nueva?

—Se llama Prascovia. Me he olvidado de su apellido. Se mudaron aquí el invierno pasado.

Cuando el baile acabó, Grisha la encontró a unos metros de distancia. Se apresuró a pedirle que bailara con él.

—De acuerdo, tan pronto como recupere el aliento...

Lo deslumbraron sus dientes blancos y mejillas sonrosadas. Otra chica se acercó a hablar con ella. Grisha permaneció donde estaba, contemplando su rostro. De cerca, carecía de la belleza de muñeca que distinguía a la chica de Tiumen, pero poseía un aspecto sano que era aún más cautivador. Al escucharla hablar, era imposible pasar por alto el hecho de que poseía una mejor educación que la mayoría de las chicas de la aldea, y su voz era bien modulada y agradable. Desesperado en cierto modo, Grisha se dio cuenta de que estaba experimentando lo mismo que sintió afuera de la *modistka* de Tiumen, y que estaba a punto de enamorarse. El recuerdo de la chica del vestido morado lo hizo sentirse derrotado e impotente de antemano.

Los violines empezaron a tocar. La joven se volvió hacia él, con las manos extendidas. De pronto, Grisha sintió un rayo de esperanza.

Bailaban bien juntos. Grígori Rasputín había sido siempre un buen bailarín, pues el baile expresaba su vitalidad. Ella poseía más gracia y con sus movimientos el vestido a cuadros de colores alegres daba vueltas de tal modo que lo tenía encantado. El cabello rubio y los dientes blancos lo fascinaban. Pensó en Katia Gomozov y en Olga Semenovna, y su confianza aumentó. Diríase que le gustaba a la chica. Cuando el baile acabó, no puso objeción a que la llevara a un puesto para ofrecerle un vaso de *kvass*.

—Me llamo Grígori Efimovich Rasputín.

—Y yo, Prascovia Fedorovna Dubrovina.

—¿De dónde viene tu familia?

—De Ekaterinburgo.

Nuevamente, se le fue el alma al suelo. Poseía suficientes conocimientos para saber que Ecaterinburgo era una gran ciudad, y que eso explicaba probablemente su refinamiento. Pero volvió a rechazar la impresión de impotencia. Evocando a Olga, la miró fijamente a los ojos.

—Eres muy hermosa.

Prascovia se sonrojó.

—No seas absurdo.

Pero Grisha estaba encantado al ver que podía obligarla a sostenerle la mirada, como había ocurrido con Katia Gomozov. Gracias a esa extraña certeza interior, supo que podía poseer a aquella deslumbrante chica. Y esta vez no se sintió dividido. Deseaba tenerla, así como había deseado a la chica del vestido morado. Pero Pracovia Fedorovna estaba a su alcance.

Esa noche la acompañó a casa, en el otro extremo de la aldea. Su vivienda era una de las más grandes, más que la granja de los Rasputín. Pero se sentía ya demasiado confiado para que esto le intimidara. Firmemente, como si con ello quisiera pasar por alto cualquier objeción, la llevó a la oscura sombra del patio. Ella trató de volver la cara hasta que él la cogió por la cabeza con la mano izquierda y la inmovilizó. Entonces le permitió besarla, apretarle la delgada cintura con una mano, mientras la otra se deslizaba de la coronilla a la nuca, agarrándola con suavidad, cual si fuese un conejo. Sentía la calidez de sus muslos a través del ligero vestido veraniego; su deseo aumentó y la apretó con más fuerza, a la vez que se sorprendía por estar tratando a esta hermosa chica con tan poca ceremonia. Cuando ella intentó apartarse, la apretó con mayor fuerza y experimentó una oleada de orgullo cuando ella se rindió. Al soltarla, ella no intentó alejarse, como si esperase su permiso para hacerlo. Le susurró al oído:

—Mañana tengo que ir a Tobolsk. Pero regresaré dentro de tres días. Guarda la noche del jueves para mí.

Camino de casa no podía creer en su suerte. Repasó mentalmente todo lo ocurrido ese día, desde el momento en que la conoció, reviviendo su progreso hasta ese beso final. Entonces, por primera vez, se dio cuenta de que tenía intención de casarse con ella.

Grígori Rasputín se casó con Prascovia Dubrovina poco después de cumplir los diecinueve años. Su novia contaba veintitrés. Pero la diferencia de edad no significaba nada para él, pues desde un principio fue el amo.

Prascovia Fedorovna se fue a vivir a casa de los Rasputín. A Ana Egorovna le gustaba, pues era una excelente ama de casa. Era sensata, capaz y sabía lo que quería; sin embargo, era también amable y dócil. Efim Rasputín se sentía orgulloso de ella, porque era evidentemente una «dama». Al observar la cabeza rubia inclinada cuando ella cosía o cardaba lana, sentía a menudo envidia de la suerte de su hijo. Efim Rasputín se estaba percatando finalmente de que su hijo era «distinto». Cuando trataba de decidir cómo, lo único que podía decir era que, de haber contado con una mejor educación, Grisha podría haber sido maestro o párroco. Pero, obviamente, ya era demasiado tarde para ello.

A la joven pareja, la vida con los padres de Grisha le parecía a menudo frustrante. Estaban violentamente enamorados. Cuando él la miraba con sus extraños y oscuros ojos, ella sentía que algo en su interior se derretía, haciéndola anhelar ofrecérsele; y cada vez que él la tocaba casualmente, el deseo lo atravesaba como una corriente eléctrica. Pero el hábito de la reticencia los obligaba a ocultar estos sentimientos, a evitar incluso mirarse mutuamente, si eso significaba manifestarlos.

Compensaban esta limitación en la noche. El cuerpo de Prascovia le proporcionaba una clase de placer que nunca hubiese imaginado poder experimentar. Era como chupar un panal de abejas, extrayéndole la dulzura en un sorbo, y pasar a otra parte llena aún de miel. Cuando ella sentía el cuerpo musculoso de él aplastándola, se hundía en una especie de oscuridad. En esos momentos, habría estado de acuerdo, sin vacilación, si él le hubiese dicho que quería matarla. Ninguno podía creer enteramente que Dios los había elegido para tan extática satisfacción.

Una noche, después de hacer el amor, Grisha yacía al lado de su esposa, con un sentimiento de paz profunda. Algo que crujía en la casa lo volvió a la realidad, y permaneció así, en estado de honda satisfacción. Entonces, por primera vez en años, lo recordó: *El reino de Dios está dentro de mí*. Esta vez no hizo ningún esfuerzo, el solo hecho de saberlo le bastaba. Sin embargo, le pareció extraño e interesante. El reino de Dios estaba aquí, en su interior, por lo que su mundo interior era *más importante* que el mundo exterior. Y en el momento en que lo pensó, se percató de que era verdad. Existía en su interior un mundo, una especie de mundo subterráneo, cual un enorme sistema de cuevas. Se asombró al comprender esto. Se sintió como Aladino alzando una losa de piedra y ver una escalera que descendía al reino de un mago. Mas, en otro sentido, lo sabía desde su niñez. Cada vez que había experimentado esta quietud interior, cuando el corazón latía con tanta suavidad que apenas podía sentirlo, se había alejado del mundo físico habitado por los adultos, para adentrarse en este inmenso sistema subterráneo. Era una idea que lo dejaba perplejo. Significaba que los seres humanos están muy equivocados en su percepción del mundo que creen habitar. Ven la verdad a medias. Y hasta que no se dan cuenta del reino interior, permanecen medio ciegos y medio sordos...

Ya totalmente despierto, permaneció tumbado, con la mirada fija en la oscuridad y el corazón latiéndole con fuerza. Si sólo pudiese lograr que la gente entendiera esta idea, el mundo se transformaría. Su madre, por ejemplo, uno de los feligreses más fieles del padre Pavel, una buena mujer que nunca había hecho mal a nadie... ¿podría darse cuenta de que su bondad era bastante fútil? A Dios no le interesaba la bondad por sí misma. Lo que quería era que los seres humanos *fuesen como Él*... «Sed perfectos como vuestro Padre en el cielo es perfecto...» Era una idea inquietante, pero se enfrentó valerosamente a ella. Seguramente significaba que a su madre le habría ido mejor de haber sido una María Magdalena arrepentida, ¿o no? ¿Cómo podía salvarla su bondad diaria, moderada?

Prascovia despertó y se dio cuenta del fuerte latido del corazón de Grisha.

—¿Te encuentras bien? ¿Tienes calor?

Su preocupación emocionó a Grisha. Era maravilloso que otro ser humano lo amara. El amor hacía también que los seres humanos fuesen como dioses. Le acarició la frente, y luego pasó los dedos por sus labios. Una corriente eléctrica lo atravesó y le hizo contener el aliento. Dos seres humanos entraban en el elemento del amor, como si entraran en un baño por extremos opuestos. Pero esta vez tanto su mente como su cuerpo se estremecieron excitados.

En octubre del año siguiente, Prascovia tuvo su primer hijo. Lo llamaron Mijaíl, en honor al hermano muerto de Grisha. La primera vez que lo tuvo en sus brazos, Grisha advirtió la vida en el diminuto cuerpo, así como, de niño, había percibido la vida de peces y pájaros. Le gustaba abrazarlo cuando Prascovia acababa de bañarlo, sentado con la camisa abierta hasta la cintura y sintiendo el suave y cálido cuerpo contra el pecho desnudo. Solía acariciar la cabecita calva, apretando la suave mejilla contra la propia, y riéndose si el bebé babeaba y le mojaba la cara. Su amor consistía en una extraña mezcla de dolor y de placer.

Una noche, un ruido lo despertó. Abrió los ojos, y de pronto estuvo totalmente despierto. Lo que lo había despertado eran los sollozos de Prascovia. Se incorporó, con el corazón latiéndole violentamente.

—¿Qué ocurre?

Buscó los fósforos en la oscuridad.

—¡Por Dios! ¿Qué ocurre?

El temor en su corazón le dio la respuesta.

Cuando el fósforo iluminó la habitación, vio a su mujer, sentada en el suelo junto a la cuna, acunando al bebé en sus brazos, meciéndose hacia atrás y hacia adelante, acongojada, desolada.

—Está muerto.

Presuroso, Grisha atravesó la habitación y le quitó el bebé. Pero ella tenía razón. El cuerpo ya estaba frío.

La levantó con gentileza.

—Regresa a la cama.

La convenció de que lo hiciera y ella permaneció sentada en el lecho, aferrada al niño, acunándolo contra el pecho.

—No lo entiendo. No era más que un resfriado, un ligero resfriado —decía Prascovia.

Pero Grisha no tenía fuerza para contestarle.

«No debí llamarlo Mijaíl», pensó.

Era tan grande su dolor que quería hacer algo, llorar o correr por las calles de Pokrovskoé. En vez de ello, permaneció inmóvil, petrificado por el sufrimiento, reviviendo la impotente angustia que experimentó tras la muerte de Mijaíl.

El día siguiente fue frío y gris. Grisha fue a la iglesia a fin de hacer arreglos para el entierro; la sola idea de enterrar a su hijo le retorcía las entrañas y quería gemir. Cuando regresó, fue a la habitación que compartía con su mujer, encendió la lámpara de aceite frente al icono de la virgen, se arrodilló y rezó. Lentamente, el dolor se fue atenuando. Dios no lo había abandonado. Sin embargo, tenía la impresión de que la muerte de su hijo era una especie de castigo. Se levantó pesadamente a fin de bajar a consolar a su mujer. Grisha tenía apenas veinte años pero, al mirarse en el espejo, vio a un anciano.

Llegó el verano. Prascovia estaba nuevamente embarazada. Grisha se había recuperado de la conmoción, pero la sensación de haber pecado seguía atenazándole el corazón. Pasaba horas arrodillado frente al icono de la Virgen de Kazán y las oraciones lo reconfortaban, si bien no le proporcionaban mayor inspiración. Seguía yendo una vez al mes a los pueblos vecinos en el carromato, tanto a Tobolsk como a Tiumen, a veces incluso río abajo, por barcaza, a Kurgan. Su negocio prosperaba. Con la ayuda de su padre y del carpintero de la aldea, Grisha empezó a construir una casa en el terreno de la granja. El largo y duro trabajo mitigó gradualmente el dolor; también lo hizo el nacimiento de otro hijo, a quien llamaron Dmitri. El niño era muy plácido y nunca lloraba. Debido a su carácter tranquilo tardaron mucho en darse cuenta de que el destino los había visitado con una segunda tragedia, pues Dmitri era retrasado mental.

4

Un día, al pasar por el pueblo de Yarkovo, de regreso de Tobolsk, un rico campesino se acercó a Rasputín, preguntándole si le molestaría llegar hasta el lejano monasterio de Verkhoture. Rasputín le contestó que iría hasta San Petersburgo, a condición de que le pagaran. El campesino, que se llamaba Arcadi Saborevski, explicó que su hijo había decidido convertirse en novicio del monasterio. A los veintiún años, Mileti Saborevski ya había estudiado en un seminario teológico y se había convencido de que su destino se encontraba en vivir como monje. Rasputín fue a casa de Saborevski para conocer al joven. Mileti era alto, de tez cetrina y astuto. Había también en él un toque de niño mimado. Tras comer un tentempié de pescado salado y pepino y tomar un vaso de vodka, Rasputín y Saborevski acordaron el precio del viaje. Grisha regresaría la semana siguiente para llevarse al novicio.

Debido al largo trayecto, pasaría más tiempo fuera de casa del acostumbrado; no estaba seguro de la distancia a Verkhoture, pero creía que serían unas cuatrocientas verstas. Eso significaría al menos cuatro días de ida y cuatro de vuelta. Hasta entonces no había viajado tan lejos y esperaba con ansias los días de sol y viento. Lo único que lo molestaba era que alguien iría con él y esperaba que Mileti Saborevski permaneciera tan taciturno como cuando tomaron el tentempié en Yarkovo.

El primer día de viaje, ninguno de ellos habló mucho. Rasputín estaba relajado y feliz; pensaba en su hogar y en su familia y contemplaba el extenso y vacío paisaje, sintiendo que fluía tranquilamente por su corazón, como un riachuelo. Pernoctaron en una taberna —todos los gastos corrían a cargo del padre de Saborevski— y Rasputín preguntó de pronto a su pasajero por qué deseaba convertirse en monje. Saborevski contestó sencillamente:

—Porque quiero vivir para Dios, no para mí.

Grisha sonrió.

—Pero Dios está en ti. Lo único que necesitas es escuchar su voz. ¿Para qué ir a un monasterio?

Saborevski lo miró sorprendido.

—¿En mí? ¿Qué diablos quieres decir con eso?

—El reino de Dios está dentro de ti.

Saborevski negó con la cabeza y respondió, condescendiente:

—No, no. La cita de san Lucas significa «el reino de Dios está entre vosotros». La palabra griega es *entos*, lo que quiere decir entre o dentro de. Jesús quería decir que *él* era el reino de Dios.

Rasputín manifestó firmemente:

—No me importa si significa entre o dentro. Lo que yo te digo es que Dios está en ti.

Lo dijo tan tranquilamente convencido que Saborevski lo miró sorprendido.

—¿Y cómo crees saberlo? —inquirió.

Rasputín sonrió ante el tono escéptico.

—Lo *sé* —y añadió, lamentándose—, casi lo vi una vez.

—¿Casi? —Saborevski se dio cuenta de que Rasputín no bromeaba—. ¿Por qué «casi»?

En un tono muy natural y realista, Rasputín le relató su experiencia a orillas del Tura. Cuando habló de la sensación que subía por su espina dorsal, Saborevski lo contempló con mayor interés. Tenía conocimientos de la religión oriental.

Rasputín terminó:

—Y justo cuando estaba pensando, qué maravilla... voy a ver a Dios... la luz desapareció. Fue mi propia culpa. Era como si estuviese hablando en la iglesia.

Saborevski lo observó con una extraña expresión. Era una mezcla de respeto y de envidia. En Rusia, como en la India, existe la tradición de los hombres santos que van por los caminos, mendigando su pan y rezando en santuarios al borde de los caminos. Saborevski había hablado con muchos de ellos; pocos le habían impresionado tanto como este alto mujik despeinado. Le preguntó con curiosidad:

—Y ahora, ¿no quieres ver a Dios?

—Por supuesto que sí. Daría cualquier cosa para que sucediera.

—Entonces, tal vez deberías ser monje.

—No. Tengo esposa e hija.

—¿Cómo sabes que Dios no te tiene deparada una misión importante?

Rasputín se echó a reír.

—Si la tiene, no me ha dicho todavía de qué se trata.

Al día siguiente, tan pronto como el carromato empezó a rodar por el amplio y vacío paisaje, con el bosque en la lejanía, comenzaron a hablar nuevamente de religión. A Rasputín le pareció que al menos en un aspecto Saborevski se asemejaba a su propia madre: pensaba que lo único que necesitaba para ir al cielo era ser bueno. Durante cierto tiempo, guardó esa idea para sí. Pero, puesto que Saborevski le hacía preguntas cada vez más penetrantes, la manifestó.

—¿Por qué hablas siempre de santidad? La santidad significa que uno está cerca de Dios. Y no puedes acercarte a él sin intentarlo realmente. Tienes que abrir tu alma al arrepentimiento.

Saborevski frunció el ceño y su rostro pálido y juvenil se asemejó al de un niño desdichado.

—Pero yo me he arrepentido de mis pecados.

Rasputín no pudo evitar la risa.

—Entonces, tal vez no hayas pecado de verdad.

Saborevski daba la impresión de que un buen pecado le daría un infarto. Sonrió pesaroso.

—Suenas como uno de los khlistis.

—¿Los qué?

—Son un montón de asquerosos herejes. Creen que hace falta pecar para arrepentirse.

—Eso tiene sentido.

Saborevski gruñó.

—Eso no es más que la satisfacción inmoderada de sus deseos.

Rasputín se rascó la barbilla con el meñique y decidió no decir lo que pensaba.

Llegaron a Verkhoture a media tarde del tercer día. A Rasputín lo llevaron a la casa de los huéspedes y le dieron comida y una jofaina de agua para lavarse los pies. Cuando acabó el pan y la sopa, salió al patio y se relajó en un banco, deleitándose con el sol, contemplando perezosamente las agujas y las cúpulas del monasterio. Del otro lado del portal veía a los monjes trabajando en los campos. Les envidió su existencia serena y espiritual.

Saborevski salió del edificio principal.

—El padre Ignati quisiera conocerte.

—¿Para qué?

—No lo sé.

El padre Ignati se encontraba en su celda, en el último piso del monasterio, una habitación cómoda, con muchos libros. El abad era un hombre enorme y canoso que parecía tener suficiente fuerza como para levantar un buey. Tenía unos ojos asombrosamente azules. Rasputín se sintió intimidado y torpe, y no estaba seguro de cómo dirigirse al abad. Pero la afabilidad del padre Ignati no tardó en tranquilizarlo. El abad le ofreció té con limón que había en un samovar, y le preguntó por la salud del padre Pavel, el cura de la aldea de Pokrovskoé, a quien había conocido en el seminario. A Grisha le pareció fácil hablar con el corpulento y amistoso hombre. Era, además, lo bastante perceptivo para percatarse de que el padre Ignati lo estaba evaluando.

El abad preguntó de pronto:

—¿Por qué no te quedas aquí un día o dos?

Rasputín lo miró expectante.

—¿Podría hacerlo?

—Por supuesto. Nos encantaría un poco de ayuda, pues estamos recogiendo los nabos.

—Me gustaría.

—Bien. Quédate cuanto desees.

Una hora más tarde, Rasputín acompañó a Saborevski a vísperas, y luego se unió a los monjes en el refectorio para la cena. Después de las oraciones y la lectura de un pasaje de la Biblia, el ambiente era tan relajado como el de una fiesta, quizá porque era sábado y al día siguiente no se trabajaba. La comida era buena y Grisha se sorprendió agradablemente al ver que bebían sidra y un vino blanco agrio. Tras tres días de viaje, comió vorazmente.

Vio que en el otro extremo de la habitación se encontraban unos cuantos hombres que, evidentemente, no eran monjes; casi todos llevaban barba y la bata típica de los campesinos. Rasputín preguntó al monje a su izquierda:

—¿Quiénes son esos hombres?

—¡Ah! Son miembros de una secta llamada Khlisti.

—¿Khlisti? Yo creía... creía que... —no estaba seguro de cómo decirlo sin ofender.

El monje sonrió.

—Lo son. Son herejes. Los han desterrado aquí. Supongo que se podría decir que son prisioneros.

Rasputín se volvió hacia Saborevski, a su derecha, e inquirió en voz baja:

—¿Sabías que esas gentes de allí son khlistis?

—¡Santo cielo!

Saborevski miró nerviosamente a los hombres barbudos con batas azules; un momento más tarde, Rasputín lo vio persignarse subrepticiamente. Seguramente, creía que la herejía podría ser tan infecciosa como una enfermedad.

Se levantaron al amanecer para maitines, luego desayunaron gachas de avena frías, manzanas y té. Un novicio llamado Pyotr tenía la misión de enseñar el monasterio y la aldea cercana a Saborevski y Rasputín los acompañó. Era otro día soleado, con un toque otoñal en el aire. La aldea era algo más grande que Pokrovskoé, pero menos cuidada; Rasputín ya se había dado cuenta de que las aldeas rusas consistían, en general, en una lamentable colección de casas desvencijadas con cercas rotas. Sin embargo, para Rasputín todo poseía un encanto indefinible, un aura de paz y santidad. Entonces, cuando pasaron frente a la iglesia, vieron que salían los fieles, entre ellos varias chicas atractivas con himnarios en la mano. Llevaba cinco días de celibato y su cuerpo anhelaba el contacto de un cálido cuerpo femenino. Suspiró al pensar en el problema de alcanzar la santidad.

En ese momento, oyó que el novicio Pyotr decía:

—Mucha gente de por aquí lo considera un santo.

—¿De quién habla?

Saborevski contestó:

—Del padre Macario. Es un ermitaño que vive en el bosque. Dicen que era un hombre instruido y que, antes de la llamada de Dios, vivía en San Petersburgo.

—¿Podríamos visitarlo?

Pyotr comentó:

—Sí, ¿por qué no?

El bosque al otro extremo del monasterio se encontraba a media hora de marcha. Mientras se dirigían hacia allí, Pyotr relató las historias que había oído acerca de la juventud del ermitaño Macario; que nació en una familia rica, fue oficial del ejército y se hizo notorio por apostar, batirse en duelo y seducir a las esposas de los tenderos. Un día, como resultado de una apuesta, se fue a vivir en una choza medio derrumbada en un bosque. Después de un mes de estar allí, ganó la apuesta, pero decidió también que había encontrado su vocación. Ahora, tras andar por toda Rusia, se había asentado cerca del monasterio, donde pocos monjes simpatizaban con él.

Resultó que Pyotr nunca había ido a la choza y les fue un tanto difícil encontrarla. Finalmente, dos campesinas les dijeron cómo llegar. La choza se hallaba en un claro, cerca de un gran estanque límpido. A Rasputín le pareció que nunca había visto un lugar tan encantador. La construcción en sí era una sencilla estructura de troncos burdamente cortados, con postigos de madera. Pyotr llamó a la puerta e inquirió:

—¿Podríamos entrar, santo padre?

—Sí, adelante.

Su voz era profunda y poseía una resonancia gutural. Rasputín experimentó una repentina sensación de frío en el estómago.

Una cortina dividía la choza en dos secciones. En un rincón, debajo de la ventana abierta, se encontraba sentado, en una silla baja, el ermitaño Macario, un hombre impresionante, calvo y de rasgos delgados y marcados por la enfermedad. Unos cuantos campesinos, tanto hombres como mujeres, se hallaban sentados frente a él, en el suelo.

—¡Ah! Visitas del monasterio —exclamó Macario.

Pyotr se arrodilló y besó la mano del ermitaño, presentándose a sí mismo y a sus dos compañeros. Saborevski besó también la mano de Macario, si bien era evidente que lo hacía con renuencia. Rasputín cayó de rodillas y besó la mano con profunda humildad. Los relatos de Pyotr le habían convencido de que se encontraba frente a un santo.

Macario miró fijamente y con interés al apuesto campesino de cabello despeinado y ojos hundidos. Cogió la mano derecha de Rasputín en las dos suyas.

—¿De dónde eres? —le preguntó.

—De Pokrovskoé, padre.

La cara del anciano era tan pálida y estirada que semejaba un cráneo cubierto por una máscara de goma. Pero los oscuros ojos estaban llenos de vida. Y ahora se clavaban en los de Rasputín, como retándole a desviar los suyos. Rasputín le devolvió la mirada, fascinado, dándose cuenta de que el poder hipnótico de este hombre era superior al suyo. Empezó a sentirse incómodo, pero no pudo desviar la vista. Los demás, al percatarse de que algo sucedía, mantuvieron silencio. Entonces, el ermitaño soltó la mano de Rasputín y dijo tranquilamente:

—Ven aquí, hijo mío.

Con un gesto, ordenó a Rasputín que se acercara. Grisha lo hizo. Macario le habló en voz baja, casi ahogada por el ruido producido por el riachuelo y que se oía a través de la ventana abierta.

Queda y seriamente le dijo:

—Te espera un extraño destino. Serás un hombre famoso.

Hizo una pausa, y Rasputín preguntó, con los labios resecos:

—¿Un hombre santo, padre?

—Sí, un hombre santo. Pero serás más que eso.

Hizo otra pausa. Diríase que tenía la vista clavada en una gran profundidad. Luego, alzó los ojos y continuó, en tono fuerte y normal:

—Pero, si no vas con cuidado, serás un mártir.

Rasputín le hizo la pregunta que deseaba hacer desde que entró en la choza.

—¿Encontraré a Dios?

Macario respondió:

—Sólo Dios podría responder a eso. Pero si rezas, pidiéndole que te guíe, te ayudará. —Señaló hacia un rincón—. Rézale a la Virgen.

Una lámpara estaba encendida frente a un icono. Rasputín vio que se trataba de la Virgen de Kazán, y le pareció que era un buen augurio. Besó nuevamente la mano de Macario y fue al rincón, dejándose caer de rodillas. Ahora, de pronto, supo sin lugar a dudas que el propósito de su vida consistía en encontrar a Dios. Nada más tenía importancia. El saber esto le proporcionó una paz tan profunda que sintió que las lágrimas se le escurrían por las mejillas. Algo ocurría en su interior, algo que dolía; sin embargo, el dolor era también un alivio. La voz de Dios hablaba nuevamente en su interior y esta vez sólo quería decir:

«Sí, Dios, dime lo que quieras, Señor. Lo único que deseo es cumplir tu voluntad.»

Camino de regreso al monasterio, sus compañeros hablaron como si nada hubiese ocurrido; pero Grisha percibió ciertas miradas de soslayo que delataban su intensa curiosidad. Finalmente, Saborevski le preguntó:

—¿Qué quiso decir con eso de que serías un mártir?

Rasputín, avergonzado por la profundidad de su experiencia, trató de restarle importancia.

—Dijo que si no andaba con cuidado. Pero pretendo ser prudente.

Esa noche, durante la cena, Rasputín decidió no beber cidra; le parecía que sería como profanar la luz que sentía en su interior. Estaba sentado entre dos monjes que no conocía aún, el padre José y el hermano Sergio. Diríase que habían oído hablar de él, y lo acosaron con preguntas acerca de sus antecedentes. Esta atención lo hubiese halagado en circunstancias normales. Pero ahora sólo veía en ellos algo mundano, de satisfacción de sí mismos y el olor de sus egos lo ofendía. Tan pronto como le fue posible hacerlo con cortesía, se disculpó y salió afuera. El patio estaba fresco, el cielo, azul y claro. Se sentó en el banco afuera de la habitación de los huéspedes y se hundió en la paz, como si fuese un baño caliente. Alguien llegó y se sentó al otro lado del banco. Rasputín miró de reojo, esperando que no fuese el padre José, y vio a un hombre de barba gris que vestía la bata azul de los khlistis. Ahora que se le presentaba la oportunidad, decidió aprovecharla.

—¿Les gusta vivir aquí?

El anciano lo miró con sus bondadosos ojos azules.

—Aceptamos cualquier cosa que el Señor nos envíe.

—¿Podrían irse, si lo quisieran?

—Sólo si renunciamos a nuestra fe.

—Y, ¿cuál es su fe?

El anciano le dirigió una mirada penetrante, decidió que la pregunta no era ni impertinente ni trivial y respondió:

—Creemos que el espíritu es bueno y que la materia es mala. Y creemos que Cristo ha regresado muchas veces a la tierra en forma de hombre. Eso es lo que significó su promesa de la resurrección. La última vez que regresó fue en 1645, con el nombre de Daniel Filipov. Ése fue el Segundo Advenimiento predicho en el Nuevo Testamento.

—Y, ¿qué enseñaba Daniel Filipov?

—Dijo que los hombres no tenían que casarse, que no debían beber ni maldecir, que debían buscar el martirio.

Rasputín frunció el ceño.

—Pero, si no hubiera matrimonios, la raza humana se acabaría.

—Cierto. Pero si todos los hombres siguieran sus enseñanzas, llegaría el Día del Juicio Final y ya no habría necesidad de procrear.

Esta proposición le pareció algo dudosa a Rasputín. Después de una pausa, preguntó:

—¿Dónde buscan el reino de Dios?

—Se encuentra dentro de nosotros mismos —respondió prestamente el anciano.

Rasputín dijo con convicción:

—Lo que dice usted es la verdad.

—Cristo no puede mentir —repuso solemnemente el anciano.

El abad cruzó el patio, hablando con un monje. Cuando vio a Rasputín sentado en el banco junto al anciano, una sombra cruzó su expresión. El anciano la vio.

—Ya no podemos hablar. No les gusta.

Al decir «les», parecía referirse a un conquistador extranjero.

—Pero, ¿dónde puedo saber más sobre sus enseñanzas? —inquirió Rasputín.

El anciano volvió a sopesarlo con su penetrante mirada.

—¿Conoces Neyvo Shaylanski?

El día anterior, Rasputín había visto el nombre en una señal en el camino. Asintió con la cabeza.

—Pregunta por Nikon Kostrovski. Dile que Yemeljan te envía —le dijo el anciano.

Se levantó y se alejó. Rasputín vio que el padre José se encontraba de pie a sus espaldas, contemplando aparentemente el horizonte pero evidentemente escuchando. Antes de levantarse, se aprendió los nombres de memoria.

Esa noche, cuando apenas se acababa de dormir, la puerta de su habitación se abrió con un chirrido. Al despertar, alzó la mirada y vio dos figuras tenuemente iluminadas por la luz de la luna.

—¿Qué quieren?

—Queremos hablar contigo —contestó la voz del padre José.

Rasputín encontró los fósforos y encendió la vela.

—¿Acerca de qué?

El padre José se sentó en el borde de la cama. El hermano Sergio permaneció de pie, a su lado.

—Le vi hablar con ese khlisti —manifestó el padre José.

—¿Y bien? —preguntó Rasputín, irritado. Nunca había reaccionado bien a la autoridad.

—No quisiéramos verle en problemas. ¿Sabe usted que esas gentes son herejes?

—Sólo estábamos matando el tiempo.

El padre José sonrió amablemente.

—Bien. Me alegra oírle decir eso. Nos gusta tenerlo aquí con nosotros.

Para asombro de Rasputín, el padre se inclinó y posó las manos en sus hombros, mirándolo fijamente a los ojos.

—¿Le gustaría quedarse aquí? —preguntó el padre.

—¿Aquí? ¿En el monasterio? No podría. Estoy casado.

De repente, Rasputín recordó al polaco mellado. La imagen le vino por la forma en que el padre José se humedecía los labios con la lengua.

—Podríamos arreglar eso... —dijo en voz baja el padre.

Se inclinó y apretó el rugoso, mal afeitado mentón contra la mejilla de Rasputín. En el mismo instante, Rasputín sintió la mano del hermano Sergio meterse bajo la ropa de cama y deslizarse por sus muslos. Soltó un violento puntapié y el padre José, cogido por sorpresa, cayó de lado mientras que el hermano Sergio se tambaleaba hacia atrás. El padre José se recuperó rápidamente y se abalanzó sobre Rasputín, sujetándole los brazos contra la cama.

—Somos más fuertes que tú —le dijo salpicándole de saliva.

El hermano Sergio se arrojó sobre las piernas de Rasputín, que se sintió ultrajado. Durante un momento, los tres lucharon con ferocidad, los monjes intentando sujetarlo. Rasputín libró un brazo y logró dar un puñetazo en el ojo del padre José. Éste rodó fuera de la cama. Rasputín se puso de pie de un salto, agarró al hermano Sergio por la sotana y lo golpeó en un lado de la cabeza. Entonces, se volvió hacia el padre José, que estaba recuperando el equilibrio, y le dio un puntapié en el pecho.

—¡Afuera! —gritó.

Atemorizados por su violencia, los monjes se dirigieron a la puerta, encogidos. El rostro del padre José estaba verde y contenía una expresión venenosa.

—No te saldrás con la tuya —gritó histéricamente—. Somos muchos más que tú. —Casi se ahogó y entonces, espetó—: ¡Te haremos sufrir, sucio campesino!

Rasputín había cogido el candelero como arma, los amenazó con él y los monjes chocaron uno contra el otro al tratar de trasponer la puerta.

Pasó unos minutos demasiado furioso para pensar con claridad. Atrancó la puerta con la silla y volvió a encender la vela. Entonces, abrió la puerta y escuchó. Le pareció oír voces provenientes de abajo. Se puso el pantalón, metió el resto de la ropa en la bolsa y salió de puntillas de la habitación.

No se topó con nadie. El patio se encontraba vacío y su aspecto, bajo la luz de la luna, era de total quietud. Convencido de que se hallaba a salvo, pero dispuesto a matar a los monjes si lo atacaban nuevamente, entró al establo, despertó a *Iván*, lo enganchó al carromato y traspuso con él el gran portón del monasterio. Una vez que estuvo en la carretera, azuzó a *Iván*, que empezó a trotar. Dando gracias a Dios por la luz de la luna, que le mostraba el camino que se extendía en la distancia, se echó a reír estrepitosamente. Comparado con su experiencia con el eremita Macario, este episodio era simplemente grotesco.

Viajó hasta el amanecer y durmió una hora bajo el carromato, mientras *Iván* pastaba. Entonces se lavó en un arroyo, comió carne seca salada acompañada de agua y siguió su camino. Era presa de la excitación, de una expectativa de aventura.

En el crepúsculo del día siguiente, ya cansado y polvoriento, encontró la aldea de Neyvo Shaylanski. Era una pequeña comunidad agrícola, situada en un valle junto a un riachuelo. Vio a una mujer que cargaba agua y le preguntó dónde podría encontrar a Nikon Kostrovski. Ella le clavó una mirada penetrante y señaló un sendero de tierra que llevaba al molino de agua.

Un campesino de mediana edad con una desaliñada barba contestó a su llamada.

—¿Es usted Nikon Kostrovski?

—¿Quién es usted? —preguntó cautelosamente el hombre.

—Vengo de parte de Yemeljan.

En el rostro del hombre apareció una sonrisa de bienvenida. Abrazó a Rasputín.

—Entra, hermano.

Atravesaron la habitación donde se encontraba la rechinante transmisión de la rueda hidráulica y entraron en la parte habitada. El lugar olía a polvo y a harina de maíz.

—Los demás me conocen como Dmitri Kuzmich. Sólo los puros me conocen como Nikon —explicó el hombre.

Era evidente que «los puros» significaba los khlistis.

Invitó a Rasputín a cenar con ellos. La familia constaba de un joven de dieciocho años, una chica bizca, de unos veinticinco, y un niño, de unos nueve. Kostrovski explicó que su mujer había muerto. Rasputín estaba a punto de preguntar cómo era que estuviese casado un miembro de los khlistis, pero decidió esperar a que él y Kostrovski se hallaran a solas.

Les informó de su estancia en el monasterio, pero omitió la razón que lo impulsó a marcharse, por si los escandalizaba. Dieron cuenta de una sencilla comida de sopa, pan negro y verduras, acompañada de leche de cabra. Cuando les preguntó acerca de sus creencias, la chica, llamada Daria, desapareció y regresó con algo envuelto en un costal. Era un libro de hojas amarillentas, encuadernado en madera y atado con tiras de cuero. Kostrovski lo colocó frente a Rasputín. El título era *El libro de la paloma,* de Daniel Filopov. Rasputín lo abrió y leyó media página.

—Pero, si la carne es mala, ¿por qué está usted casado?

—No todos nosotros somos elegidos como Ostiets Yemeljan.

Después de cenar y cuando Rasputín hubo acomodado a *Iván,* le enseñaron su habitación. Entonces, se sentaron y hablaron de religión. Era obvio que esta gente sentía placer al hablar de sus creencias, de sus profetas o avatares. La esencia de su fe consistía en que Dios se manifestaba en la tierra en avatares como Averzhan, que fue crucificado en el campo de batalla de Kullicovo, y Yemeljan, que fue torturado hasta morir bajo las órdenes de Iván el Terrible. Por lo visto, al actual Yemeljan, el anciano de Verkhoture, lo consideraban como otro «elegido» y era uno de los miembros más respetados del movimiento en Rusia. Rasputín no podría haber encontrado mejor padrino. Eso le confirmó en su idea de que Dios quería que aprendiera todo lo que había que aprender sobre los khlistis.

En un momento dado, en respuesta a una pregunta, Rasputín volvió a describir su experiencia a orillas del Tura. La familia Kostrovski escuchó atentamente. Entonces, para su sorpresa, Daria se arrodilló junto a su silla y le besó la mano.

Hacia la medianoche, cuando se preguntaba qué hacer para irse a la cama sin ofender, alguien llamó a la puerta. Nadie hizo nada por abrirla. Entonces entraron dos campesinos. Se sentaron sin invitación e inclinaron la cabeza, como si estuviesen rezando. Unos minutos más tarde, llegaron más; esta vez, era una familia de seis. Se sentaron también e inclinaron la cabeza. A medida que iban llegando más, se iban sentando.

Al ver la perplejidad de Rasputín, Kostrovski lo llevó a la habitación adjunta.

—Si deseas unirte a nosotros en el culto, eres bien venido. Si estás demasiado cansado, lo comprenderemos.

A Rasputín se le hacía difícil luchar contra el cansancio, pero le pareció que sería una muestra de mala educación disculparse en ese momento.

—Me gustaría quedarme —dijo.

Kostrovski lo cogió de los hombros y lo besó en la frente. Regresaron con los demás.

La pequeña habitación se encontraba ya atestada. Rasputín contó veinticinco personas. Kostrovski cogió el libro de la mesa. Los demás, tomando el gesto como señal, se pusieron de pie y salieron con él de la estancia. Todos bajaron la escalera detrás del molino, atravesaron un estrecho puente; Daria la Bizca guió a Rasputín, llevándole de la mano, y entraron en un establo que olía a vacas.

Habían colocado varios cojines de cuero, de tal modo que formaban un círculo alrededor de un barreño de madera, un barril partido por la mitad. La mayor parte de la congregación se arrodilló sobre los cojines, de cara al barreño. Un joven y una joven tomaron sendas cubetas para la ordeña y salieron. Al poco tiempo regresaron con las cubetas llenas de agua, que echaron en el barreño antes de volver a salir. Los otros rezaban silenciosamente. Les tomó aproximadamente media hora para el barreño. Mientras tanto, Rasputín hacía enormes esfuerzos por mantenerse despierto. Cuando la tina estuvo llena de agua, casi hasta rebosar, el joven y la joven se arrodillaron también y las oraciones siguieron unos diez minutos más. Entonces, Kostrovski se levantó, con *El libro de la paloma* en la mano, y leyó en voz alta. Leyó varias páginas y la congregación murmuraba periódicamente «Amén», a la vez que se persignaba.

De pronto, se oyó un chillido. Rasputín, que empezaba a dormitar, despertó sobresaltado y con los pelos de punta. La bizca se encontraba de pie, meciéndose, con lágrimas en las mejillas y repitiendo un cántico en un curioso tono agudo. Las palabras parecían ser de un idioma extranjero y eran extrañamente reiterativas. La chica se dejó caer al suelo; seguía gimiendo y se golpeaba la frente contra el suelo de tierra. Se oyó otro grito. La joven que había llevado cubetas de agua se hallaba de pie, vociferando en un tono extraño y gutural. Miraba hacia arriba, de modo que sólo se le veía el blanco de los ojos. Los demás se unieron a ella en un cántico rítmico, golpeándose la cabeza y batiendo palmas al ritmo del cántico. La chica empezó a bailar con movimientos sinuosos alrededor del barreño, como si tratara de bailar con lentitud. Otros se pusieron a bailar, algunos casi doblados, con las manos tocando el suelo, arrastrando los pies en un movimiento semejante al de los simios. Kostrovski batía palmas y cantaba algo a un ritmo regular. El canto salvaje y el primitivo ritmo hicieron que le cosquilleara la espina dorsal a Rasputín. Sus pies querían saltar, como si tuviesen vida propia. Una fuerza eléctrica recorrió su cuerpo, convulsionando sus músculos. Obedeció el impulso y se unió al baile.

Kostrovski repetía una y otra vez algo que sonaba a «Desciende Espíritu Santo», pero daba a las palabras una extraña entonación. El cuerpo de Rasputín siguió convulsionándose y sacudiéndose con un impulso aparentemente independiente de su voluntad. Bailaron y bailaron, y los minutos parecieron convertirse en horas. Rasputín, cuanto más deliberadamente soltaba el control, tanto más permitía que su mente se hipnotizara por los cantos, que el espíritu salvaje se adueñara de ella. Era algo tan increíblemente raro, feroz y brutal y, a la vez, tan dulce, que lo llenaba de una estremecedora energía, un deleite tan poderoso como la excitación sexual. Una parte objetiva de la mente se asombraba al ver que todos parecían ser presa de la misma fuerza, y que ésta llenaba el establo cual un invisible vendaval.

Uno de los hombres se había separado del grupo y

giraba sobre un pie, como lo hacía un derviche que Rasputín había visto en una feria. Otros empezaron a hacer lo mismo, girando más y más rápidamente. Un momento después, el propio Rasputín se sintió presa de la misma fuerza, como si, invisible ésta, pasara sistemáticamente de una persona a otra. Había gente gritando y chillando. Algunas mujeres se contorsionaban en el suelo, con el pelo suelto ondeando y el cuerpo arqueado hacia arriba en una especie de convulsión epiléptica. Rasputín daba vueltas a tal velocidad que ya no veía bien lo que ocurría. El espíritu lo azotaba, lo empujaba a girar más y más de prisa, como si fuese un niño con una peonza. Algo se agitó en su interior, y de su boca surgieron palabras, palabras que no entendía, un idioma raro y gutural, palabras como *viron isro larag gohulim dodpal ezarsi*; soltaba cada una cual si fuese un grito triunfal. Alguien lo agarró y tropezó; una mujer le agarró la camisa y se la arrancó. Ahora veía que muchos de ellos se hallaban desnudos y que sus cuerpos brillaban de sudor a la luz de la lámpara. Al mismo tiempo, se dio cuenta de que el agua del barreño borboteaba, como si hirviera, y que soltaba un vapor dorado. Sin embargo, cuando unas gotas lo salpicaron, estaba fría. La fuerza que sacudía su cuerpo con violentos latidos fluía también a través del agua, que actuaba como una especie de conductor.

Entonces, la luz bajó y se apagó casi inmediatamente. Rasputín se encontraba contorsionándose en el suelo entre la maraña de cuerpos, lleno aún de la exaltación que hacía hormiguear su piel, cual si se convirtiera en luz y calor. Unos brazos lo abrazaron, sintió una piel desnuda contra la suya. Su exaltación se convirtió en un inmenso y diabólico deseo que hizo que el cuerpo de la mujer pareciese su víctima predestinada. No tenía idea de quién era ni de su edad; sólo que la fuerza en su interior quería poseerla y que la fuerza en ella la urgía a entregarse sin temer las consecuencias. Rasputín gruñó como un animal hambriento al penetrarla; sus pies se clavaban en el suelo como empujándolo y sus manos tiraban de la mujer, acercándola. Ella ya no se retorcía, si bien su espalda seguía arqueada; diríase que estaba suspendida en un éxtasis inmóvil. Rasputín se percató de que a su alrededor otros se apareaban con la misma violencia ávida. Sólo el agua borboteante parecía soltar una tenue luz que iluminaba el vapor ascendente.

Despertó en la oscuridad y, durante un momento, se preguntó dónde estaba. Todo era silencio. Se encontraba desnudo y tenía frío. Se incorporó y vio que la puerta se hallaba abierta; la luz de la luna formaba una mancha blanca en la oscuridad. Se acercó a la puerta y la abrió totalmente, para que entrara más luz. Entonces vio que el establo estaba vacío. El barreño de agua había desaparecido. Su camisa y su pantalón se encontraban en el suelo. Una manga de la camisa había desaparecido. Temblando, se vistió y salió. Le pareció oír voces distantes, pero el ruido producido por el arroyo le impedía estar seguro de ello. Se sentó en la orilla, cerca del puente, y miró la corriente de agua. Afuera, el aire nocturno era más cálido. En el cielo, había luna llena, un inmenso círculo plateado rodeado de estrellas. Su cuerpo hormigueaba aún, lleno de vida, de un resplandor de salud que parecía tener su origen en el plexo solar. El olor del aire nocturno, de la hierba, de las vacas y del polvo de trigo, todo ello parecía ser inmensamente significativo, cual si tratara de hablarle. Esta sensación de que había una presencia viva a su lado lo llenó de tranquilidad. Como sonámbulo, se levantó y atravesó el puente, dirigiéndose hacia el molino.

Al día siguiente, durante el desayuno, Kostrovski le dijo:

—Ahora eres uno de los nuestros. ¿Deseas irte o quedarte?

—Debo irme.

—Es tu elección. Pero al menos ahora sabes la verdad sobre los elegidos.

Al hablar, Rasputín sintió que el fuego se removía nuevamente en su interior y le obligaba a decir:

—Ya no os pertenecéis a vosotros mismos.

—No. Le pertenecemos a Él.

Rasputín miró a la chica, que bebía de un cuenco. La fuerza lo hizo levantarse y ponerse a espaldas de la joven. Kostrovski, percatándose de que algo ocurría, se puso serio y alerta. Rasputín tocó el hombro de la chica y tiró de ella, de tal modo que sus hombros descansaban en el vientre de él. Entonces colocó ambas manos en los ojos de la chica, presionando suavemente los párpados cerrados. La fuerza fluyó a través de las puntas de sus dedos. Era algo bastante sencillo. Sabía exactamente lo que tenía que hacer. Lo había hecho, de niño, al curar a los animales. Permitió simplemente que la fuerza fluyera desde su interior, cambiando las energías de la joven, enderezando lo torcido, corrigiendo lo malo. Permaneció así durante unos cinco minutos, mientras Kostrovski rezaba con la cabeza inclinada y el niño de nueve años observaba todo con los ojos bien abiertos. Rasputín oía al hijo mayor que daba de comer a las aves, abajo, en el patio. Cuando sintió que ya lo había logrado, alejó las manos, la besó en lo alto de la cabeza en muestra de amor, y volvió a sentarse. La joven permaneció sentada, los ojos arrasados en lágrimas. Entonces se levantó de un salto, salió corriendo de la habitación y subió por la escalera. Pero Rasputín tuvo tiempo de ver que sus ojos lo miraban directamente, ya sin bizquear.

Más tarde, ese mismo día, cuando la galera iba traqueteando hacia Artemovski y Tiumen, Rasputín meditó sobre lo que había ocurrido, tratando de entenderlo. Esta extraña fuerza que aún sentía dentro de sí, ¿era parte de él mismo o provenía de fuera? En cierto sentido, era ambas cosas a la vez.

Y Kostrovski tenía razón. Ahora entendía a los khlistis. Ya no le extrañaba que *El libro de la paloma* enseñara que los hombres no debían casarse y que, sin embargo, su ceremonia acabara en apareamientos promiscuos. Desde un punto de vista ideal, el matrimonio era prohibido, pues constituía una elección personal. Todo hombre debería ser poseído por el espíritu, a fin de no tener ya ninguna opción personal. Ahí estaba la respuesta a la paradoja.

Pero lo que lo excitaba y lo llenaba de alegría era que la fuerza le hubiese escogido a él como morada. Se había encontrado siempre ahí, pero él la había confundido con una parte de sí mismo. Ahora sabía que no era él. Al menos, no era Grígori Efimovich Rasputín. En eso consistía lo extraño y lo excitante. De ser una paradoja, lo era únicamente porque los hombres no comprendían la naturaleza del alma y del ser.

Ahora que lo comprendía tenía la impresión de hallarse sobre una roca. La seguridad del espíritu lo hacía inquebrantable.

Como para subrayar el hecho de que en la vida había aún inseguridades, la rueda de la galera pasó sobre una roca y el pasador de la chaveta se rompió. Rasputín necesitó dos horas y considerable ingenio para volver a poner el carromato en marcha.

5

Tanto su madre como su mujer se dieron cuenta de que Grisha había cambiado. Estuvo fuera exactamente una semana y, sin embargo, parecía mayor, más seguro de sí mismo. Cierto elemento infantil había desaparecido y nunca reaparecería. Su madre lo contemplaba orgullosa. Pero su mujer no estaba tan contenta con el cambio. En cierto modo, era más duro. Era obvio que seguía amándola, pero de modo más controlado, sin el anterior abandono.

Ese año, la cosecha fue la mejor de todas. Tras recogerla, Rasputín viajó nuevamente a Tiumen; esta vez con tres caballos enganchados a la galera pesadamente cargada. Al acercarse a la taberna de madame Semenova, se preguntó si tendría el valor de detenerse y enfrentarse a Olga. Se sintió tentado de seguir de largo. Pero le pareció que salirse tan fácilmente del problema constituiría una falta de integridad, por lo que entró. Se sorprendió agradablemente cuando madame Semenova lo saludó con solicitud maternal e insistió en preparle su budín preferido. Olga, al parecer, se había casado con su primo Vasily, y tenían una granja avícola. Ella estaba embarazada. Era evidente que madame Semenova no tenía idea de lo que había ocurrido la última vez que Grisha pasó allí la noche. Grisha prosiguió su camino más tranquilo.

Cuando regresó a Pokrovskoé, Prascovia le dijo que estaba embarazada de nuevo. La niña, que nació la primavera siguiente, fue bautizada con el nombre de Matriona, María para abreviar.

A lo largo de ese invierno, Grisha pasó varias horas diarias rezando. El propósito de las oraciones no era pedir favores a Dios, sino tratar de hundirse en el reino de Dios, que sabía se ocultaba dentro de él. En dos ocasiones, vivió un estado de paz tan profunda que sentía que la revelación estaba por llegar, pero algo en él parecía resistirse. Entonces, poco después de la Navidad, tuvo una experiencia que volvió a llenarlo de dudas y de emociones conflictivas. Su vecino el herrero, Arkhip Kaledin, el que le había salvado la vida a Grisha, era dueño, desde el verano anterior, de un pequeño taller y almacén y había llegado de Yarkovo para ayudarlo su sobrina, una joven viuda llamada Katerina, que tenía un niño pequeño. Era una chica excepcionalmente bonita y, puesto que los patios traseros de las dos casas colindaban, ella y Grisha se veían a menudo a través de la verja. Pero, por alguna extraña razón, ella se mostraba fría y distante. Entonces, una noche helada de fines de diciembre, Kaledin llamó a la puerta de Rasputín. El niño se encontraba enfermo, la partera no estaba en casa y la madre se hallaba desesperada. Kaledin recordó que Grisha poseía la reputación de curandero, y pensó que su presencia al menos tranquilizaría a la madre. Rasputín se vistió rápidamente y fue a la casa vecina.

El niño, de unos siete años, respiraba con dificultad y su cara estaba roja. A Rasputín le pareció que era una pulmonía. Pidió a todos que salieran de la habitación y se arrodilló al pie de la cama a rezar. Se llenó de paz y, luego, de una sensación de poder. Colocó una mano en el pecho del niño y la otra en su frente. Percibía las emanaciones negativas que fluían alrededor del cuerpo, a unos cinco centímetros de distancia. Consiguió que su propia fuerza fluyera por las puntas de sus dedos. Después de un rato, la respiración del niño se tranquilizó y el tono rojizo de la piel desapareció. Rasputín fue a la puerta y encontró a la madre sentada en el suelo.

—Ya puede entrar —le dijo—. Parece encontrarse mejor.

La madre se echó a llorar al ver la respiración ligera y regular del niño. Se dejó caer de rodillas y besó la mano de Grisha. Turbado, éste la levantó y le pidió que le preparara un té. En la cocina, habló para distraerla y casi la convenció de que el niño en realidad no había estado enfermo. Con el alivio, la joven se mostró alegre, casi delirante. Grisha se dio cuenta de que ya estaba a punto de amanecer y se puso de pie, pensando en marcharse. Ella volvió a besarle la mano y él la volvió a levantar, mirándola fijamente a los ojos, a fin de hacerla pensar en otra cosa. Tuvo demasiado éxito. Vio la expresión familiar de rendición impotente y tuvo que colocarle la mano en la cintura para evitar que se tambaleara hacia atrás. Cuando el cuerpo de la joven se arqueó contra el suyo y sintió su pelvis presionarle los muslos, surgió en él el deseo. Detrás de ella, se hallaba un banco de madera cubierto de cojines. A Grisha le pareció inútil rechazar lo que ella le ofrecía por gratitud. La estaba llevando hacia el banco cuando oyeron que el niño gritaba.

—Mamá.

La joven corrió hacia la puerta.

—Mamá, tengo sed...

Rasputín tuvo la sensación de despertar de un sueño. Se despidió y regresó apresuradamente a su casa.

Una vez acostado, al lado de su mujer dormida, se dio cuenta de cuán cerca estuvo de cometer adulterio común y hundió la cara en la almohada para ahogar un gemido. Recordó que el arcipreste Avvakum había puesto su mano sobre una vela encendida, para castigarse. Grisha se mordió el antebrazo hasta hacerlo sangrar.

Al día siguiente, María, su hija, tuvo fiebre. Duró sólo veinticuatro horas, pero reforzó su sentimiento de culpabilidad. Prascovia observaba su tormento y se puso pálida y deprimida. Grisha se sentía impotente. La amaba, amaba a sus hijos, pero el conflicto que había en su ser le había amargado la vida. A veces, todo le parecía irreal. Sentía un fuerte impulso de hacer algo, pero no sabía qué era lo que quería hacer.

El deshielo empezó a principios de abril. El sol salió y secó las tierras inundadas. Los pájaros cantaban y diríase que el cielo estaba recién limpiado. Sin embargo, nada en su ser respondía a la llegada de la primavera. Ya no era culpabilidad por lo de Katerina, pues la trataba amistosamente y había dejado bien claro que se consideraba un hombre casado. Ella sólo le había hecho darse cuenta de lo profundo de su propia insatisfacción.

Un día decidió arar la pradera junto al río. Era una amplia pradera y trabajó desde el amanecer hasta bien entrada la tarde. Su cuerpo estaba agotado, pero su mente permanecía inquieta. Los caballos estaban también cansados, pero era tal la infelicidad de Grisha, que los obligó a seguir. De pronto, *Iván* tropezó con la raíz de un árbol y casi cayó. Rasputín fue a acariciarlo y vio que sudaba y temblaba. La angustia del caballo le hizo darse repentinamente cuenta de la suya propia.

—¿Qué me está pasando? —se preguntó en voz alta, y se arrodilló junto al río.

Se encontraba cerca del lugar donde, trece años antes, casi se había ahogado. Pero este recuerdo sólo le hizo preguntarse si tal vez no hubiese estado mejor muerto. La idea de la muerte le parecía tentadora. Si Dios tenía un propósito para él, ¿por qué lo dejaba en este estado de confusión y desconcierto? Su mente se oscureció con la desesperación.

Entonces, en su fuero interno, supo la respuesta. Se trataba de lo que supo la mañana después del ritual de los khlistis. Se trataba de que *él no era Grígori Rasputín*. Él era la fuerza que surgía en él cuando curaba. Las aflicciones de Rasputín no tenían ninguna importancia, pues no eran *suyas*. La alegría le llenó el alma y llevó lágrimas a sus ojos. A través de las lágrimas, la luz del sol parecía resplandecer como un coro celestial. Su corazón se ensanchó hasta que temió que dejara de latir. Los velos que había entre él y el mundo de la realidad se volvieron transparentes. Percibió una presencia encima de él y se enjugó las lágrimas con las manos manchadas de fango. Diríase que la luz se retorcía, como si estuviese a punto de parir. Luego se solidificó en forma de mujer. Se encontraba suspendida en el aire, a unos seis metros por encima de la cabeza de Rasputín, mirándolo con una serena sonrisa. Asombrado, Grisha se dio cuenta de que ya la había visto, sentada al lado de su cama cuando, de niño, estuvo enfermo. Recordaría la sonrisa el resto de su vida. No contenía compasión, pues estaba más allá de la compasión. Eso lo elevó por encima de la compasión y le dio una nueva comprensión. En su mente había imaginado a la Santa Virgen de Kazán como una madre sollozante. El hecho de que no llorara, de que pareciera estar más allá de toda aflicción, fue lo que le convenció de que la visión era verdadera.

Entrecerró los ojos y permitió que la gratitud brotara mientras miraba la figura vestida de morado y blanco. Entonces, y ya sabía que así ocurriría, empezó a desvanecerse. Se quedó con la mirada fija en el límpido cielo azul.

Se puso lentamente de pie y se percató de que una rodillera del pantalón estaba empapada en sangre. Se había arrodillado sobre una piedra cortante sin darse cuenta de ello. Desenganchó los caballos del arado y regresó lentamente, cojeando, a la granja. Una salvaje exaltación se mezclaba con la ira y el desprecio de sí mismo. Ahora que la Virgen había aparecido ante sus ojos, se habían desvanecido sus dudas. Lo que le exasperaba era que necesitara esta revelación para disipar sus dudas. Tras lo ocurrido en la ermita de Macario en Verkhoture, debió serle evidente. Tenía ganas de darse de puntapiés por su estupidez. Pero al menos ahora sabía lo que debía hacer.

Prascovia recibió con sorprendente calma su decisión de marcharse de casa. Siempre supo que su esposo era distinto a los demás hombres, que tenía que seguir su propio destino. Sentía tristeza al pensar que lo perdía, se preocupaba ante la perspectiva de encargarse de la granja y criar dos niños a solas, mas también sentía una extraña serenidad al saber que era algo inevitable. Si Grisha hubiese permanecido en casa, contentándose con una vida de granjero, se habría sentido decepcionada.

Durante la hora oscura antes del amanecer hicieron el amor. Luego, Grisha se calzó las botas más fuertes, llenó de comida una mochila de cuero y salió de la casa antes de que apuntara el sol. En casa de sus padres había una luz encendida, pues su padre se estaba preparando para ordeñar las vacas. Pero Grisha pasó de largo. Sabía lo que dirían y que no cambiaría nada. Lo que buscaba se encontraba en algún sitio fuera de allí.

Caminó todo el día por la estepa. Al atardecer, se hallaba cansado, añoraba su hogar y se sentía extrañamente perdido. El mundo era un lugar más grande de lo que creía, y sus viajes a Tobolsk y Tiumen no lo habían preparado para tal inmensidad y apartamiento. Al día siguiente, se sintió peor. Llovió todo el día, y anhelaba regresar a casa, con su mujer y sus hijos. Esa noche durmió en un establo destartalado, no muy lejos de Celiabinsk. Al amanecer, se sintió tentado de regresar a casa. Se arrodilló junto al camino y rezó. Mientras lo hacía, algo en él despertó. Se dio perfecta cuenta de que era sólo su corazón el que anhelaba el hogar. La mente le decía que tenía que seguir su camino. Experimentó un extraño placer al ahogar sus emociones, al volverse nuevamente hacia el sur. Tenía la rara sensación de estarse mirando a sí mismo desde arriba, como lo había hecho la Virgen en la pradera junto al río. Había recuperado su fuerza.

En un tiempo sorprendentemente corto, Grígori Rasputín se acostumbró a la vida en campo abierto. En Europa, lo habrían considerado como un vagabundo o un mendigo. En Rusia, era un *stranic*, un peregrino. Los rusos no son particularmente religiosos; sin embargo, comprenden el impulso que lleva a un hombre a dejar su casa y buscar la salvación. Por tanto, existen pocas casas campesinas que nieguen descanso y comida al peregrino. Además, éste trae consigo una imagen de la vida más allá de la aldea, y alivio del aburrimiento. Aun cuando sólo se siente junto al fuego y no diga nada, su presencia subraya la hermandad de los hombres.

Rasputín dormía ocasionalmente en una cama; pero la mayor parte de las veces, lo hacía en un pajar, en un patio o en un establo con los animales. Por la noche, se alegraba siempre de entrar en la comodidad de un hogar y por la mañana se alegraba siempre de dejarlo, para ir por los caminos. Su mayor placer consistía en encontrarse a solas en los paisajes solitarios, con las ondulantes colinas y los bosques que se extendían hacia el horizonte. Le encantaba seguir, durante kilómetros, el curso de los ríos, observar cómo se estrechaban para convertirse en arroyos de montaña o se ensanchaban para formar lagos o marismas. Aprendió a atrapar peces como todo un experto y asarlos en fuegos de leña. De otros *straniki* aprendió cuáles eran las raíces y las bayas comestibles. Cuando se le desgastaron y rompieron las fuertes botas de cuero, se hizo unas sandalias con corteza de árbol, aunque a veces iba descalzo. Cuando llegó el tiempo frío caminó con los pies envueltos en trapos.

Se había sentido siempre unido a la tierra; sin embargo, se asombraba ahora al ver los cambios de las estaciones. Día a día, florecían distintos árboles y distintas flores; el olor del aire cambiaba de primavera a verano. Las puestas de sol variaban de un tono pastel de salmón y verde manzana al de ríos de llamas que corrían en el cielo como torrentes. La noche podía ser ya tierna y llena de estrellas, ya oscura, quieta e inmensa, ya lluviosa y hostil. En ciertas noches veraniegas se desviaba a propósito de las aldeas y de las granjas para dormir en el bosque o a orillas de un río, pues no soportaba entonces la compañía de los humanos. Su corazón necesitaba ensancharse, abrirse a los árboles y las estrellas.

En una noche de ésas descubrió algo interesante. Aquel día de setiembre había sido cálido, pero la noche era inesperadamente fresca. En su fardo llevaba únicamente un pedazo de pan gris, ni siquiera una cebolla o un pepinillo. Sentado con la espalda apoyada a un árbol caído, pensó en su hogar y en sus hijos, y anheló repentinamente encontrarse de nuevo en Pokrovskoé. La emoción descendió sobre él como una tormenta veraniega, con inesperada violencia. Mas una parte de él permanecía separada, esperando a que el deseo desapareciera por sí solo. A sus espaldas, sobre el tronco, oyó un crujido. Al volverse, vio un enorme escarabajo negro con grandes pinzas en la cabeza. A pocos centímetros, unos gusanos cavaban bajo la corteza podrida. Cuando el escarabajo avanzó, los gusanos desaparecieron. Interesado, Rasputín observó cómo el escarabajo se movía con sorprendente rapidez hacia el borde del pedazo de corteza, metía su voluminosa armadura por debajo y la levantaba lentamente a viva fuerza. Desde donde se hallaba sentado, Rasputín veía los gusanos blancos retroceder más bajo la corteza. El escarabajo se echó de pronto hacia atrás; la corteza cayó, atrapando a varios gusanos, que se retorcían y contorsionaban. El escarabajo esperó un momento, se adelantó y volvió a empujar la corteza. Antes de que los gusanos pudiesen escapar, había agarrado uno con sus enormes pinzas y se lo llevó a su guarida.

Rasputín contempló absorto este pequeño drama. Y, cuando el escarabajo desapareció en su hoyo, se dio cuenta de que su añoranza se había desvanecido. Se controlaba nuevamente a sí mismo. Fue tan enorme el alivio que se echó a reír a carcajadas. Mientras masticaba su pedazo de pan duro reflexionó sobre ello. ¿Por qué se sentía fuerte de nuevo? Pensó en *Alexei*, el gato de su madre, en cómo permanecía inmóvil durante horas, con la mirada fija en la entrada de una madriguera de ratones, tan absorto que no se movía, ni siquiera cuando alguien agitaba comida en su plato. Ahí, se percató, se encontraba la respuesta, en el gato que contemplaba el ratón. Sintió añoranza porque su alma no se encontraba en el lugar adecuado, en su pecho. En el momento en que se concentró en algo, el alma regresó a su lugar en su interior. Y, de pronto, se sintió tranquilo y fuerte.

Fue un descubrimiento que quedaría impreso en su mente el resto de su vida. Somos fuertes sólo cuando nos concentramos en algo, cuando, en nosotros, el principio controlador regresa a su castillo interior. Grisha Rasputín lo expresó de modo más sencillo. Cuando se sentía inquieto o perplejo, pensaba en *Alexei* contemplando la entrada de una madriguera de ratones. Daba rienda suelta a la tormenta emocional que bramaba en su interior mientras se concentraba en el ratón imaginario. Entonces, el alma regresaba a su pecho y, de pronto, se sentía en paz. Lo llamaba el «juego del ratón».

El principal problema de ser un peregrino consistía en la frustración sexual. Se había acostumbrado a hacerle el amor cada día a Prascovia, y la privación le preocupaba a menudo más que el hambre. Si se sentía atraído hacia una mujer, luchaba contra el deseo hasta que éste desaparecía. Pero estas luchas lo dejaban deprimido y agotado. El «juego del ratón» lo ayudaba a controlar el problema; pero no parecía poder evitar que surgiera nuevamente cuando veía a una mujer atractiva. Empezó a experimentar una profunda simpatía por los santos atormentados por demonios femeninos.

Una noche caminó al lado de un campesino que regresaba de los campos de labranza, un hombre alto, fornido y sencillo que casi le rogó que aceptara su hospitalidad. Tan pronto como Rasputín vio a la esposa, sintió el hormigueo del deseo. Ciertas mujeres parecían rezumar una sexualidad oculta pero poderosa. Esta fornida mujer de rostro ordinario y grandes pechos era una de ellas. Durante la velada, la mujer evitó su mirada y habló poco. Después de la cena, el campesino bostezó y fue a acostarse. La cama conyugal se encontraba en la única habitación, del otro lado de una cortina. A Rasputín le dieron un colchón en el suelo, cerca de la estufa. Permaneció acostado, completamente despierto y escuchando el sonido producido por la mujer al desvestirse. Entonces, la mujer abrió ligeramente la cortina y miró, como si se estuviese asegurando de que Rasputín se hallaba dormido, salió desnuda y se acercó a la pila. Con el cuerpo rebosando de deseo, él observó cómo ella se lavaba los pechos y la entrepierna con un paño. La luz rojiza de la estufa daba a su piel el aspecto del bronce. La mujer se volvió, fingió darse cuenta de que Rasputín estaba despierto y se sobresaltó sorprendida. Entonces, con las manos cubriéndole modestamente el sexo, atravesó la habitación y se dirigió hacia el colchón de Rasputín. Éste se incorporó. Al hacerlo, vio el icono de la Virgen en un rincón de la habitación. Experimentó una oleada de asco y desesperación. Con un movimiento violento, volvió la cara hacia la pared, cubriéndose hasta el hombro con la manta. Oyó un siseo desdeñoso, bastante parecido al de un gato enfurecido. La oyó cruzar la habitación hacia la cama conyugal.

Incapaz de enfrentarse a ella, salió de la casa antes del amanecer. Mientras caminaba, rezaba: «¡Ay, Dios! ¿Por qué me atormentas con esta lujuria? ¿Por qué no puedo librarme de ella? Enséñame el camino...» Anduvo hasta que el sol se hallaba en el cenit y ya no se sintió helado hasta los huesos. En un bosque, no lejos de una aldea, encontró un arroyo en el que apagó la sed. Entonces, cerró los ojos y se durmió entre la alta hierba.

Lo despertaron unas voces. Se incorporó cautelosamente. A cincuenta metros, al pie de la colina, tres chicas se estaban desvistiendo, riendo y charlando. Una de ellas se volvió y lo vio. Gritó sorprendida y las demás volvieron también la mirada hacia él. Para enorme alivio de Rasputín, las tres se echaron a reír. Eran campesinas sanas y la idea de haberse desvestido frente a un extraño les pareció divertida. Las jóvenes corrieron hacia los árboles y él oyó cómo se zambullían ruidosamente en el estanque. Puesto que los baños comunales eran aceptados como algo normal en todas las comarcas del país, Rasputín se quitó la ropa y se unió a ellas. Se encontraban evidentemente encantadas de que el extraño fuese joven y atractivo y las tres compitieron para conseguir su atención. Mientras luchaba con ellas, tratando de evitar que lo hundieran, su deseo masculino fluyó poderosamente. Pero esta vez le pareció algo natural y aceptable. Debido a que él era un extraño, ellas también se sintieron libres de actuar con naturalidad. En tanto yacían entre la alta hierba de la pradera, secándose al sol, hizo el amor a la más rolliza y desinhibida. Cuando terminó, estaba claro que las otras dos, si bien se hallaban a cierta distancia y aparentaban no darse cuenta de lo que ocurría, anhelaban compartir la experiencia. Tras casi un año de celibato, Rasputín cumplió como un Hércules. Luego se tumbó nuevamente en la hierba y observó cómo se vestían y regresaban a la aldea. Su cuerpo brillaba bajo el sol, como el de un animal bien alimentado.

Entonces, se dio cuenta de repente de que Dios había dado respuesta a sus oraciones. Le había preguntado: «¿Por qué me atormentas con esta lujuria?» Ahora Dios le había contestado y tuvo la impresión de que su cabeza se llenaba de luz. Dios le había dicho con toda claridad: «¿Por qué me echas la culpa a Mí? Tú mismo te atormentas. ¿Cuándo dije que el sexo estuviera prohibido?»

Pensó en el arcipreste Avvakum que se había quemado la mano en la llama de una vela, y se rió a carcajadas. Pero la risa provenía de una sensación de alivio más que de diversión. Habría hecho mal la noche anterior en acostarse con la campesina porque era huésped de su esposo. Pero estaba bien hacerlo con las muchachas porque él quería hacerlo y ellas no se oponían a ello. Y, ahora se daba cuenta, Dios tampoco se oponía. Durante el resto de su vida, Rasputín ya no experimentó conflicto alguno con respecto al sexo.

Esta nueva sensación de libertad pareció incrementar la fuerza que sentía en su interior. La mayoría de la gente le daba la impresión de estar completamente confundida, atrapada en la maraña de sus propias emociones. En el caso de Rasputín, su seguridad interior le daba acceso a una fuerza interior.

Al cabo de unos días tuvo ocasión de utilizarla. En una casita donde pidió albergue, la hija se encontraba enferma; unos días antes, se había caído en el río y desde entonces tenía fiebre y deliraba. Rasputín recordó a su hermano y su corazón se contrajo, lleno de compasión. Pidió ver a la niña, que apenas respiraba, e indicó a los padres que salieran de la habitación.

Tan pronto como le tocó la frente supo que podía curarla. La fuerza brotó de lo más hondo de su ser, más poderosa que nunca. Se arrodilló junto a la cama, jugó al «juego del ratón» para tranquilizar su mente y permitió que la fuerza fluyera de su pecho y de su plexo solar. Casi de inmediato, la niña suspiró hondamente, aliviada, y se estiró. Sin trabas, suavemente, la energía fluyó de Rasputín y, cada vez que se concentraba, una nueva oleada de fuerza pasaba de sus manos a la niña. Cuando, diez minutos más tarde, salió, ella respiraba profunda y regularmente.

A los padres les dijo:

—Dios la ha curado. Cuando despierte, estará bien del todo.

El padre lo abrazó, apretándolo tanto que casi le hizo perder el aliento. La madre le besó las manos. Rasputín se alegró de que le creyeran y no trataran de ir a ver a la niña. Al día siguiente, por la mañana, ésta se encontraba lo bastante bien para desayunar con ellos a la mesa.

Al otro día, mientras reemprendía su camino, con la bolsa llena nuevamente de comida, Rasputín experimentó una extraña y embriagadora excitación, que no parecía tener una causa concreta. Cuando se concentraba y aspiraba hondamente, la fuerza surgía en su interior. Cuando se relajaba y se limitaba a contemplar el paisaje, tenía la impresión de entrar dentro de éste, de verlo con una especie de apremio, como si le hablara. Estaba cambiando, se estaba convirtiendo en algo distinto. Se sentía como una crisálida a punto de convertirse en mariposa.

De pronto, sintió nuevamente la necesidad de estar en su hogar. Esta vez, el deseo no se debía a la tristeza y al anhelo, sino a su fuerza.

6

Cuando llamó a la puerta, fue Dmitri, de cinco años, quien le abrió; Prascovia lo seguía de cerca.

—¡Papá! —exclamó Dmitri y Prascovia lo hizo callar y se dispuso a pedir disculpas.

Entonces, miró más cuidadosamente y gritó:

—¡Grígori!

No se la podía culpar por no reconocerlo en un primer momento. Rasputín estaba muy delgado, su piel asemejaba el cuero viejo, llevaba barba y el cabello le llegaba hasta los hombros.

—¡Oh! ¡Has cambiado muchísimo! Necesitas engordar.

Desde que Rasputín se había marchado, dos años antes, Prascovia había contratado dos sirvientas, Dunia e Irena. La granja había prosperado y poseían ya el doble número de vacas.

Al cabo de una hora, la casa se encontraba llena de gente. Rasputín ya se había cambiado, quitándose el largo hábito marrón, y Prascovia le había recortado la barba con unas tijeras. Los niños reían y correteaban por todos lados, encantados de ver a su padre. El ambiente era como el de Navidad. Cuando el padre de Prascovia sacó una balalaica, Rasputín cantó y bailó. Parecía rebosar vitalidad.

Prascovia se dio cuenta también de que las chicas que entraban lo encontraban atractivo. La viuda Katerina, la vecina de al lado, se hallaba evidentemente alelada; se sonrojaba y tartamudeaba cada vez que Rasputín le hablaba. Dunia Bekyeshova, la sirvienta, estaba también encantada, pero lo ocultaba mucho mejor a los ojos de todos, menos de Rasputín. Antes de que terminara la velada, Prascovia se había enamorado nuevamente de su esposo. Según María y su hermano Mitya, era el hombre más maravilloso del mundo. En conjunto, esa primera noche en Pokrovskoé llenó a Grisha de una satisfacción personal que nunca antes había sentido. Cuando, después de hacer el amor, permaneció despierto, supo que había hecho bien al marcharse de casa. Se había encontrado a sí mismo; más importante aún, había encontrado su hogar.

El día siguiente era domingo. Rasputín fue a la iglesia con su esposa y sus padres. Supo que el padre Pavel había muerto. El nuevo pope se llamaba padre Pyotr, y no gozaba de mucha simpatía. En la iglesia, Rasputín se dio pronto cuenta de por qué. El hombre carecía de encanto y de modestia; su modo de hablar era duro y rotundo y casi rayaba en la intimidación. Rasputín se percató de que era un hombre de ego susceptible. Cuando se presentó después de la misa, el cura le preguntó:

—Y bien, ¿encontró a Dios?

—No, pero oí su voz en la distancia —contestó Rasputín.

Ante la respuesta, la expresión del padre Pyotr fue de perplejidad y de irritación. En su opinión, olía a misticismo, lo cual, para él, equivalía a tonterías pretenciosas.

Esa noche, una madre con sus hijas, que habían estado ahí la noche anterior, llegaron a la casa de los Rasputín y le pidieron que les hablara de sus experiencias. La madre, que era la esposa del zapatero, inquirió:

—¿Qué quiso decir cuando dijo que oyó a Dios en la distancia?

Rasputín le explicó:

—El alma es como un pozo profundo y Dios se encuentra en alguna parte, en su profundidad. Ése es el sentido de las palabras de san Lucas cuando dice que «el reino de Dios está en ti». Al rezar, uno trata de adentrarse en ese pozo.

Prascovia se asombró de que su esposo pudiese hablar así, casi sin darle gran importancia y, sin embargo, con tal autoridad, acerca de la religión. Comprendió que se refería a experiencias directas. Las otras personas presentes también lo comprendieron. Al cabo de unos días, Rasputín se había convertido en el director espiritual oficioso de la mitad de las mujeres de la aldea.

El domingo siguiente, fue a misa de nuevo, pero el padre Pyotr le pareció insoportable, estúpido, palurdo, sin una pizca de verdadera devoción. Fue entonces cuando decidió construir su propia capilla, cavarla en el suelo, debajo del granero. Entretanto, construyó un pequeño oratorio en un establo de vacas, con un altar y un icono de la Virgen de Kazán. El domingo siguiente, fue a rezar allí. Entonces llegaron la mujer del zapatero con sus hijas, y le pidieron que dijera una sencilla misa. Rasputín les leyó pasajes de la Biblia, habló durante un rato del poder del Espíritu Santo, luego se arrodilló y oró en voz alta. Al irse, la madre le besó la mano y las hijas la imitaron. Dos años antes, Rasputín se habría avergonzado. Ahora le parecía algo natural. Esa tarde, el esposo de la mujer llegó con sus dos hermanos, y se ofreció a ayudarle a cavar la capilla subterránea. Antes de la noche, habían cavado un hoyo lo bastante grande para un caballo con carromato. Al cabo de unas semanas, la capilla subterránea era ya lo suficientemente grande para acomodar a una docena de feligreses y en los nichos y en las paredes brillaban los cirios. Sin embargo, a medida que más personas asistían a su misa dominical, fue necesario ampliarla.

De hecho, Rasputín se beneficiaba de la intensa antipatía que la mayoría sentía por el padre Pyotr. Después del afable y modesto padre Pavel, este hombre parecía burdo, carente de tacto y avaricioso. Al mudarse a la residencia del cura, había traído consigo su propia ama de llaves y había echado prontamente a Elena Ismailova, la anciana que dedicó su vida al padre Pavel. Todas las mujeres de la aldea estaban en contra de él e influían sobre sus maridos. Por lo tanto, la llegada del *stranic* vagabundo fue un acontecimiento más político que religioso. Aunque Rasputín hubiese sido un charlatán egoísta, los hombres se habrían ofrecido a ayudarle a construir su capilla. Pero era evidente que buscaba a Dios y se mostraba sincero, devoto y compasivo. Su poder para curar era también admirable. Ahora, cuando alguien caía enfermo, mandaban buscar a Rasputín antes que a la comadrona local. Rasputín pronto se dio cuenta de que rara vez necesitaba hacer uso de su poder de curación. Su sola presencia en la habitación bastaba para que se iniciara el alivio.

Como cualquier hombre que se encuentra de pronto en una posición de importancia y autoridad, Rasputín era objeto de admiración y rivalidad entre sus discípulas. Afortunadamente, la importancia conlleva su propio antídoto contra la lujuria; es fácil rechazar a una mujer que se ha rendido de antemano. Sin embargo, un reflejo puramente físico podía aún hacerlo caer en el deseo. Una noche, cuando entró a rezar a la capilla, encontró a Elizaveta, la hija mayor del zapatero, que rezaba con devoción. Cuando ella acabó, Rasputín le habló amablemente y se asombró cuando ella rompió a llorar. Le acarició el cabello y le dio unas palmaditas tranquilizadoras, hasta que dejó de llorar. Se dio cuenta de que ella no llevaba casi nada debajo del delgado vestido; sus reflejos masculinos se excitaron. Entonces, con la cara casi oculta, Elizaveta le dijo que rezaba por sus pecados, particularmente el del deseo. De haberse encontrado tan sólo a unos centímetros de distancia, Rasputín la habría consolado solemnemente y la habría conminado a irse a casa. Pero en la situación actual, le pareció natural acariciarle las nalgas mientras escuchaba, y asegurarse con las manos de que estaba efectivamente desnuda debajo del vestido. Cuando empezó a desabrochar los botones, la curiosidad lo movía más que el deseo; le parecía correcto que la discípula se encontrara desnuda frente al maestro. Luego, al encontrarse frente a la joven, cuya mirada se había apartado, que temblaba, la compasión le incitó a tomarla en brazos y colocarla suavemente sobre el vestido que se hallaba ahora en el suelo de tierra apisonada. Al hacerle el amor, seguía sintiendo que hacía un acto de caridad, puesto que daba en vez de tomar. Ella pareció entenderlo así también, pues luego le dijo:

—Gracias, padre.

Rasputín regresó andando a su casa, meditando sobre las palabras de *El libro de la paloma*.

Una noche permaneció despierto hasta tarde, hablando con el padre de Mileti Saborevski, que se había enterado del regreso del *stranic*. Cuando el mercader se hubo marchado al hostal, Rasputín fue a la cocina y encontró a Dunia, la sirvienta, desnuda junto a la pila. La visión excitó su curiosidad y su interés, pues la joven poseía un cuerpo excelente, pero ningún deseo, ya que tenía la mente llena todavía de cuestiones religiosas. Pero tentó a la providencia cuando se acercó a la pila para llenar una taza de agua; Dunia se volvió y se apretó descaradamente contra él. Hacía ya unas semanas que Rasputín se había percatado de que estaba enamorada de él y ahora se sentía culpable por alentarla. Casi como por penitencia, la tomó en sus brazos, la besó, la llevó a la cama que se encontraba en el rincón y cumplió con los deberes de un esposo. Más tarde, mientras yacía junto a su esposa dormida, no sintió ninguna culpa por el episodio con Dunia, pues sabía que dormía con la serenidad de la satisfacción. Estas mujeres eran como sus hijas; tenía que hacer lo posible por repartir equitativamente su amor.

Si los esposos de sus admiradoras sospechaban lo que ocurría, no dieron muestras de resentirlo. Rasputín era considerado ya como un hombre santo. Que le pusiera a uno los cuernos era casi un honor, como si fuese el señor del feudo. Además, los hombres lo respetaban tanto como lo hacían sus esposas e hijas.

El único que alimentaba un creciente enojo era el padre Pyotr. A medida que sus feligreses disminuían, su resentimiento aumentaba, hasta convertirse en un cáncer que le minaba el juicio. Un hombre menos estúpido se habría dado cuenta de que la presencia de Rasputín en la aldea le beneficiaba. Con sólo tratarlo de igual a igual, o incluso con leve condescendencia, su propia autoridad y dignidad se realzarían. Pero el padre Pyotr era el tipo de hombre que experimenta una especie de placer masoquista al sentirse humillado; tales hombres parecen ser cómplices de su propia caída. Después de una misa dominical a la que asistieron un total de nueve ancianos y ancianas, el cura ensilló su caballo y se dirigió hacia Tobolsk, para quejarse ante el obispo. En el camino, se regodeó en planes de venganza y preparó mentalmente su denuncia. Según los rumores, Rasputín se aprovechaba de sus penitentes, por tanto, era un lobo disfrazado de cordero. Al cura también le habían dicho que Rasputín hablaba de los khlistis con tolerancia y simpatía. Era evidente que ambos hechos se relacionaban.

El obispo, un anciano afable, ex misionero en el Japón, más que indignarse, se preocupó por el relato de una congregación secreta de khlistis en Pokrovskoé. Pidió más detalles al padre Pyotr, pero sólo pudo sacarle generalidades. El pope le pareció superficial, nada perspicaz y dado a mostrarse demasiado digno, cosa totalmente inadecuada. Sin embargo, el asunto requería claramente una investigación. Mandó llamar a dos monjes del seminario local y les ordenó que fueran a Pokrovskoé, anunciaran que eran peregrinos camino del monte Atos, y averiguaran lo que pudieran sobre Rasputín. Luego decidió también enviar a dos policías, disfrazados de monjes.

Puesto que la ausencia del cura se había notado, la llegada del contingente de inquisidores no engañó a nadie. Los dos monjes verdaderos encontraron rápidamente la casa de Rasputín y se enfrascaron con él en una discusión teológica. Como lego, Rasputín poseía un respeto natural y sincero por los monjes y consideraba que habían sido ungidos por Dios; cuando el respeto fallaba, su buena educación natural ocultaba la carencia. Los monjes estuvieron encantados con su hospitalidad e impresionados por su ardiente sinceridad. El más joven, un hermano llamado Bernabé, se convirtió casi en su discípulo. Les pareció que sus doctrinas eran ortodoxas y que su conocimiento de las Escrituras era notable. Cuando basó su sermón en Lucas, XVII, 21, era evidente que hablaba de su experiencia personal. Mientras tanto, los dos policías disfrazados interrogaron a las «penitentes» de Rasputín y a sus esposos, y se enteraron de curas milagrosas. Como eran policías, se mostraban escépticos. Sin embargo, era claro que no había ninguna prueba de herejía y de libertinaje en masa. Oyeron también muchas quejas contra el pope, su tosquedad, venalidad y el descuido de sus deberes.

Al cabo de seis días, los inquisidores se fueron de Pokrovskoé por el camino del sur, para dar verosimilitud a su cuento de un peregrinaje a Atos. Unos días más tarde, el padre Pyotr fue llamado a Tobolsk. Nadie se enteró nunca de la naturaleza exacta de lo que ocurrió allí; pero regresó a su parroquia deprimido y con aspecto de haber sido castigado. Las autoridades no se preocuparon más por las actividades religiosas de Rasputín.

Dos años después de su regreso a Pokrovskoé, la posición de Rasputín era envidiable. Aunque fuese virtualmente el cura de la aldea, no reconocía ninguna autoridad eclesiástica. La actitud de su «familia» de devotos rayaba en la adoración. Sin embargo, Rasputín insistía en que debían considerarlo como un hermano y no como un padre. Las mujeres no mostraban celos entre sí, y eran tan discretas que ninguna estaba segura de quién había recibido sus favores. Todas envidiaban a Prascovia y ésta, cuya naturaleza bondadosa y generosa la mantenía por encima de la malicia, aceptaba su envidia como una especie de homenaje, y amaba a su esposo por ser la causa de ello. Rasputín trabajaba poco en la granja; no era necesario, puesto que ella la administraba con tanta eficacia. Pasaba los días como sacerdote, visitando a sus «feligreses», consolándolos y ayudándolos, curando a los enfermos, enseñando a los niños a rezar. Muchos jóvenes lo consideraban su mentor espiritual. Uno de ellos, un gigante torpe de ojos castaños, llamado Pedro Scherbatov, conocido como Peterkin, se desvivía casi constantemente por la familia; ayudar a Prascovia con las labores del hogar era para él un privilegio. Cuando, en 1900, nació una segunda hija, Varvara, Peterkin se convirtió virtualmente en su niñera.

El único miembro de la «familia» que no se sentía precisamente feliz era el propio Rasputín. Estaba constantemente insatisfecho consigo mismo. Sólo los perezosos se contentan con la armonía, y esta pacífica existencia no era la que había predicho Macario. Algo en su interior anhelaba el conflicto, los logros. El «éxito» empezaba a hartarlo.

Prascovia reconoció los síntomas; los había visto anteriormente: las horas a solas, rezando, los accesos de abstracción, los ocasionales ataques de mal humor. Un día, cuando Rasputín se encontraba sentado a la mesa, después de que los niños se fueran, le preguntó suavemente:

—¿Cuándo será?

—¿Qué?

Rasputín alzó la mirada, irritado.

—¿Cuándo te vas a marchar?

Él la miró fijamente y entonces esbozó una sonrisa de alivio.

—Pronto. Tal vez mañana. —La levantó y la abrazó—. Gracias a Dios que me casé contigo.

Esa noche, Peterkin lo encontró rezando en la capilla, con su hábito marrón de *stranic* puesto y su bastón de peregrino a su lado. Abrió los ojos, consternado.

—¿Adónde va, padre?

Rasputín no se enfadó al ser interrumpido en sus oraciones. Colocó una mano en el hombro de Peterkin.

—Al monte Atos.

—Así, yo también iré.

—No, no, hijo mío. Será un viaje muy largo.

Entonces, al contemplar el rostro de mirada franca y bondadosa de Peterkin, se dio cuenta de que tal vez no fuera tan mala idea, después de todo. Peterkin poseía una gran virtud: sabía cuándo guardar silencio.

—Está bien. Pero no se lo digas a nadie. Nos iremos antes del amanecer, mañana —le dijo, en tono decidido.

Viajaron por etapas tranquilas; primero a Ecaterinburgo, luego a Kazán. Peterkin, que nunca había ido más allá de Pokrovskoé, resultó ser un viajero nato. Se hizo con una olla y, si la noche los alcanzaba lejos de lugares habitados, encendía un fuego y preparaba la cena. Rasputín abandonó sus hábitos de vegetariano y hasta aceptó comer estofado de conejo. En las ciudades y las aldeas, Peterkin, con su hábito de monje, encontraba siempre donde pasar la noche y era tan útil y agradable con el ama de la casa que les pedían a menudo que permanecieran más tiempo. En la ciudad de Kazán, la antigua capital de los tártaros, fue Peterkin quien se puso a hablar con un tendero llamado Katkoff, después de mendigarle el precio de una hogaza de pan, y le mencionó los poderes curativos de su amo, que estaba rezando en ese momento a la Santa Virgen de Kazán en la catedral. La esposa de Katkoff padecía artritis; Katkoff rogó a Peterkin que, como favor, convenciera al *staretz* (un hombre santo) de pasar la noche bajo su techo. Rasputín estuvo de acuerdo. Ni él ni Peterkin habían visto nunca un lugar como ése, una amplia casa cuadrada, de cuatro pisos y columnas acanaladas frente a la puerta. La esposa de Katkoff, una mujer bonita, marchita, llamada Elena, cayó inmediatamente bajo el hechizo de Rasputín. En el salón, la sentó en una silla de respaldo recto y, de pie detrás de ella, posó ambas manos en su frente. Elena entró instantáneamente en un trance hipnótico. Rasputín apoyó las manos en sus articulaciones y le dijo que todo dolor desaparecería. Cuando Elena salió del trance, apretó y aflojó los dedos, flexionó los brazos y balanceó las piernas, repitiendo sin cesar:

—Ya se fue el dolor. Estoy curada.

Rasputín gozó de la generosa hospitalidad de Katkoff y se dejó convencer, sin oponer gran resistencia, de quedarse unos días, particularmente cuando Katkoff dijo que iría en coche a Odessa la semana siguiente y que podría llevar a Rasputín. Éste nunca había viajado en automóvil; pero en Kazán se acostumbró a ello. Elena Katkoff invitó a mucha gente a conocer al *stranic*. A todos ellos les impresionó su mirada hipnótica y su poder curativo. Cuando se extendió por Kazán la noticia de la presencia de Rasputín, toda clase de personas llamó a la puerta de los Katkoff, mujeres ricas y mendigos, mercaderes y políticos, incluso el ayudante del comisario de policía, cuya hija se había dislocado la espalda. Una vez que Rasputín la hubo tratado, la joven no pudo moverse; aparentemente, sus músculos se habían paralizado; mas, al día siguiente por la mañana, estaba completamente curada.

Al cabo de unos días, Katkoff decidió poner un alto al desfile continuo de gente que pasaba por su casa. A todos los extraños se les dijo que Rasputín se encontraría al día siguiente en el patio de la posada del Gallo Dorado, entre las diez de la mañana y el mediodía; quien quisiera verlo habría de esperarlo allí. Cuando Rasputín llegó, el patio se hallaba atestado; la noticia se había difundido. Algunos estaban realmente enfermos y muchos eran simplemente curiosos. Estos buscadores de sensaciones no tuvieron de qué quejarse. Rasputín entró a grandes pasos en el patio, alejó con un gesto de la mano a varias personas que trataban de acercársele y miró a su alrededor. Su mirada se detuvo en un hombre pequeño y rechoncho sentado en un banco.

—Usted, levántese y venga aquí —le ordenó.

El hombrecillo, de ojos castaños y muy cerca el uno del otro, empezó a tartamudear.

—No puedo caminar, *staretz*. Mis piernas están paralizadas...

—Levántese y venga aquí.

Se produjo un repentino y total silencio. El ruido del mercado penetraba en el patio.

—Levántese —dijo Rasputín lentamente, clavando la mirada en los ojos del hombre rechoncho.

El hombrecillo trató de levantarse. Su cara se cubrió de sudor. Rasputín le sostuvo la mirada. Entonces, muy lentamente, se levantó, rechazando con un gesto la ayuda de las dos mujeres que se encontraban a su lado. Paso a paso, caminó hacia Rasputín, con una expresión de incredulidad en el rostro. Se detuvo y permaneció inmóvil frente al *stranic*. Rasputín sonrió y le puso una mano sobre el hombro.

—Regrese a casa ahora. Si sigue molestándole, vuelva aquí. Pero creo que desaparecerá por sí mismo.

El hombrecillo, con lágrimas corriéndole por las mejillas, gritó a su mujer:

—Puedo caminar, puedo caminar...

Rasputín se dirigió a la puerta de la taberna, haciéndole una seña a una mujer vestida con elegancia, sentada en un rincón, para que se acercara.

—Venga conmigo —le dijo. Y a Peterkin—: Déjalos entrar uno por uno.

Dos horas más tarde, Rasputín había visto a toda la concurrencia. No había un solo paciente que no estuviese convencido de que lo había ayudado. Muchos le ofrecieron dinero. Rasputín señalaba un cuenco sobre la mesa.

—Póngalo ahí —indicaba.

Cuando una anciana campesina o un mendigo escrofuloso llegó para recibir tratamiento, señaló el cuenco, diciéndole:

—Coja lo que quiera.

Al fin del día, el cuenco se hallaba vacío.

Al cabo de una semana de estas «operaciones quirúrgicas», Rasputín manifestó cansadamente a Katkoff:

—Ahora entiendo por qué el Señor instituyó la Eucaristía. A esta gente le gustaría comerme y beberme.

Sin embargo, una semana más tarde, cuando Rasputín y Peterkin se marchaban de Kazán en el asiento trasero del enorme coche descapotable de Katkoff, Rasputín comunicó:

—Tendré que regresar a Kazán. La Virgen me ha reservado cosas por hacer.

Y siete meses más tarde, en un día de aguanieve y vientos helados, los dos viajeros volvieron a Kazán. Peterkin había adelgazado. Rasputín, cuya barba le llegaba a medio pecho, hacía pensar en un profeta del Antiguo Testamento. En casa de los Katkoff, les dieron una bienvenida digna de la realeza y les adjudicaron las mejores habitaciones para invitados. La mujer de Katkoff se había librado completamente de la artritis y había hablado de Rasputín en San Petersburgo. Cuando declaraba, con los ojos rebosantes de lágrimas, que era un santo, la gente sonreía, pero de todos modos estaba impresionada. Ahora, parecía que la mitad de la aristocracia local esperaba ser presentada a Rasputín.

Ese día, a la hora de la cena, diríase que Rasputín estaba preocupado. Fue Peterkin el que describió su viaje de Odessa al monte Atos en Grecia, y el periplo por Turquía y la Tierra Santa. Insinuó que Rasputín había vivido una profunda experiencia espiritual en Jerusalén. Cuando Elena Katkoff le rogó que hablara de ello, Rasputín pareció despertar de una ensoñación e informó a su anfitrión:

—He oído decir que cosas extrañas están ocurriendo en el mundo.

—¿Qué cosas, maestro?

—Me han dicho que el mundo está lleno de asesinos que desean destruir al zar y derrocar la iglesia.

Katkoff se encogió de hombros.

—Eso no es nada nuevo. Estuve en San Petersburgo en marzo de 1881, cuando una bomba mató al zar Alejandro. Oí la explosión y vi el arroyo lleno de la sangre de los soldados heridos.

Para asombro de Katkoff, era evidente que Rasputín no sabía nada del asesinato de Alejandro II por el terrorista Zhelyabov, cuyas piernas quedaron destrozadas por una bomba compuesta de nitroglicerina en un frasco de cristal grueso. Rasputín le rogó que le narrara la historia con todo detalle. Katkoff explicó cómo la primera bomba sólo dañó el carruaje del zar e hirió a un cosaco y a un niño. El bondadoso zar cometió el error de salir del carruaje para consolar al hombre herido y Zhelyabov arrojó la segunda bomba, volando él mismo en pedazos y matando a veinte espectadores. Katkoff, que iba caminando dos calles más abajo, corrió hacia la escena y descubrió que las ventanas a centenares de metros a la redonda se habían hecho añicos. La mitad del cuerpo de una mujer, cuya cabeza y un brazo habían volado, estaba empalada en un barrote de una reja; de los postes del alumbrado y de los árboles colgaban fragmentos de carne humana y de ropa. Llevaron al zar al palacio, donde murió unas horas más tarde, rodeado de su sollozante familia. Había sido Alejandro quien firmara el decreto que liberaba a los siervos.

Rasputín palideció. Diríase que no entendía.

—Pero, ¿por qué quisieron matarlo?

—Se hacen llamar revolucionarios. Créen que cualquier autoridad es mala.

Rasputín inclinó la cabeza, como si fuese a rezar, y dijo con voz entrecortada:

—El mundo se está convirtiendo en un manicomio.

Al día siguiente, antes del amanecer, Rasputín salió de la casa y fue a la catedral, a orar. Elena Katkoff, que iba a su habitación a llevarle té, lo encontró en el pasillo. Se fijó en que tenía un aspecto distinto. Todo el cansancio había desaparecido. Sus ojos resplandecían de alegría y la abrazó espontáneamente y le acarició la cabeza apretada contra su pecho.

—Debo irme de Kazán hoy mismo —le comunicó.

—¿Hoy? Pero, maestro, lo necesitamos aquí.

Rasputín la alejó, manteniéndola a cierta distancia, los ojos brillando de excitación.

—No le diga a nadie lo que estoy a punto de decirle. La Virgen me ha hablado.

—¡Santa Madre de Dios!

Elena cayó de rodillas. Rasputín se arrodilló frente a ella.

—Ésta es la segunda vez. La primera fue hace muchos años en mi propia aldea. Y ahora, cuando rezaba frente a su imagen, volvió otra vez. Miré hacia el cielo y ella me contemplaba desde el centro de una gran luz.

El rostro de Rasputín se había transfigurado, le costaba evitar el temblor de su voz.

Elena le preguntó en un susurro.

—¿Le habló?

—No con palabras, no con una voz. Aquí —se presionó el corazón con el puño—, habló y me dijo que tenía trabajo por hacer.

—¿Aquí, en Kazán?

—No lo sé aún. Cuando llegue el momento, lo sabré.

De pronto, Elena lo agarró de las manos.

—Yo *sí* lo sé.

Él la miró sorprendido.

—¿Dónde?

—En San Petersburgo. Donde vive el zar. La gran duquesa Militsa quiere conocerle. Le hablé de usted.

Un hombre más de mundo habría querido saber cómo era posible que la esposa de un mercader conociera a la prima del zar. La respuesta era que tanto Elena Katkoff como la gran duquesa, hija del rey de Montenegro, eran espiritistas y se habían conocido en una sesión de espiritismo. Elena Katkoff no le había hablado todavía a Rasputín de su espiritismo, temiendo su probable desaprobación. Y tenía razón en eso. Habría considerado la comunicación con los espíritus y los golpecitos en las mesas como una forma de magia negra.

Rasputín sacudió la cabeza.

—Tal vez tenga usted razón. Pero debo esperar una señal de la Virgen.

Elena Katkoff, convencida de que lo que ella decía era inspiración divina, contestó:

—Quizá se lo está diciendo a través mío.

Rasputín la miró fijamente durante largo rato. Los ojos de Elena tenían una expresión de adoración y de sinceridad. Entonces se levantó y entró a su habitación. Cuando ella había mencionado San Petersburgo, una sombra negra pasó por su corazón, como el ala de un ave de presa.

7

El día de noviembre en que Rasputín llegó a San Petersburgo nevaba, y la nieve en las calles era tan espesa que, como un enorme edredón blanco, ahogaba el ruido del tráfico. El aire era cristalino y el más frío que hubiese experimentado anteriormente Rasputín. En Siberia hacía frío, pero el aire era seco. San Petersburgo, ciudad construida por Pedro el Grande a orillas del Neva, con el fin de disponer de un puerto marítimo, era caliente y bochornosa en verano y fría y húmeda en invierno.

Rasputín había viajado ocho días en tren desde Omsk, apretujado en un incómodo vagón de tercera clase. Fue su primer viaje por tren y le pareció una experiencia aburrida y deprimente, comparada con la vida al aire libre. El expreso siberiano contaba con luces eléctricas, un restaurante, una biblioteca y un vagón con grandes ventanas para observar el paisaje. Pero existía en Rasputín un elemento ascético que le hacía preferir los carros, con sus campesinos que olían todavía a excremento y sudor, al «salón» del tren, con su piano y sus elegantes camareros.

En la estación preguntó por una pensión barata y le indicaron una cerca del canal Fontanca, a poco más de medio kilómetro de allí. Mientras andaba pesadamente por las calles, donde la nieve le llegaba a veces hasta las rodillas, se sorprendió al ver tantos borrachos. Las largas y rectas avenidas se extendían frente a él; las casas, a cada lado, altas y grises, con sus anchos tubos de desagüe vaciándose directamente en el pavimento, parecían acantilados. Nada de lo que había visto en Kazán e incluso en Odessa le había preparado para esta inmensa, desolada e impersonal ciudad. Se detuvo en un puesto en una esquina para comprar un vaso de kvas caliente; había hombres y mujeres de aspecto sombrío sentados bajo el toldo de lona, tratando evidentemente de hacer durar lo más posible la bebida antes de desafiar nuevamente el viento helado.

La pensión daba a un puente del canal y se encontraba al lado de un hospital. La habitación, que era cara, se hallaba en el piso superior y olía a pescado frito y a naftalina. Rasputín se sintió tan solo que se sentó a escribir a su mujer con su letra trabajosa e infantil: «Esta ciudad es una pesadilla de miseria y suciedad; en cada calle hay más tabernas que en todo Tobolsk...» Lo interrumpió el casero, un hombre con el rostro distorsionado por un enorme lobanillo en la mejilla izquierda. Quería saber si Rasputín deseaba una mujer; había chicas asiáticas disponibles por apenas un rublo la noche. Por primera vez en años, Rasputín se escandalizó. Lo rechazó bruscamente y cerró la puerta con llave, tras lo cual se dejó caer de rodillas y rezó. Era inhabitual en él sentirse tan perdido. Esa noche se durmió al son de los ruidosos gritos de los borrachos en la calle.

Madame Katkoff le había dado a Rasputín media docena de direcciones de mujeres ricas que estarían encantadas de proporcionarle hospitalidad; él las había olvidado adrede. Ahora se daba cuenta de que no tenía ni idea de qué hacer o adónde ir.

Al despertar al día siguiente por la mañana, las campanas de las iglesias le dijeron que era domingo, cosa que había olvidado. Se vistió apresuradamente, comió lo que le quedaba de unas tortas de harina de avena que había traído de Pokrovskoé y salió a la calle vacía. Cuando preguntó a una mendiga dónde se encontraba la catedral, ésta le preguntó:

—¿La de Kazán o la de San Isaac?

La de Kazán constituía la elección evidente y ella le indicó cómo llegar a la avenida Nevski. Sin embargo, tras andar pesadamente por una avenida interminable y tratar de tomar un atajo, se perdió. Se encontró de pronto en los muelles, mirando hacia la enorme expansión del golfo de Finlandia. En un muelle frente a la isla Vasili, un vapor hizo sonar su ruidosa sirena, al prepararse para zarpar. En un letrero se podía leer: «Vapores a la isla Cronstadt, de 9 de la mañana a dos de la tarde.» El nombre le era familiar. Había oído hablar del padre Juan de Cronstadt, un hombre reputado por sus dones de curación y de profecía. El anciano emperador, junto a cuyo lecho de muerte había orado, lo llamó «el hombre más santo de Rusia». Actuando por impulso, Rasputín corrió pasarela arriba, justo cuando los marineros iban a levantarla.

La misa había empezado cuando Rasputín llegó. Se deslizó silenciosamente hacia la parte de atrás y se arrodilló para orar. Los fieles terminaron de cantar un himno y se sentaron. Entonces una voz suave y sonora llenó la basílica. El predicador había elegido un texto de san Mateo:

«Una malvada generación sin fe pide una señal, pero no obtendrá ninguna, excepto la señal de Jonás el profeta.»

El predicador habló de la falta de fe en los tiempos actuales, de nuevas doctrinas llegadas de Europa occidental: la creencia en los espíritus y la comunicación con los muertos, en los maestros hindúes y tibetanos, en las formas decadentes del misticismo en las que el sexo se mezclaba con conversaciones sobre el espíritu sagrado de la humanidad... Si bien la voz era suave, como la personalidad del anciano en el púlpito, no cabía duda de su fervorosa sinceridad. Esto era lo que Rasputín había venido a oír en San Petersburgo. Esto era lo que pasaba por su mente desde esa noche, dos meses antes, cuando Katkoff le había hablado del asesinato del zar. Cuando el predicador habló del poder del espíritu ruso, de su capacidad para deshacerse de estas enfermedades de los europeos decadentes, el alma de Rasputín tembló con la fuerza de sus propias convicciones recién despertadas.

La siguiente parte de la misa lo sorprendió. Ante una señal del pope, unos miembros de la congregación se levantaron de golpe y empezaron a gritar: «Perdónanos nuestros pecados» y a nombrar explícitamente dichos pecados. Se daban la vuelta, dirigiéndose a los fieles que rezaban, hablando de la lujuria, la envidia y la venalidad. Había una cola en el pasillo central, esperando comulgar, contándose mutuamente y sin inhibiciones sus maldades. A Rasputín le pareció extrañamente conmovedor. Al menos esta gente estaba decidida a vivir según las Escrituras y la palabra de Dios.

Cuando se arrodilló para rezar, el espíritu del Señor descendió sobre él. Supo, repentinamente, que su destino se encontraba en San Petersburgo. Se sintió invadido por grandes oleadas de paz y agradecimiento. Puesto que había sentido tantas dudas e inquietudes durante la semana anterior, esta nueva convicción equivalía a restablecerse de una enfermedad. Las lágrimas corrían por sus mejillas; se sintió inmerso en un mar de dicha y perdón.

Más que verlo, se percató de que alguien se encontraba de pie a su lado. Alzó la cabeza y se dio cuenta de que la iglesia se hallaba ya casi vacía. El hombre que lo miraba era el predicador. Poseía unos ojos azules, sinceros y llenos de dulzura; su cabello estaba peinado con una raya en medio y una barba cuadrada le cubría el pecho. Sin preliminares, le preguntó:

—¿Quién es usted?

—Grígori Rasputín.

—¡Ah! —Era obvio que el predicador había reconocido el nombre—. Así que usted es Rasputín... —Contempló intensa pero bondadosamente la cara de Rasputín—. Yo soy Juan de Cronstadt.

Rasputín se levantó precipitadamente.

—Le pido su bendición, padre.

—De todo corazón.

Claramente, el pope lo decía con sinceridad. De pie, le dio la comunión a Rasputín. Luego, inquirió:

—¿Ha comido?

—Aún no.

—Venga a comer conmigo.

Al caminar de regreso al monasterio, Juan de Cronstadt le dijo:

—Ya hablan de usted en San Petersburgo.

—¿Cómo puede ser, padre? No conozco a nadie allí.

—Muchos parecen conocerlo a usted.

Era evidentemente cierto. Durante la comida, Rasputín se sentó al lado del padre Juan, junto a una docena de curas y monjes. Todos lo miraron con curiosidad cuando el padre Juan lo presentó. Rasputín habló poco mientras comían. La conversación giraba sobre todo alrededor de la familia real y miembros de la aristocracia. Los presentes parecían ser íntimos de la aristocracia de San Petersburgo. Rasputín, que esperaba con ansias una discusión sobre temas religiosos, se aburrió; esta conversación tan mundana lo desilusionó.

Hacia el fin de la comida, un pope gordo sentado frente a Rasputín preguntó:

—Tengo entendido que conoce usted a Elena Katkoff, ¿es cierto?

Rasputín reconoció que así era. Sonriendo amablemente, el pope dijo:

—Según ella, usted no reza por la vida del zar, ¿es verdad?

En Rusia, era costumbre empezar o terminar las oraciones con una oración por la vida del zar.

Rasputín, sin levantar la vista de su plato, contestó:

—Es cierto.

—¿Podríamos preguntarle por qué? —Con el uso de la primera persona plural implicaba que todos deseaban saberlo.

—Son los pobres y los que sufren los que necesitan nuestras oraciones. Todo el mundo reza por el zar.

—¿No cree usted que el zar merezca nuestras oraciones?

Rasputín contempló al pope, como si estuviera preguntándose si debía tomarlo en serio y, cual si estuviese instruyendo a un niño, replicó:

—Las oraciones han de venir del corazón. ¿Por qué debería Dios escuchar las oraciones que son sólo de labios para afuera?

El pope se sonrojó y perdió visiblemente los estribos.

—¿Cree usted que rezo sólo de labios para afuera?

Rasputín explicó solemne y tranquilamente:

—Tal vez usted conozca al emperador. Yo, no.

Volvió a dedicarse a la comida. El pope se controló e inició una conversación con el que se hallaba a su lado. Pero era obvio que estaba enfadado y trastornado. Al cabo de unos minutos, Juan de Cronstadt tocó el brazo de Rasputín.

—Venga a mi habitación a tomar el té.

Se hizo un silencio cuando se levantaron y se marcharon. Entonces, antes de que se cerrara la puerta, todos empezaron a hablar.

Mientras caminaba por el largo pasillo, el padre Juan comentó:

—Me parece usted un hombre sincero.

—Espero que sí.

—¿Es cierto que antaño era usted un gran pecador?

Rasputín se echó a reír sonoramente; el pope lo observó con una mirada maliciosamente divertida.

—Me temo que ninguno de mis pecados podría considerarse como grande. ¿Quién le contó eso? —respondió finalmente Rasputín.

Entraron en una pequeña y austera habitación. El padre Juan precisó:

—Bueno, madame Katkoff lo dio a entender...

—¡No me diga!

Rasputín estaba asombrado. El pope se echó a reír.

—Estas mujeres... les gusta causar impresión —se rió ante la expresión perpleja de Rasputín—. Bueno, ella es la que le ha dado su reputación.

—¿Diciéndole a todo el mundo que soy un gran pecador?

—No, no, no. No fue sólo eso. Dice que usted es un hombre de Dios, pero deja caer unas fascinantes indirectas acerca de una vida de pecados seguida de penitencia.

—¿Por eso fue que se acercó usted a mí en la iglesia?

—No. No tenía idea de quién era usted. Me acerqué porque era obvio que estaba usted rezando de corazón.

Durante la hora siguiente, Juan de Cronstadt interrogó a su invitado sobre su vida, sus viajes y sus creencias. Durante esa hora, su actitud hacia Rasputín sufrió varios cambios. Al principio, le divirtió su sinceridad campesina, su franco reconocimiento de que consideraba a la mayoría de los popes como parásitos (reconocimiento suavizado por la obvia creencia de Rasputín de que su anfitrión era un auténtico hombre de Dios). Luego, le impresionaron los considerables conocimientos de Rasputín y su capacidad para expresarse. Rasputín no sabía nada de literatura y se mostró perplejo cuando su anfitrión se refirió a *Las almas muertas* de Gógol. Sin embargo, era claramente un hombre que había pasado la vida aprendiendo y que no olvidaba nunca lo que había aprendido. Más tarde, cuando Rasputín mencionó sus dos visiones de la Virgen de Kazán, el padre Juan tuvo la repentina intuición de que este hombre le había sido enviado por Dios. Todo lo que decía era evidentemente cierto.

Ambos hombres tenían mucho en común. El padre Juan Sergieff era hijo de un diácono pobre de una aldea de la región de Arjanguelsk, y no era ni místico ni intelectual. Su inmenso poder e influencia surgían del hecho de que era un hombre bueno, un hombre que amaba a los pobres y a los necesitados, y de su genio en las oraciones. Y ahora, cuando Rasputín empezó, a su vez, a hacerle preguntas, contestó con un corazón que no sabía nada de encubrimientos ni de orgullo. Cuando Rasputín le interrogó sobre las escenas en la iglesia, de los pecadores sollozantes que se golpeaban el pecho, el padre Juan explicó sencillamente que, cuando celebraba la misa, se daba a menudo cuenta de que comunicaba directamente con Dios. Describió cómo, la primera vez que esto ocurrió, tuvo de pronto una visión de Jesús en la cruz, no un crucifijo de madera con una estatua, sino con un hombre vivo cuya sangre manaba de sus heridas, los brazos casi arrancados del hombro por el peso de su cuerpo. Desde entonces, tenía visiones durante la misa. Eran estas visiones las que le hacían llorar mientras rezaba, y a los miembros de la congregación gritar sus pecados.

Por primera vez en su vida, Rasputín supo que hablaba con un hombre como él, uno cuya hambre de Dios hacía que todo lo demás pareciera irreal. Por primera vez en su vida, conocía a alguien que era realmente su hermano.

Ya era avanzada la tarde cuando se separaron. Rasputín rehusó quedarse para la cena, pues no tenía ningún deseo de sentarse a la mesa con el pope rechoncho. Cuando trató de besarle la mano al padre Juan, éste le dijo:

—No, hijo mío —y lo abrazó con lágrimas rodándole por las mejillas—. Vuelve pronto a mí... vuelve mañana.

—No quisiera molestarle, padre —respondió Rasputín.

El padre Juan manifestó con firmeza:

—Fuiste enviado a San Petersburgo con un propósito. Tal vez pueda ayudarte a cumplirlo.

Rasputín no aceptó el uso de un carruaje para llevarlo de vuelta a su pensión. Sentía el corazón tan lleno que quería caminar. El aire helado entraba en sus pulmones como fuego y, sin embargo, parecía incrementar su sensación de estar realmente vivo. No tenía idea de adónde iba, pero su alma estaba llena de infinita gratitud. Además, diríase que sus pies conocían el camino; cuando se detuvo a fin de ver dónde estaba, se encontró en el puente sobre el canal de Fontanca, a pocos metros de la pensión donde se alojaba.

La emoción lo mantuvo despierto gran parte de la noche. De pronto, San Petersburgo no constituía ya una pesadilla, sino una ciudad dispuesta a darle la bienvenida. El futuro era una niebla dorada, llena de excitación y oportunidades infinitas. Nuevamente se sentía como un niño, de regreso de los campos helados, convencido de que Dios le tenía reservado un gran destino.

Despertó sobresaltado cuando alguien abrió la puerta de su habitación, que se encontraba llena de una luz fría y blanca; había nieve acumulada en el cristal de la ventana de la pared abuhardillada, encima de su cabeza. En el umbral, se hallaban el casero y, al lado de éste, una figura que, a primera vista, Rasputín tomó por un general. Mientras se incorporaba y se frotaba los ojos, la figura vestida con magnificencia habló, y entonces, Rasputín se percató de que se trataba de un sirviente en librea adornada de trenzas doradas.

—¿Es usted el padre Rasputín?

(Pronunció el nombre a la francesa.)

—Sí.

—Le traigo una carta de la gran duquesa Militsa.

Rasputín rasgó el sobre con gofrado dorado. Necesitó varios minutos para descifrar la escritura: «Estamos muy emocionados al saber que ha llegado por fin. Le ruego que considere mi casa como su hogar. Venga a tomar el té esta tarde.» La firma era un garabato ilegible.

—¿Desea enviar una respuesta? —El aire del lacayo era condescendiente.

—No, no. Dígale que iré.

Cuando el lacayo se hubo marchado, el casero, que había permanecido revoloteando en el umbral, comentó.

—Supongo que nos dejará pronto.

—No necesariamente, amigo. Por cierto, ¿a qué hora se toma el té en San Petersburgo?

—Alrededor de las tres... cuando han acabado de comer.

Durante el resto de la mañana, Rasputín anduvo por las calles de San Petersburgo. La magnitud misma de las cosas lo asombraba: las gigantescas plazas, que uno no podía atravesar en menos de diez minutos; los bulevares, parecidos a grandes y anchos ríos; el propio Neva, azul e inmenso, con la fortaleza de Pedro y Pablo dominándolo en la orilla más alejada. Ahora que ya no se sentía como un extraño, se deleitaba con todo ello.

Hacia las tres de la tarde, Rasputín subió los escalones de mármol de la casa del gran duque Pedro Nicolaievich, primo del zar. Al llamar al timbre de la enorme puerta, se preguntó si los sirvientes le pedirían que usara la puerta de servicio. Su angustia resultó innecesaria. El lacayo en librea verde, cuyo aspecto era el de alguien salido de una corte alemana del siglo XVIII, cogió su abrigo de piel de oveja, tratándolo como si fuese una capa de armiño, y lo guió hacia la puerta de color crema con relieves dorados del salón.

—¿Su nombre, señor?

—Rasputín.

El lacayo abrió la puerta y anunció:

—El padre Rasputín.

Fue una suposición acertada, pues Rasputín no llevaba su hábito negro de monje, sino una bata campesina azul y una camisa de tela burda y de cuello abierto.

Había sólo dos personas en la habitación, un hombre y una mujer. La mujer llevaba un vestido suelto y de mucho vuelo, cual una túnica de la Grecia antigua, y una guirnalda de flores en el cabello. Se apresuró a atravesar la estancia con las manos tendidas.

—Padre Rasputín, es un gran honor para mí conocerlo.

Rasputín clavó la mirada en los grandes ojos y supo instantáneamente que él había nacido para dominar a personas como ella. Pasó por alto las manos tendidas, la agarró por los hombros desnudos y la abrazó con fuerza, besándola en la mejilla.

—¡Uf! —exclamó la mujer, sonrojándose. Mas sus ojos brillaban.

El hombre se había levantado también. Rasputín vio que vestía un hábito marrón de monje. Era alto y delgado, con una cara estrecha y alargada y unos ojos de mirada intensa. La gran duquesa los presentó:

—El padre Iliodor Trufanov... El padre Rasputín.

Iliodor pertenecía al tipo de hombre que le era instintivamente antipático a Rasputín. El rostro pálido, los labios apretados, la mirada intensa, revelaban un ego susceptible. Diez años antes, Rasputín habría dejado ver su desconfianza. Pero las horas que había pasado meditando y rezando le habían proporcionado la fuerza suficiente para controlar sus reacciones. Le dedicó su sonrisa más abierta y bondadosa y tendió la mano. Tras un momento de duda, el monje le ofreció la suya. Como dos perros olisqueándose, habían establecido un terreno común de tolerancia.

Rasputín se sentó en un sillón tapizado de seda tornasolada y habló con Iliodor, que se encontraba sentado en un diván, al lado de la gran duquesa Militsa. Iliodor era más joven que Rasputín —contaba poco más de veinte años— y aparentemente acababa de ordenarse. La gran duquesa lo describió como «el hombre más brillante de Rusia»; era una exageración pero, de hecho, Iliodor se había dado a conocer como uno de los mejores estudiantes de teología de su generación y como un predicador de notable fuerza. Los dos hombres tenían mucho en común: ambos eran hijos de campesino, ambos eran ambiciosos; mas la ambición de Iliodor era neurótica, intensa y totalmente personal.

Iliodor hablaba de su sueño de construir un monasterio dedicado a los más elevados ideales de la espiritualidad, un equivalente ruso del monte Atos. Rasputín escuchaba y observaba la habitación. El salón de Elena Katkoff era elegante, pero éste resultaba suntuoso. Los muebles estaban tapizados en tonos pálidos; las paredes, cubiertas de brocado de seda de tono verde oliva. Era la habitación de una mujer que se considera a sí misma árbitro de la moda. El tenue perfume que flotaba en el aire era claramente oriental.

Militsa lo sorprendió al preguntarle repentinamente:

—¿Qué piensa, padre Grígori, cree que será posible espiritualizar a Rusia?

Ésa era la clase de preguntas que lo irritaban. Con un toque de severidad, respondió:

—Rusia *está* espiritualizada. Son los popes y la aristocracia los que necesitan regresar a Dios.

La mujer aceptó la reprimenda como si la mereciera, con los ojos bajos. Iliodor, la cara iluminada por el entusiasmo, exclamó:

—¡Es cierto! El campesino ruso ya conoce a Dios. Los verdaderos traidores son los rusos que tratan de convertirnos en europeos. —Se volvió hacia Rasputín, los ojos destellando como los de un ratón atrapado bajo la luz de una lámpara—. Pero ésos ya no consiguen todo lo que quieren. La gente como usted y yo cambiaremos las cosas.

De pronto, con esa extraña alquimia que ocurre en momentos de entusiasmo, los dos hombres empezaron a simpatizar.

—El señor Alejandro Scriabin.

El lacayo había abierto la puerta para dar paso a un hombrecillo pálido, cuidadosamente peinado y con bigote adiestrado para rizarse en las puntas. La gran duquesa presentó orgullosa a su nuevo invitado y a Rasputín. Scriabin era, por lo visto, un compositor. Miró a Rasputín con una expresión penetrante y burlona y, con una voz sorprendentemente dulce, exclamó:

—¡Ah, el gran pecador!

Empezaron a llegar más invitados. Había dos escritores, un político llamado Sasanov, una cantante de ópera con enormes pechos, un hombre que se dedicaba a viajar y que acababa de regresar de África, un director de orquesta y un hombre que trataba de crear una compañía de películas. Rasputín no tardó en darse cuenta de que todos lo conocían de oídas. Pero ya había adivinado que Militsa, como Elena Katkoff, era una promotora incansable, cuyo mayor placer consistía en introducir nuevas «celebridades» en la sociedad de San Petersburgo. Y que, le gustara o no, el papel de Rasputín era el de un pecador que había tenido una especie de revelación y se había convertido en hacedor de milagros. Diríase que Scriabin, que venía de Moscú, sentía tanta curiosidad como los demás por Rasputín. Le hizo preguntas personales con un entusiasmo que, de no haber sido tan sincero, habría resultado ofensivo. Rasputín sintió alivio cuando la gran duquesa convenció al compositor que se pusiera al piano. Scriabin tocó sus propias obras con un aire embelesado y afectado que contrastaba extrañamente con su curiosidad infantil de hacía unos minutos. Rasputín pensó: «Estas gentes de San Petersburgo no parecen saber quiénes son...»

Volvió su atención a Iliodor, que escuchaba con expresión intensa, apoyado sobre la cubierta del piano de cola. Ahora que el rostro del hombre descansaba, Rasputín se percató claramente de que en su personalidad había un elemento de odio a sí mismo, una insatisfacción profunda y persistente, cual una herida expuesta. ¿Ambición, tal vez? En ese momento, Iliodor frunció la nariz, ante una disonancia repentina, y, en un segundo de perspicacia, Rasputín supo la respuesta. Como el polaco mellado y el padre José de Verkhoture, este hombre amaba a su propio sexo y la idea lo atormentaba. Rasputín pensó: «Si supiera que lo sé, me odiaría lo suficiente para matarme...» De pronto, experimentó el silencio interno que llegaba con ciertos momentos de perspicacia; era como si dejara caer una piedra en un pozo y escuchara atentamente hasta oírla penetrar en el agua. Con una triste convicción, supo que este hombre sería algún día un enemigo implacable. Para distraerse de este pensamiento inquietante, se preguntó: «¿Cómo es que yo sé cosas sobre él, mientras que él no sabe cosas sobre mí? ¿Cómo es que mi intuición me revela el futuro, mientras que la suya no funciona?» Y supo inmediatamente la respuesta. Iliodor *sí* conocía el futuro. Mas no estaba preparado para escuchar esa voz interior que se lo podía revelar. Lo mismo ocurría con todos ellos: Militsa y el político Sasanov, así como este egocéntrico compositorzuelo. La mayoría ni siquiera sabía que poseía una voz interior. Le embargó una inmensa tristeza.

La música terminó. Los invitados aplaudieron ruidosamente. Scriabin miró a Rasputín, buscando su aprobación. Rasputín se obligó a sonreír, fingiendo entusiasmo. Sin embargo, incapaz de soportar la idea de tener que decirle al músico cuánto le gustaba su música, salió de la estancia a la primera oportunidad que se le presentó.

Preguntó al lacayo cómo llegar al lavabo. Éste se encontraba dos pisos más arriba. Asombrado y admirado, Rasputín examinó el wáter, con flores rosadas en porcelana de la taza y una cadena que daba paso a una cascada de agua; la jofaina de color lila con grifos de plata de los que brotaban agua fría y caliente; la pastilla de jabón, ovalada y con aroma de limón. Ni siquiera los Katkoff poseían algo así. Rasputín anhelaba que su familia estuviese presente, para compartir con ella la experiencia. Soñando despierto aún, salió al pasillo y bajó por lo que supuso era la escalera correcta. Se encontró en otra parte de la casa. Las alfombras en el suelo eran tan mullidas como la hierba en primavera. La puerta abierta de un dormitorio reveló una amplia habitación con una cama de cuatro columnas doradas y un tocador con enormes espejos. Hasta en el pasillo había pinturas en la pared y hermosas mesitas rinconeras sobre las cuales había unos *objets d'art*. La idea de instalarse en esa casa lo preocupó, pues podría tropezar y romper algo.

Se detuvo ante otra puerta abierta para examinar otro dormitorio y fue entonces cuando vio al perro. Estaba tumbado en una canasta, en un rincón, y lo miraba con ojos cansados e indiferentes. Rasputín murmuró amistosamente. El perro movió melancólicamente la cola. Era un perro de caza, enorme, blanco y negro, casi tan grande como un cordero.

—¿Qué te pasa? —le preguntó Rasputín y atravesó la habitación.

El perro puso la nariz entre las patas y lo miró con cansada curiosidad. Rasputín se arrodilló y le tocó la nariz, que ardía. El animal se encontraba enfermo.

—Pobrecillo —dijo Rasputín y lo acarició suavemente a lo largo del cuerpo.

Sintió la fuerza fluir de su brazo hacia el perro y el animal se estiró y se estremeció ligeramente. Rasputín murmuró palabras tranquilizadoras y colocó ambas manos sobre el perro, una en el hombro y la otra en la grupa. Sus sentidos se tranquilizaron, hasta llegar a una profunda calma, a medida que la fuerza respondía a la necesidad del animal. El perro, agradecido por la corriente que manaba como agua de un manantial, le lamió la muñeca.

Una sombra cayó entre ellos. Rasputín alzó la mirada hacia el hombre uniformado que se hallaba en el umbral de la puerta y volvió su atención al perro. El proceso ya casi había terminado. Había simplemente recargado las fuerzas vitales del perro. En un momento dado, la vitalidad del propio perro se apoderó del proceso. Los animales, como los niños, poseen una extraordinaria capacidad para recuperarse. Al mismo tiempo, Rasputín sintió la gratitud y el alivio del perro y eso le llenó el corazón de una agradable tristeza.

—Bueno, ya estás bien, ¿verdad? —dijo, y se levantó.

El perro saltó inmediatamente de la canasta y le lamió la mano, moviendo con tanta fuerza la cola que su cuerpo entero vibró.

—¡No lo puedo creer!

Fue el hombre uniformado el que habló. A su lado se hallaba un hombrecillo en traje a rayas, que llevaba un maletín negro. El hombre uniformado preguntó:

—¿*Quién* es usted?

—Grígori Efimovich Rasputín, para servirle.

El hombre tenía cabello canoso, cortado casi al cero, y un bigote gris. De haber sabido algo sobre la jerarquía militar, Rasputín habría sabido que el uniforme era el de un general de división. El hombre se inclinó sobre el perro, que se volvió y le lamió la mano para luego saltar y casi derrumbarlo al tratar de ponerle las patas sobre el pecho. El hombre del traje a rayas colocó la mano en la nariz del perro.

—Me parece que se encuentra perfectamente bien, alteza.

—No lo estaba cuando lo dejé hace unos diez minutos —respondió el hombre. Miró a Rasputín—. Usted es el curandero, ¿verdad?

Gruñó y apartó la cara cuando el perro le lamió la nariz y la mejilla.

—Abajo, *Marco*.

El perro, excitado ante tanta atención, saltó sobre la cama y bajó por el otro lado. El militar le dio una palmada en ambos hombros a Rasputín, tan fuerte que provocó una mueca de este último. Entonces, lo agarró en sus brazos y lo estrechó contra su pecho. Su rostro rechoncho le rozó la mejilla.

—Tómese una copa.

En ese momento, cuando estaba lleno de té de limón, no había nada que Rasputín deseara menos, pero apreció el espíritu en que se le ofrecía.

—Bueno, tal vez si tiene usted vino tinto dulce...

El hombre se echó a reír estruendosamente.

—¡Vino dulce! ¡De acuerdo! —Alargó la mano para tocar una campana junto a la cama pero cambió de opinión—. Venga a mi guarida. —Se volvió hacia el hombre del maletín negro—. Bien, Naumov, parece que no te necesitaré después de todo.

El hombrecillo gruñó:

—Tanto mejor.

—De todos modos, antes de irte, ven a tomar una copa con nosotros.

En el pasillo se encontraron con la gran duquesa Militsa, que los miró asombrada.

—¡Así que *tú* lo tienes!

—Así es, querida. Es más, tu increíble amigo ha curado a *Marco*. —El perro, que salió corriendo para saludar a Militsa, confirmó lo que decía—. Por lo que le estoy ofreciendo una copa... Abajo, *Marco*, abajo, chico.

El perro trató de derrumbar a Militsa.

—¡Nada de eso! Es mi invitado. ¡Si quieres hablar con él, tendrás que bajar a mi salón!

—¿Qué? ¿Con todos esos tipos literarios? ¡Ni lo sueñes! —Volviéndose hacia Rasputín, agregó—: Tendrá que ser después. Venga a cenar. —Volviéndose ahora hacia el médico, continuó—: Vamos, Naumov, puedes tomarte una copa de todos modos.

Cuando iban bajando por la escalera, Militsa le dijo:

—Como se habrá dado cuenta, ése es mi esposo, el gran duque Pedro Nicolaievich. Es evidente que le simpatiza usted.

Su voz tenía cierto tono ácido.

De nuevo en el salón, Militsa no perdió tiempo en relatar la historia. Para vergüenza suya, Rasputín se encontró rodeado de una multitud que quería oírselo contar con sus propias palabras. Se encogió de hombros.

—No hice nada. Dios curó al perro —explicó.

—Pero a través de usted —indicó Scriabin.

—Dios hace la mayoría de las cosas a través de seres humanos. Rara vez interfiere en el curso de la naturaleza. Para eso estamos aquí nosotros, para que Dios nos utilice, como un ama de casa utiliza una escoba o un granjero, su arado.

Puesto que nadie parecía deseoso de interrumpirlo, Rasputín se dejó llevar por sus temas favoritos. Habló con sencillez, con metáforas familiares; le proporcionaba placer intentar que esta gente de la ciudad, sofisticada pero confusa, entendiera las verdades sobre la vida interior.

Las mujeres lo comprendieron inmediatamente. De hecho, los hombres, también lo hicieron. Mas, como muchos de ellos se irritaron ante la rápida rendición de las mujeres, sentían que su dignidad masculina requería resistencia. Aun así, la transparente sinceridad de Rasputín acabó por conquistarlos e impresionar a los que no se dejaron atraer. Él se figuraba que estas personas creían lo que decía porque Dios hablaba a través de él. Se equivocaba. Lo que les fascinaba era que Rasputín parecía traer al salón de Militsa el aire de la tierra, del establo para vacas, de la inmensa estepa. Esa helada tarde de diciembre, les recordó la primavera y el verano.

A las seis, los invitados empezaron a marcharse. Cuando Rasputín se preparaba para irse también, Militsa le susurró al oído:

—Quédese. Tengo una sorpresa para usted.

Rasputín e Iliodor se quedaron solos en la estancia mientras Militsa despedía a sus invitados.

—Me pregunto cuál será la sorpresa —manifestó Rasputín.

—Creo que puedo adivinarlo. Los sumos sacerdotes lo interrogarán.

—¿Sumos sacerdotes?

Iliodor, que oteaba el pasillo, dijo:

—¡Ah, sí! Tenía yo razón.

Rasputín miró más allá del monje y vio a los dos hombres que acababan de entrar. Uno vestía los hábitos morados de un obispo y el otro, los negros de un sencillo pope.

—El que viste de morado es Hermógenes, obispo de Saratov.

—Y, ¿el otro?

—El obispo Teófano, inspector de la Academia teológica.

—¿Por qué no se viste de obispo?

—No lo necesita. Es el confesor de la familia real.

Existen momentos en la vida de un hombre cuando se encuentra en la situación para la cual el destino o su ángel guardián parecen haberle preparado. Cuando esto ocurre, experimenta la sensación de que las cosas marchan bien, de que la rueda de la fortuna le favorece. Desde que conoció a Juan de Cronstadt, Rasputín tenía esa sensación. Mas ahora, por primera vez, dudaba; sonaba una alarma interior.

No hubo tiempo para recelos. Unos minutos más tarde lo estaban presentando a los dos príncipes de la Iglesia. Ninguno de los dos tenía un aspecto particularmente formidable. Hermógenes era un hombre corpulento de cara astuta y modales bruscos. Teófano era sencillo, directo y bastante tímido. En algunas cosas le hizo pensar en Juan de Cronstadt. Al poco rato, se unió a ellos el gran duque Pedro, que parecía tener muy buenas relaciones con ambos archimandritas, y que enseñó a todos a preparar cócteles al estilo americano, arte que había aprendido de un camarero húngaro en la avenida Nevski. Mientras bebían, volvió a contarles cómo Rasputín había curado a su perro. Ambos obispos hicieron preguntas a Rasputín sobre sus viajes, sus impresiones acerca del monte Atos y la Tierra Santa, tras lo cual la conversación se generalizó. Cuando, media hora más tarde, le invitaron a cenar, Rasputín tuvo la impresión de que se había convertido en miembro de un pequeño club compuesto por los hombres más influyentes de la Iglesia en Rusia.

Durante la cena, Teófano bebió sólo agua; Hermógenes bebió vino blanco con agua de seltz. El gran duque insistió en que Rasputín bebiera vino dulce de Georgia. Ambos obispos miraban con interés furtivo cómo Rasputín y el gran duque consumían tres botellas en tanto hablaban de caballos y perros. Iliodor, que había bebido dos cócteles, ya pronunciaba torpemente las palabras. Incluso el gran duque se volvió más bullicioso tras la segunda botella. Rasputín seguía hablando con la misma coherencia de siempre y, cuando dejaron la mesa, parecía controlar perfectamente sus piernas. Los sacerdotes estaban impresionados. Si el vino revela la *veritas* de un hombre, Rasputín había pasado el examen. Tenía el mismo aspecto modesto, controlado y firmemente sensato de siempre.

De vuelta al salón, bebieron café. Pedro preguntó por la zarina, Alejandra Fedorovna, con quien Teófano había estado esa tarde. Teófano habló sencilla y abiertamente de sus problemas. El zar y la zarina llevaban nueve años casados y hasta 1901 la zarina había dado a luz a cuatro hijas. Tras el nacimiento de la cuarta, Alejandra Fedorovna empezó a experimentar una depresión nerviosa. Su incapacidad para tener un heredero le parecía un desastre. Fue entonces cuando Militsa le presentó a un «hacedor de milagros» llamado Philippe Nizier-Vachot, o «doctor Philippe», a quien había conocido en Francia. Philippe creía que su incapacidad para concebir se debía a la tensión nerviosa y empezó un tratamiento por medio de la hipnosis. Éste pareció funcionar; el abdomen de la zarina empezó a hincharse. Pero cuando el médico de la corte la examinó, no encontró ninguna señal de embarazo. Los síntomas eran una forma de histeria. La historia se extendió rápidamente e incrementó la impopularidad de la emperatriz. (Era nieta de la reina Victoria y la conocían popularmente como «la extranjera».) El doctor Philippe consideró que era el momento oportuno para regresar a Lyon.

Después, al parecer, Militsa había descubierto a un «profeta» llamado Mitia Koliabin, un lisiado, con muñones en lugar de brazos, y lo que decía era incomprensible, pues su paladar estaba deformado. En sus ataques epilépticos pronunciaba profecías, que debía interpretar Egorov, un sacristán del monasterio de Optima Pustyn. Koliabin sufría convulsiones y emitía sonidos extraños como los de un animal, que, según Egorov aseguraba a la emperatriz, significaban que concebiría sin duda un heredero. Esto la tranquilizó; pero, hasta el momento, no había señales de un heredero. Después de Koliabin, hubo una idiota llamada Daria Osipova, que murmuraba palabras extrañas, un místico francés llamado Papus, y un herbolario llamado Pedro Badmaev, que conocía el chino y el mongol y que aludía a unos maestros secretos en las remotas montañas del Tibet. Todos ellos habían reconfortado mucho a la emperatriz. Pero esa misma tarde, se echó a llorar, pidiéndole a Teófano que rezara por Rusia, con lo que él entendió que se refería a que rezara por que hubiera un heredero al trono.

Rasputín sentía la mirada de la gran duquesa fija en él y la evitó a propósito. Supo repentinamente lo que quería proponerle. Cierto instinto le dijo que era demasiado pronto. Se sintió aliviado cuando el gran duque cambió de tema y empezó a hablar de la Unión de Rusos Auténticos. Rasputín fingió interesarse y preguntó quiénes eran. Al parecer, se trataba de una sociedad de patriotas, de la cual tanto Hermógenes como Teófano eran miembros. Su objetivo consistía en evitar que Rusia fuese invadida por el ateísmo francés y el socialismo alemán.

—Debería usted hacerse miembro —le dijo de pronto Hermógenes.

—Me encantaría. Pero, ¿qué podría hacer para ayudar? —preguntó Rasputín.

—Tal vez más de lo que piensa. Venga a verme mañana. ¿Dónde se hospeda? —Cuando Rasputín se lo dijo, continuó—: Eso no está bien. Venga al monasterio. Me aseguraré de que le den una habitación cómoda.

—Es usted muy amable —contestó Rasputín.

En su fuero interno, se preguntó cómo podía evitar la invitación. Su instinto lo llevaba hacia la independencia.

A las diez y media, Hermógenes bostezó.

—Debo regresar. Ha sido una velada muy interesante. —Se volvió hacia Rasputín—. Puedo llevarlo de camino.

Mientras se acercaban a la puerta, Militsa agarró a Rasputín por la manga de la camisa.

—Debo enseñarle mi propio icono especial. No tardaremos mucho.

Lo llevó al pasillo y a una pequeña y atractiva estancia, amueblada en rosa.

—Éste es mi *boudoir*. Aquí guardo mis santos.

Cerró firmemente la puerta y le cogió ambas manos. Lo miró intensamente a los ojos.

—Dígame lo que quiero saber.

—¿Qué?

—Que posee poderes mágicos...

—No poseo ningún poder —negó Rasputín con la cabeza.

—Pero, puede ayudar, ¿no? ¿Podría ayudarla?

Rasputín liberó sus manos. Tenía sueño y estaba un poco borracho. Quería que lo dejaran regresar a la pensión y a su cama. Sin embargo, bajo el cansancio, se hallaba una profunda calma interior. Hoy, sus poderes funcionaban. Parecía absurdo no intentarlo otra vez. Le dio la espalda a Militsa, se sentó en la *chaise-longue* tapizada de rosa y se apretó los ojos con las manos. Entonces, mientras vaciaba su mente, le llegó la respuesta. Miró a Militsa, que esperaba con paciencia.

—No necesita mi ayuda.

—¿Por qué?

—Porque ya está embarazada.

—¿Está usted... seguro?

Rasputín se oyó a sí mismo pronunciar las palabras, mas no tenía idea de si eran ciertas. Le llegaron sencillamente a la parte consciente de la mente, como si provinieran de otra fuente. Su voz dijo, tranquila y firmemente:

—Ya ha concebido.

—¡No!

Militsa se emocionó y empezó a abrir la puerta. Él la agarró de la mano.

—No. No se lo diga a nadie.

—Pero debo decírselo a *ella*.

—Aún no. Habrá tiempo suficiente para decírselo.

—¿Cuándo podré decírselo?

Rasputín calculó rápidamente.

—Estamos a catorce de noviembre. En agosto del año próximo habrá dado a luz a un heredero al trono.

Militsa gritó emocionada e iba a abrazarlo, pero se contuvo, se dejó caer de rodillas y le besó las manos. Rasputín oyó un ruido afuera de la habitación.

—Levántese, ¡por Dios! ¿Qué diría su esposo?

Militsa lo miró, apretando todavía la mano de Rasputín contra su mejilla.

—Estaría tan encantado como yo.

Rasputín se echó a reír.

—No, no lo estaría. Me daría un puntapié tan fuerte que acabaría en el arroyo.

—¡Ni lo sueñe! Usted salvó a *Marco* y sus perros y sus caballos le importan más que yo.

Alguien llamó ligeramente a la puerta. Se oyó la voz discreta del lacayo:

—El carruaje del obispo está aquí, madame.

Rasputín le repitió:

—No lo olvide. No se lo diga a nadie.

Pero sabía que era pedirle demasiado a una mujer.

8

En esos primeros días en San Petersburgo, Rasputín se interesó más por los extraños procesos que tenían lugar en su interior que por las personas que iba conociendo. El día pasado en casa de Militsa había causado un cambio interior decisivo. Su vitalidad aumentó y podía controlar mejor sus estados de ánimo. Esta sensación de salud y de poder era a veces tan fuerte que la ocultaba a propósito, como lo haría un rico con su reloj de oro al hablar con un mendigo. Podía inducir esta sensación de vitalidad y pura alegría al jugar el «juego del ratón», tomando adrede conciencia del momento actual, y centrando toda su atención, como un gato que observa una ratonera.

Puesto que Hermógenes lo invitó repetidamente, se mudó por fin al monasterio de Cronstadt. Resultó ser más agradable de lo que esperaba. Su reputación lo precedía y todos lo trataban con respetuosa curiosidad. Incluso el pope gordo hacía todo lo posible por mostrarse cortés durante las comidas.

Se encontraba más a menudo con Teófano e Iliodor que con Hermógenes. El día después de que se mudara al monasterio, Teófano lo llevó a una reunión de la Unión de Rusos Auténticos, en casa de la hermana de Militsa, Anastasia, casada con otro gran duque, Nicolás Nicolaievich. Anastasia era tan atractiva como su hermana, pero menos llamativa. Ambas eran princesas, hijas del rey del pequeño estado de Montenegro, sobre el Adriático. La vida en San Petersburgo les parecía un tanto aburrida y trataban de alegrarla investigando la magia, la teosofía, el espiritismo y la filosofía de Rodolfo Steiner. Durante dos horas, Rasputín escuchó a varios militares, sacerdotes y políticos, incluyendo dos ex ministros, expresar puntos de vista en extremo reaccionarios acerca de Rusia y de su futuro. Rasputín no dudaba de que tuviesen razón cuando decían que el zar debía gobernar a su pueblo con mano de hierro y que las ideas occidentales sobre democracia y socialismo habían de aplastarse como si fuesen hierbas venenosas. Pero le era imposible no darse cuenta de que la mayoría de estos hombres eran viejos, quejumbrosos y llenos de su propia importancia y que sus ideas resultaban totalmente negativas. Él e Iliodor intercambiaron varias miradas irónicas.

Después, lo invitaron al salón de Anastasia, donde conoció a más miembros de la intelectualidad: el escritor Merejkovski y su esposa Zinaida Hipius, el filósofo Rozanov, el poeta simbolista Bieli y, nuevamente, el compositor Scriabin. Al principio lo impresionaron más que la Unión de Rusos Auténticos; pero después del té la conversación se centró en fantasmas, espíritus malignos, quiromancia, telepatía, transmigración de almas y brujería, y todos los presentes parecían tener una anécdota que contar. Rasputín no tardó en percatarse de que estas gentes no distinguían entre las fuerzas espirituales desconocidas y la superstición más burda. Él e Iliodor compartieron un *droshki* para regresar al monasterio y estuvieron de acuerdo en que San Petersburgo parecía hallarse lleno de tontos despistados. A diferencia de Iliodor, Rasputín se mostró tolerante con ellos; el odio enfebrecido de Iliodor con respecto a todo lo europeo le pareció neurótico.

A medida que se iban acercando las Navidades, se encontró pensando cada vez más en su familia en Pokrovskoé. Durante su ausencia, Prascovia había dado a luz a otra hija, llamada Daria, y Rasputín anhelaba sentarse con el bebé en brazos. La abstinencia sexual era también una tensión para él. Desde su «revelación» con las doncellas de la aldea, la actividad sexual era para él una actividad inocente y sana del cuerpo, que podía ocasionalmente transmutarse en intensidad espiritual. Durante sus viajes, había aprovechado todas las oportunidades que se le ofrecían. Ahora, ya llevaba un mes de celibato y se sentía arder de deseo cada vez que veía una sirvienta atractiva.

Una semana antes de Navidad, el novicio que atendía a los huéspedes le dijo que una dama quería verlo. No le había dicho su nombre, pero le aseguró que era una «vieja amiga» de Rasputín. Éste se hospedaba en el ala de los invitados, donde se permitía la entrada a las mujeres. Pidió al joven que la hiciera subir. Se trataba de Elena Katkoff, que había llegado a San Petersburgo esa mañana con su esposo y que había oído inmediatamente relatos sobre los «milagros» del *stranic* siberiano. Elena tenía las mejillas sonrosadas debido al frío y llevaba un elegante abrigo gris con piel azulada en el cuello. Le daba el aspecto de una chiquilla bonita. Tan pronto vio a Rasputín, exclamó:

—*Staretz!* —y le rodeó el cuello con los brazos.

Rasputín estaba encantado de verla y dio vueltas con ella en volandas. Este contacto con un cuerpo femenino excitó su carne hambrienta. La ayudó a quitarse el abrigo; debajo llevaba un vestido de seda gris y despedía calidez y un aroma agradable. Ella lo miraba con adoración y no había entre ellos la sensación de ser extraños; ella era como una esposa. La tomó en sus brazos y, puesto que le parecía una pérdida de tiempo, la depositó con suavidad sobre su cama. Cuando él le levantó el vestido, ella lo miró con los ojos muy abiertos y asombrados y suspiró cuando la abrazó. Entonces, cerró los ojos y se entregó al placer de satisfacer su voraz apetito.

Después de hacer el amor, se sentaron uno frente al otro, como una pareja de casados, y él le contó todo lo que había ocurrido desde su llegada a San Petersburgo. A ella le impresionó mucho enterarse de que había estado en casa de ambas montenegrinas y se sintió algo celosa; pero, con el recuerdo de lo que acababa de ocurrir, el sentimiento se disolvió, convirtiéndose en satisfacción. El sirviente les trajo el té. Se hizo de noche. Antes de que ella se fuera, Rasputín la llevó nuevamente a la cama, ahora deshecha. Era agradable sentir que su cuerpo se le hacía familiar y que el propio se saciaba, como un caballo bien alimentado. Ninguno de ellos mencionó al marido de Elena. Pero él no se sentía culpable. Tras la experiencia con los khlistis, había llegado a pensar que todos los hombres y mujeres son esposos y esposas y que el accidente de una elección concreta era sencillamente el modo con que Dios aseguraba el cuidado de los descendientes.

La vida de Rasputín se convirtió pronto en una rutina, cuya regla general era la falta de rutina. Cuando llegó por vez primera al monasterio, esperaba con ansia pasar horas en oración, meditación y largas conversaciones con Juan de Cronstadt. Al cabo de diez días, su mayor problema consistía en encontrar suficiente tiempo para dormir por la noche. Para empezar, las montenegrinas lo esperaban en sus veladas al menos una vez por semana, y lo exhibían como su último descubrimiento. Allí conoció al conde Alejandro Pavlovich Ignatiev, otro místico «buscador de la verdad» cuyas reuniones eran conocidas como «las veladas de Ignatiev el negro». Hizo grandes esfuerzos para asegurarse de que Rasputín asistiera a sus reuniones, enviando su carruaje a buscarlo al monasterio.

Comprensiblemente, Elena Katkoff sentía que tenía cierto derecho sobre su maestro, y consolidó su influencia al visitarlo en su habitación al menos una vez por semana. Su mejor amiga, Sofía Dobrovolski, esposa de un oficial del ejército que había sido trasladado de Kazán a San Petersburgo, se sintió instantáneamente cautivada por Rasputín y estaba claramente dispuesta a ofrecerle la misma adoración sin límites que le ofrecía Elena. Se esperaba que Rasputín cenara con los Katkoff y los Dobrovolski, generalmente en casa de los Katkoff, al menos una vez por semana, y que asistiera a las reuniones vespertinas de Elena los miércoles. Le llovieron tan rápidamente otras invitaciones que acabó por aceptar la oferta del conde Ignatiev de hacer uso de su carruaje adicional.

Inevitablemente, la mayoría de la gente que conocía tenía parientes que necesitaban curas. Adoptó el mismo sistema que en Kazán y durante dos horas, cada mañana, llevaba a cabo su «cirugía» en el patio del monasterio. Debido al tiempo helado, sólo los que realmente lo necesitaban hacían el viaje a la isla de Cronstadt. Pero era fácil prever que un día su número se multiplicaría.

A finales de enero de 1904, Katkoff tuvo que regresar a Kazán e insistió en llevarse a Elena; al parecer, sospechaba de sobras de la relación entre ella y Rasputín, pero no parecía sentir rencor; al contrario, trataba a Rasputín tanto con afecto como con respeto. (Es posible que considerase que era un honor que Rasputín hubiese elegido a su mujer entre todas las que sucumbían a su fascinación.) El día después de que se marcharan era viernes, el día en que Elena lo visitaba normalmente en su habitación y se lo llevaba a su velada. A las dos de la tarde, Sofía Dobrovolski llegó, explicándole que había decidido ocupar el lugar de Elena. No era claro lo que quería decir con ello, pero cuando Rasputín puso a prueba el alcance de su buena voluntad al desabrocharle juguetonamente el primer botón, su actitud de expectativa pasiva demostró que podía tomarlo al pie de la letra. Cuando, una hora más tarde, salieron del monasterio, en el carruaje de Ignatiev, los ojos de Sofía tenían esa expresión soñadora y satisfecha de alguien que ha logrado su objetivo.

Había, sin embargo, una diferencia importante entre Elena Katkoff y Sofía Dobrovolski. Elena era naturalmente más pudorosa y discreta. La alegre y excitable Sofía era espontáneamente indiscreta. Era una suerte que su esposo fuese tan complaciente como Katkoff, quizá porque él tenía también una amante. Si bien Sofía no le dijo a nadie hasta qué punto había ocupado el lugar de Elena, su exuberancia natural le hacía imposible disfrazar su relación con Rasputín. Como resultado, otras admiradoras dejaron de verlo simplemente como asesor espiritual y trataron de mostrarle, con su sumisión, que estaban disponibles para satisfacer sus apetitos naturales. Al poco tiempo, Rasputín tuvo que reconocer que su teoría de que todos los hombres y mujeres son esposos y esposas era cierta hasta sólo cierto punto. Nuestro legado del pecado original incluye la posesión y ésta da lugar a los celos y los resentimientos, que, a su vez, pueden inducir el sentimiento de culpa. Esto lo colocó pronto en la absurda posición de sentirse inocente y virtuoso si la única mujer que había abrazado en un mismo día era Sofía Dobrovolski.

A principio de marzo, un acontecimiento misterioso llevó su insatisfacción a su punto culminante. Teófano le entregó un mensaje de la abadesa del convento de la Trinidad, pidiéndole que exorcizara a una monja poseída. La chica, llamada Elizaveta, afirmaba que, desde hacía cierto tiempo, un demonio en forma de pope la visitaba por la noche y la obligaba a tener contactos sexuales con él. Ahora, tenía frecuentes convulsiones, durante las cuales maldecía y blasfemaba. Rasputín sentía curiosidad. Nunca había visto un caso similar. Elizaveta contaba diecinueve años y llevaba tres en el convento. Su devoción por santa Isabel de Hungría había sido siempre notable.

Resultó ser una chica delgada y neurótica, de ojos grandes y cabello negro. Cuando la abadesa llevó a Rasputín a la habitación de la chica, ésta se encontraba calmada y respondió con sensatez a sus preguntas. Pero, al cabo de media hora, se puso nerviosa e inquieta. De pronto, tuvo un acceso de convulsiones, cayendo al suelo, arqueando su cuerpo hacia atrás y gritando con una voz extraña. Cuando Rasputín se arrodilló a su lado y le puso las manos encima, se calmó. La convenció de que se acostara en la cama y él se arrodilló al pie de la misma y rezó. Como era su costumbre, pidió que lo dejaran solo con la paciente. Al poco tiempo, la abadesa se marchó y la joven volvió a trastornarse, si bien con menos violencia que antes; murmuró entre dientes y se retorció tumbada boca arriba. Cuando Rasputín alzó la mirada, en medio de sus oraciones, el vestido de la joven se hallaba enrollado hasta la cintura y el movimiento de sus caderas era inequívocamente sugestivo.

Le pareció imposible tomar en serio a su «demonio»; le parecía más bien una forma de histeria. Rasputín nunca había oído hablar de Freud, pero su instinto campesino era sólido. Se colocó de pie a su lado y trató de calmarla poniéndole la mano encima. Ella la tomó y la atrapó entre sus muslos. Las convulsiones se hicieron más violentas. Rasputín no tenía duda sobre su naturaleza. Entonces, la joven suspiró y se relajó. Él la dejó aparentemente dormida y fue a buscar a la abadesa. Le dieron de comer y después la abadesa le dijo que Elizaveta parecía estar más tranquila de lo que había estado en muchos meses.

El día 1 de enero de 1917 la policía sacaba un cadáver del río Neva, en Petrogrado. El cuerpo era el de un hombre barbudo de casi 50 años. Sus facciones se hallaban extrañamente distorsionadas por el hielo que las cubría. «Es Rasputín, no cabe duda», exclamó el inspector que dirigía la operación.

Convertido pronto en un «peregrino» doblado de «santón», Rasputín se afilió a la secta de los khlistis durante su estancia en el monasterio de Verkhoture. La esencia de su fe consistía en admitir la manifestación de Dios en la tierra en avatares como el sacrificio del fundador de la secta, Yemeljan, torturado hasta morir por los soldados de Iván «el Terrible» (en la xilografía).

Rasputín hizo suyo el credo de los khlistis. Éste enseñaba, entre otras cosas, que los hombres no debían casarse, pues ello constituía una «elección personal» no permitida a los seres totalmente «poseídos por el espíritu divino». De ahí que sus ceremonias solieran terminar en apareamientos promiscuos.

Arrastrado a San Petersburgo merced a su fama de «curandero», allí oyó de boca del obispo Teófano los problemas que aquejaban a la zarina. Hasta 1901, Nicolás y Alejandra habían tenido cuatro hijas (en la foto). **Y su incapacidad para traer al mundo un heredero había hundido a la zarina en una grave depresión...**

«... ¿No podría ayudarla?», le preguntó a Rasputín, cierto día, su protectora, la gran duquesa Militsa.
«No necesita mi ayuda —le contestó Grígori—; ya está embarazada. Estamos a 14 de noviembre de 1903; en agosto del próximo año dará a luz a un heredero.» La profecía se cumplió y la fama de Rasputín llegó a oídos imperiales. (En la foto, el zarevich Alexis a los tres años.)

Las conversaciones en casa del gran duque Nicolás se centraban en fantasmas, espíritus malignos, quiromancia, telepatía, transmigración de almas y brujería. Rasputín (aquí rodeado por miembros de la aristocracia palaciega) **no tardó en percatarse de que aquellas gentes no distinguían entre fuerzas espirituales desconocidas y la superstición más burda.**

En ciertos momentos de «misticismo» Rasputín se había «comunicado» con Dios, inquiriéndole angustiado: «¿Por qué me atormentas con esta lujuria?» Ahora, con las más distinguidas damas de la sociedad a sus pies, parecía «entender» su respuesta: «¿Por qué me echas la culpa a Mí? Te atormentas y atormentas, pero, ¿cuándo dije yo que el sexo estuviera prohibido?» (En el grabado, representadas en forma de irrespetuoso icono, las orgías de Rasputín.)

En enero de 1905 un pope llamado Gapón, al frente de una delegación de trabajadores y seguido por una gran muchedumbre, se dirigió hacia el palacio de Invierno con el fin de presentarle al zar una petición exigiéndole la jornada laboral de ocho horas y un salario mínimo de un rublo por día. Cuando el gentío llegó ante el palacio imperial, los soldados se pusieron nerviosos y abrieron fuego. La multitud fue presa del pánico y cientos de mujeres y niños murieron pisoteados.

Tras sentarse, el lacayo sirvió el té. Rasputín se hallaba totalmente a gusto al lado de la zarina (en la foto). Con esta mujer la intimidad era inmediata y tan inevitable como una reacción química: era la clase de mujer hecha para él, que respondía con toda su femineidad a sus deseos.

Rasputín se enteró entonces de que el «domingo sangriento» había hecho que los obreros de San Petersburgo desconfiaran profundamente del zar. Incluso se mostraban escépticos ante el nuevo Parlamento del primer ministro Witte, quien había persuadido a Nicolás para que permitiera la creación de la Duma. (En la imagen, la policía impide a los parlamentarios el acceso a la misma tras su disolución.)

Únicamente la zarina se encontraba sentada al lado de la cama con armazón de latón, en el pequeño y sencillo dormitorio del zarevich (en la foto). **El zar entró en la habitación seguido de Lebikov y Rasputín. La mirada de la zarina se animó cuando vio a este último, que atravesó apresuradamente la estancia y se paró junto al lecho.**

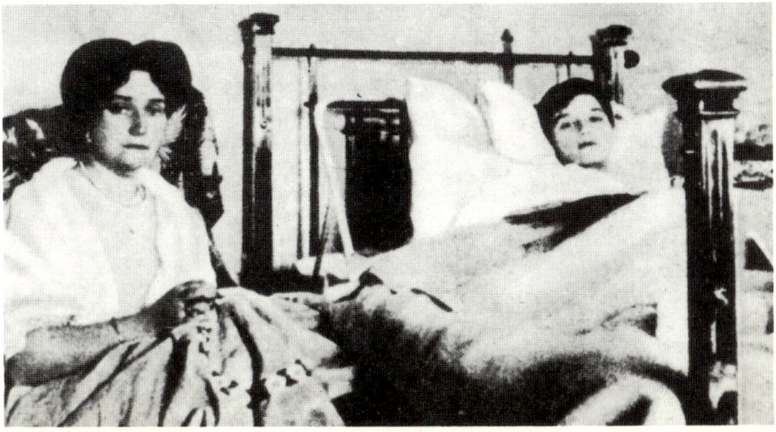

Al cabo de un año de guerra, la zarina logró por fin su propósito: el 5 de setiembre de 1915 el gran duque Nicolás (en la imagen) **fue relevado de su cargo como comandante en jefe del Ejército. El propio zar se encargó del mando supremo.**

Pero mientras el zar se encontraba en el cuartel general, la zarina se hacía cargo de todo en la Corte. Y puesto que Rasputín (rodeado aquí por dos altos mandos castrenses) **era su principal consejero, él era virtualmente el zar de todas las Rusias.**

En el verano de 1916 Rasputín se escandalizó al ver la cifra de bajas militares y aconsejó inútilmente al zar que detuviera la guerra. Mientras tanto, en Petrogrado, el hambre se enseñoreaba de la ciudad (en la foto, colas ante una panadería) **y mucha gente moría de frío debido a la escasez de combustible.**

Desde su primera visita, Félix Yusupov (en la imagen) era un visitante asiduo del apartamento de Rasputín. La devoción de este príncipe de sangre real hacia Grígori parecía profunda y auténtica, si bien evitaba deliberadamente la compañía de las mujeres de la casa.

En este sótano y mientras Rasputín, arrodillado, rezaba ante un crucifijo, Yusupov (a sus espaldas) sacó un revólver, cerró los ojos y apretó el gatillo. Rasputín lanzó un grito ahogado y cayó de bruces. Harían falta varios disparos más de Yusupov y sus amigos para que, finalmente, el «alma» de Rasputín se hundiera, con su cuerpo, en la nada.

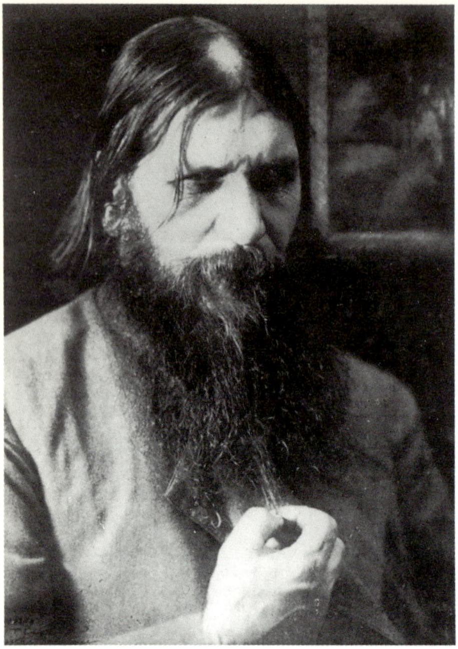

El 1 de enero de 1917 el cadáver de Rasputín era rescatado de las heladas aguas del Neva. Cuarenta y ocho horas más tarde, sus restos eran incinerados en el parque imperial de Zarskoé Selo. La zarina y el zar recordaron entonces, con un escalofrío, lo que Rasputín dejaba escrito en la misiva que redactara antes de ser asesinado: «Si fueron vuestros parientes los que causaron mi muerte, nadie de vuestra familia vivirá más de dos años...»

Prisionera la familia real durante el verano de 1917 en Tobolsk (en la foto), a la primavera del siguiente año fue trasladada a Ekaterinburgo. El 16 de julio, y ante el temor del avance contrarrevolucionario, sus guardianes bolcheviques masacraban al zar y a los suyos en el sótano de la casa en que habitaban. Una vez más, la profecía de Grígori Efimovich Rasputín se cumplía en los términos por él fijados.

En medio de la noche, los gritos de la joven lo despertaron. Se vistió y encontró su habitación. Cuatro monjas y un pope trataban de mantenerla quieta, mientras ella se retorcía y blasfemaba. Tan pronto como Rasputín la tocó, las convulsiones se detuvieron. La metieron bajo las sábanas y dejaron a Rasputín rezando a su lado. Diez minutos más tarde, tuvo nuevas convulsiones y arrojó al suelo la ropa de cama. A veces, su cuerpo se elevaba hacia atrás como un arco y el camisón suelto, que ya se encontraba alrededor de su cuello, amenazaba con sofocarla. Rasputín se levantó y la tocó con las manos. Se calmó inmediatamente, a excepción del suave movimiento de sus caderas. Cuando él intentaba quitarle las manos de encima, ella se retorcía violentamente. Era evidente que estaba presa de una fantasía erótica. Parecía creer que él era alguien llamado padre Vladimir y le besó las manos. Puesto que ya se había calmado, Rasputín decidió seguirle la fantasía y dejó que lo arrastrara a su lado en la cama. Que el padre Vladimir hubiese sido su amante o no, resultaba evidente que sus fantasías eran extremadamente precisas. Rasputín permaneció pasivamente tumbado, mientras la chica le daba una exhibición sobre las artes de hacer el amor que hacía de Sofía una aficionada. Cuando la dejó finalmente a las cuatro de la mañana, la joven dormía pacíficamente y él estaba exhausto.

Rasputín salió del convento al amanecer y durmió en el tren de vuelta a San Petersburgo. Durante los dos días siguientes se preguntó ociosamente sobre Elizaveta pero decidió que si la abadesa le mandaba llamar nuevamente, encontraría alguna excusa para no ir. Mas, en casa de la gran duquesa Militsa, vio al archimandrita Teófano, que le dijo que había recibido un mensaje de la abadesa. Al parecer, Rasputín había curado a la joven, que se había librado de sus alucinaciones sobre una persecución demoníaca. Pero había decidido también que no tenía vocación de monja. Su familia fue a buscarla, para traérsela de nuevo a San Petersburgo, donde ella esperaba que Rasputín consintiera en convertirse en su asesor espiritual.

Esa noche, Rasputín se marchó a Moscú y a la mañana siguiente, abordó el expreso transiberiano que le llevaría a Omsk y Tobolsk, y así, de vuelta a Pokrovskoé.

Cuando llegó a casa, Rasputín encontró un telegrama esperándole: «SU PROFECÍA HA SIDO CONFIRMADA. ALICIA DESEA CONOCERLE», firmado por Militsa. Alicia era el nombre con que ella se refería a veces a la emperatriz, cuyo nombre de soltera era princesa Alixe de Hesse.

El 12 de agosto de ese año, la emperatriz dio a luz a un hijo, que llamaron Alexei. Habían pasado exactamente nueve meses desde que Rasputín predijera el suceso.

Una vez en Pokrovskoé, Rasputín se sorprendió al descubrir que se había convertido en más que una celebridad local. La mayoría de la «mejor gente» de Tobolsk y Tiumen pasaban al menos unas semanas cada invierno en San Petersburgo o Moscú, y era imposible estar algún tiempo en cualquiera de las dos capitales sin oír hablar del nuevo hacedor de milagros. Puesto que la mayor parte de la «mejor gente» pertenecían, como los Katkoff, a la clase comerciante más que a la aristocracia, oían indirectamente los relatos sobre los triunfos de Rasputín y los exageraban inevitablemente. Una historia insistía en que Rasputín era ya íntimo de la familia real. Apenas llevaba una semana en casa cuando el monje Bernabé, su antiguo amigo, llegó a verlo, evidentemente instigado por el obispo de Tobolsk. Rasputín pasó una semana en el monasterio de Tobolsk, cenando cada noche con el obispo e impresionando al inteligente y bondadoso clérigo con su devoción, así como con sus ocasionales referencias a Hermógenes, Teófano y Juan de Cronstadt.

Sintió alivio al regresar a casa; estaba contento de poder pasar horas rezando frente a la Virgen de Kazán. Sin embargo, se dio cuenta de que le costaba mayor esfuerzo hundirse en las profundidades en las que la oración era naturalmente sincera; su mente se desviaba a menudo hacia San Petersburgo y el embarazo de la zarina. Una parte de él no dudaba de que daría a luz a un heredero, pero otra parte meditaba en la pérdida de prestigio si resultaba ser una niña.

Volvieron a tener lugar las misas en su capilla subterránea y muchas gentes de las aldeas aledañas llegaban a rogarle que las ayudara. Su poder de curación era mayor que nunca. Su más notable éxito ocurrió en Yarkovo, cuando visitaba la casa del mercader Saboretski. Éste era uno de los pocos hombres de la provincia de Tobolsk que poseía un teléfono. Justo después de la llegada de Rasputín, una mujer llamó de Cheliabinsk. Había oído decir que Rasputín tenía intención de ir a Yarkovo, y le rogaba que fuera a Cheliabinsk a ver a su hija, que había enfermado gravemente tras un aborto. Los médicos temían por su vida; estaba dispuesta a enviar un coche a buscarlo a quinientas verstas de distancia. Rasputín cogió el teléfono, hizo unas cuantas preguntas sobre la situación de la hija y dijo:

—No hace falta que yo vaya. Mañana la fiebre habrá cedido. Entonces, se recuperará.

La mujer llamó al día siguiente por la mañana para decirle que tenía razón; la joven estaba ya en vías de recuperación. Envió a Rasputín una hermosa estatua de la Virgen de Kazán, para la que Rasputín mandó hacer un nicho especial en su capilla.

A medida que se extendían por todas partes las historias sobre el poder curativo de Rasputín, la vida de éste era cada vez más atareada. Había regresado a Pokrovskoé esperando encontrar paz; de hecho, estaba más ocupado que nunca. Durante el verano, pasó todo el tiempo que pudo trabajando en el campo o caminando en la *urman*; pero había siempre suplicantes que andaban kilómetros y kilómetros para encontrarlo, o que lo esperaban, fuera cual fuese la hora en que llegaba a casa. Prascovia se convirtió pronto en experta en reconocer a las mujeres que estaban dispuestas a recompensar a su esposo por sus servicios con sus cuerpos, así como en asegurarse de que no tuviesen oportunidad de ofrecerse. En casi todas las ocasiones (menos cuando la mujer era excepcionalmente atractiva), Rasputín agradecía su vigilancia.

El 15 de agosto por la mañana, llegó un telegrama de Militsa: «HEREDERO NACIÓ AYER. CARTA SIGUE.» En la carta, describía cómo, poco después de la una de la tarde de un cálido día de agosto, el cañón de Peterhof tronó para anunciar el nacimiento del niño; el cañón de Cronstadt repitió la señal y los de la fortaleza de Pedro y Pablo informaron a los ciudadanos de San Petersburgo de la llegada del heredero. Militsa llamó por teléfono al palacio y habló con Mosolov, el canciller de la corte, que confirmó que se trataba de un hermoso niño de ojos azules que pesaba 3,6 kilos. La carta de Militsa contenía cierto tono de amargura. La familia real tendía a dar crédito por el éxito a san Serafín de Saratov, que había sido canonizado (por orden del zar) el año anterior y a la «santa imbécil» Daria Osipova, que había garantizado el nacimiento de un heredero. Al parecer, Militsa creía que se debía dar crédito a Rasputín (que, de hecho, se había limitado a anunciar el embarazo) y, de rebote, a ella misma.

Durante el invierno, la vida en Pokrovskoé se calmó un poco; la gran cantidad de nieve hacía que los caminos fuesen intransitables, y Rasputín pudo volver a dedicarse a la oración y a su propia pequeña congregación. Irónicamente, ésta incluía ahora a la viuda Daria Petrovna Grishkin, que veinte años antes había formado parte de los ensueños de Rasputín. Él contaba ya treinta y tres años, y ella unos cuarenta y cinco y estaba claramente pasada de peso. Por tanto, la escena imaginaria en la que él recibía su confesión y la absolvía, o la consolaba, nunca tuvo lugar. Pero otro miembro era Katerina, la joven viuda de al lado, casada ahora con el hijo mayor del herrero y con dos hijos más. Al recordar la agonía que le había dado su conciencia tras su primer encuentro, Rasputín creía que era su deber poner las cosas en claro, tanto para beneficio propio como para el de ella. Lo hizo una tarde, cuando la encontró a solas en la capilla antes de la llegada de los demás, y el resultado de este encuentro fue, en todos los sentidos, más satisfactorio. En la primavera de 1905, Katerina parió un niño saludable cuyo fino cabello rojizo difería marcadamente del cabello lacio de sus dos hermanos.

Estaban plantando patatas cuando Rasputín recibió una carta de Militsa con la última noticia de Zarskoé Selo. La zarina le había confiado su preocupante secreto: el heredero al trono, de ocho meses, padecía de hemofilia hereditaria. Debido a que su sangre carecía de un elemento esencial necesario para que pudiese coagularse, cualquier magulladura podía acarrearle horribles hinchazones azules y fiebre, puesto que el menor vaso sanguíneo roto goteaba durante horas. Las pequeñas heridas o las raspaduras se curaban con un fuerte vendaje hasta que la piel se cicatrizara, pero las heridas mayores podrían acarrearle la muerte. La zarina dependía ahora más que nunca de varios hacedores de milagros y asesores espirituales. Militsa alentaba a Rasputín a regresar a San Petersburgo inmediatamente. Sin embargo, éste seguía inmensamente renuente a conocer a la familia real. Nunca pensaba en ello, pero cierto instinto le decía que tal cosa podría cambiar el resto de su vida. Tal vez sea por ello por lo que, pese a las cartas que recibió tanto de las hermanas montenegrinas como de su amigo el conde Ignatiev, Rasputín permanecía en Pokrovskoé. La granja prosperaba; él gozaba de sus horas a solas, rezando o andando por la estepa. Cuando llegaron los gitanos para las celebraciones del primero de mayo, estuvo toda la noche bailando en su campamento, y pasó un día en cama con una de sus raras resacas, debida probablemente a la gran cantidad de vino de fabricación casera rociado de aguardiente. Nunca se había sentido tan sereno y relajado como se sintió durante el verano y el otoño de 1905.

Sus amigos de la Unión de Rusos Auténticos le enviaban periódicos con las noticias políticas. Dos años antes, todo esto le parecía irreal y lejano; ahora, de pronto, era algo palpable y amenazador. En las reuniones de la Unión, había oído a menudo que mencionaban con aprobación el nombre de Plehve, el ministro del Interior. Plehve, como jefe de la policía, fue el que acorraló a los asesinos de Alejandro II. Pocos meses después de la llegada de Rasputín a Pokrovskoé, en 1904, alguien arrojó una bomba bajo el carruaje de Plehve delante de la estación de trenes de Varsovia, y lo «atomizó» literalmente. La Unión imprimió circulares en las que denunciaba esta oleada creciente de violencia revolucionaria y exigía al zar una acción firme. En enero de 1905, parecía que el zar había seguido su consejo. Un pope llamado Gapón tomó la cabeza de una delegación de trabajadores que se dirigían al palacio de Invierno, con el fin de presentar al zar una petición en la que se exigía la jornada laboral de ocho horas y un salario mínimo de un rublo por día. A medida que la delegación avanzaba por las calles de San Petersburgo, se le iban uniendo multitudes de simpatizantes. Pero el zar no se molestó en esperar en San Petersburgo y, cuando el gentío llegó frente al palacio de Invierno, los soldados se pusieron nerviosos y abrieron fuego a una distancia de pocos metros. La muchedumbre fue presa de pánico y cientos de mujeres y niños murieron pisoteados. Durante días, colas de campesinos y obreros anduvieron por los improvisados depósitos de cadáveres tratando de encontrar a parientes o hijos desaparecidos.

Pero, al parecer, los obreros no aprendieron la lección. Hubo huelgas, manifestaciones y más matanzas. Frente al Kremlin asesinaron al gobernador de Moscú. Fue uno de los mil quinientos funcionarios del gobierno asesinados ese año. La guerra contra el Japón iba de mal en peor, y, a finales de mayo, la derrota total de la marina rusa en Tsushima dio a los revolucionarios la impresión de que llegaba el fin. Los marineros del buque de guerra *Potemkin* se amotinaron y se convirtieron en piratas. Hasta el cuerpo de ballet de San Petersburgo hizo huelga. Los liberales rusos insistían en que la mejor manera de evitar una revolución violenta consistía en que el zar diera al país un gobierno parlamentario semejante al británico. El zar odiaba la idea; pero, a medida que la situación empeoraba, se vio obligado a hacer concesiones. En octubre, autorizó la creación de un parlamento, llamado Duma, pero reafirmó que él seguía siendo el gobernante supremo.

Al menos, apagó la mecha de la revolución. Trotski en San Petersburgo y Lenin en Moscú trataron de provocar una revuelta; pero los obreros ya se habían vuelto apáticos y Trotski y Lenin tuvieron que exiliarse nuevamente. 1905 fue la revolución que casi ocurrió.

En octubre de 1905 Rasputín recibió un telegrama de Militsa: «POR FAVOR VENGA EN SEGUIDA. MUY IMPORTANTE.» Le envió incluso el dinero del precio del billete de tren por giro telegráfico. Rasputín estaba preparado para la invitación. Entre sus fieles, las mujeres se habían dado por fin cuenta de que el mejor lugar para encontrarlo a solas era en la capilla. Como resultado, lo interrumpían en sus oraciones casi cada hora. Peor aún, la que lo interrumpía podía ser interrumpida mientras él le administraba consuelo personal. La llamada de Militsa le ofrecía un escape de aquel ambiente cada vez más tenso.

Una noche de viento y mucha nieve, Rasputín tomó un taxi desde la estación de San Petersburgo hasta la casa de Militsa y llegó después de la cena. Militsa y el gran duque estaban cenando a solas. Lo trataron como a un viejo amigo e insistieron en que permaneciera unos días en su casa. Mientras Rasputín daba cuenta de una tardía cena, Pedro Nicolaievich lo puso al día en cuanto a la situación política. Lo que le dijo asombró a Rasputín. No se había dado cuenta de que el problema se hubiese extendido tanto. A lo largo y ancho de Rusia, los campesinos asesinaban a los terratenientes y a sus familias, y los soldados acudían y tomaban violentas represalias. Hubo motines en Sebastopol, Vladivostok, Kíev, Vornezh y Chita, incluso en Cronstadt. El zar había ganado un poco de tiempo al aceptar la creación de un parlamento, pero, ¿sería suficiente? Un parlamento sólo llevaría a cabo el trabajo de los revolucionarios. El gran duque había aconsejado al zar que tomara la sartén por el mango y aplastara toda rebelión, como lo había hecho su padre, Alejandro III. Pero el zar cambiaba de opinión de día en día...

Al oír todo eso, Rasputín se sintió un poco atontado. Había escuchado interminables discusiones en la Unión de Rusos Auténticos; pero ahora estaba allí, recibiendo las confidencias de un hombre que daba consejos al propio zar. Lo peor era que no se sentía capaz de formular sugerencias prácticas. Por supuesto, el zar no debía entregar el poder a un puñado de liberales de ideas confusas. Por otro lado, Rasputín simpatizaba con los campesinos y los obreros. Y los campesinos y los obreros seguían fieles al zar. ¿Por qué no hablaba el zar directamente con los obreros y los campesinos, pasando por alto a estos traicioneros intelectuales? Si sólo se hubiese quedado en el palacio de Invierno en enero, para hablar con la multitud, en vez de dejar que sus soldados hicieran una matanza... El gran duque estuvo de acuerdo; pero todo eso era ya agua pasada. Ya era demasiado tarde. El zar había aceptado un parlamento...

En ese momento los interrumpió el mayordomo. El gran duque Nicolás llamaba por teléfono. Pedro pidió disculpas y salió. Militsa invitó inmediatamente a Rasputín a su *boudoir*. Había escuchado con paciencia todo ese parloteo político y ahora quería contarle las noticias importantes.

Las noticias eran que el doctor Philippe había muerto. Murió en Lyon, poco después de que le llegara un mensaje de parte de la zarina, rogándole que regresara a Rusia. Pero, desde su lecho de muerte, le había enviado una respuesta a la zarina: «Dígale que no estará sola mucho tiempo. Contará pronto con un amigo, que es más importante que yo.» Ese mensaje había llegado diez días antes. Militsa lo oyó de labios de la propia zarina. Al cabo de una hora, había enviado el telegrama a Pokrovskoé...

Antes de que Militsa terminara de hablar, Rasputín supo que había llegado el momento. Ya no podía retrasarlo.

—¿Le has hablado a la emperatriz de mí?

—Muchas veces. Pero sólo de manera casual. Quería esperar a que pidiera conocerte.

—¿Lo ha hecho?

—El otro día. Cuando me habló de la muerte del doctor Philippe, me preguntó: «¿Cómo se llama ese hombre santo de Siberia?» Y cuando se lo dije, contestó: «Tráemelo.»

Rasputín se sentía extrañamente tranquilo. Sabía que éste era un momento que esperaba desde la infancia. Pero ahora que había llegado, le parecía que carecía de importancia. Tal vez no le simpatizara a la zarina. ¡Bah!, ¿qué importancia tenía eso? Él tenía su propia vida.

—¿Cuándo me llevarás a verla?

—No te llevaré.

Durante un momento, Rasputín creyó que Militsa bromeaba.

—Vendrá aquí por la mañana. Por eso quiero que te quedes.

9

Esa noche, Rasputín durmió mal, debido en parte al agotamiento producido por el viaje —se despertó varias veces, pensando que se encontraba aún en el tren—, y en parte al nerviosismo que le causaba la próxima reunión con la emperatriz. A las nueve de la mañana, cuando la doncella le llevó el desayuno en una bandeja, despertó de un profundo sueño. Se incorporó en la cama de cuatro postes, con la bandeja sobre las rodillas, y observó el empapelado de brocado azul. Antes de comer, cerró los ojos y rezó. Se sintió inmediatamente fuerte y confiado. Cuando estaba medio dormido, era víctima de su naturaleza más débil; ahora, algo más fuerte lo dominaba. Meditó nuevamente en la extraña reserva de fuerza que poseía cada ser humano.

Después de desayunar, se bañó en el cuarto de baño adjunto. En vez de la pastilla de jabón con aroma a violetas, prefirió utilizar un pedazo cuadrado de jabón corriente que una sirvienta dejó en el alféizar de la ventana. El jabón perfumado ofendía su olfato.

Estaba tratando de secarse la barba cuando el mayordomo tocó discretamente a la puerta.

—La gran duquesa dice que su invitada ha llegado y le gustaría que usted bajara.

Había llegado antes de lo que él esperaba. Se peinó el cabello húmedo, se puso el hábito negro de monje sobre el pantalón de tela burda y se colgó en el cuello la cruz que le había dado Juan de Cronstadt. Al bajar, experimentó un extraño regocijo, parecido al que se siente al empezar un viaje.

Entró al salón sin llamar a la puerta. Militsa y su invitada se encontraban sentadas en el sofá junto al fuego que ardía en la chimenea.

—¡Ah, padre Grígori! —exclamó Militsa y se levantó de un salto.

La otra dama se puso también de pie. Hasta ese momento, Rasputín nunca se había preguntado cómo debía actuar frente a la zarina, si debía arrodillarse o besarle la mano. Ahora se dio cuenta, asombrado, de que ella tampoco estaba muy segura de lo que debía hacer. Su mirada era tímida e insegura. Rasputín se acercó a ella, caminando firmemente, la abrazó fuertemente y le dio un beso en la mejilla.

Lo que Rasputín vio fue una mujer alta y hermosa, de poco más de treinta años, que aparentaba unos veinticinco. Lo más obvio de su belleza era cierto aire de desolación; las comisuras de su boca se inclinaban hacia abajo, sus ojos eran bondadosos y expresaban una tristeza latente. Extrañamente, la primera reacción de Rasputín fue que ya la conocía. Había visto fotografías de ella, por supuesto, pero no captaban su personalidad, y era su personalidad lo que le parecía familiar. Más tarde, al pensar en ello, se dio cuenta de que en la zarina había algo de Olga, su primer amor, así como algo de su esposa. Sin embargo, no era esto lo que le hacía pensar que ya la conocía.

Se sentaron. El lacayo sirvió té. Rasputín se hallaba totalmente a gusto. De haber sentido ganas de hacerlo, se habría quitado las botas y puesto los pies sobre el escabel. Con esta mujer, la intimidad era inmediata y tan inevitable como una reacción química. Según Rasputín, era la clase de mujer hecha para él, que respondía con toda su femineidad. Estaba acostumbrado a que las mujeres se enamoraran de él, incluso Militsa lo miraba con cierto interés sexual oculto (y experimentaba en ese momento unas punzadas de celos al percibir la instantánea armonía entre su invitada y su asesor espiritual). Pero esta mujer era más deseable, gracias a una calidad superior, que cualquier mujer que hubiese conocido. Hasta su ligero acento inglés la hacía más encantadora.

Rasputín habló de la oración. Pero no importaba de

qué hablara. Lo que ella escuchaba era su voz y no lo que decía. Estaba absorbiendo su personalidad, su fuerza, su ser. Todo lo que decía caía sobre su alma como la lluvia en el desierto, dándole consuelo y paz. Escuchar su voz le produjo una especie de vértigo al experimentar una sensación de rendición. Se habría sentido feliz de arrodillarse a sus pies y besarle las manos.

Cuando Militsa le tocó el brazo y señaló el reloj, pareció salir de un trance. Eran las doce y media y tenía que estar en el palacio a la una para la comida. Se puso de pie de un salto, sonriendo tímidamente y como pidiendo disculpas. Rasputín se levantó más lentamente y la acompañó a la puerta. Militsa observó, con un destello de celos, cómo la zarina permanecía en el umbral, esperando evidentemente que Rasputín la abrazara de nuevo y, cómo, cuando lo hizo, ella hundió momentáneamente la cara en su hombro. Militsa la acompañó a su carruaje y, cuando se abrazaron, la zarina le dijo:

—No sé cómo darte las gracias, querida.

Alejandra, que era tímida por naturaleza, no acostumbraba a llamar a la gente «querida». Al entrar en la *troika,* añadió:

—Llévalo a Zarskoé Selo mañana... no, pasado mañana...

Militsa regresó al salón y encontró a Rasputín en el sillón frente al fuego, con las piernas estiradas y separadas.

—¿Y bien? ¿Qué piensas de ella? —preguntó.

—Es hermosa —y añadió pensativo—: Necesita mi ayuda.

El pueblo de Zarskoé Selo, que significa «la aldea del zar», se encuentra a unas veinte verstas al sur de San Petersburgo, en los cerros de Duderhof. Los zares habían utilizado sus dos palacios como residencia de verano desde mediados del siglo XVIII. El miércoles, primero de noviembre de 1905, Rasputín fue allí por primera vez, en el carruaje de la gran duquesa Militsa.

La emperatriz los recibió en la sala de recepciones del palacio de Alejandro, repleto de fotografías, ornamentos, antimacasares y otras curiosidades. Aquí, en su propio territorio, se sentía evidentemente más relajada, más a gusto que en casa de Militsa. Indicó a Militsa que se sentara en un sillón y se sentó firmemente en el sofá, al lado de Rasputín; Militsa no se perdió el simbolismo. Mientras las dos mujeres hablaban de ropas y de peluqueros franceses, Rasputín se reclinó en el rincón del sofá, desde donde podía observar mejor a la zarina. Su tez era extraordinariamente fresca y limpia. Rasputín no se ofendió porque ella no le hiciera caso; al contrario, reconoció que era su modo de mostrarle que le simpatizaba y que confiaba en él.

Una niña bonita de unos ocho años se unió a ellos, preguntándole a su madre algo sobre un potro. Se trataba de Tatiana, la segunda hija de la zarina, una niña tranquila muy parecida a su madre. Cuando le presentaron a Rasputín llamándole «padre Grígori», la pequeña le estrechó la mano solemnemente e hizo una reverencia. Cuando él le sonrió con picardía y le revolvió el pelo, ella se asombró, pero luego le sonrió abierta y encantadoramente. Se quedó de pie junto a su madre, que la rodeó con un brazo.

En situaciones extrañas, algo en el interior de Rasputín parecía despertar. En tanto las observaba, se ensimismó deliberadamente y jugó el «juego del ratón». Experimentó instantáneamente una punzante tristeza. Antes de que pudiera explorar la sensación, la zarina se puso de pie.

—Es casi la hora del té. ¿Le gustaría ver la habitación de los niños?

Los llevó al primer piso. La nana estaba dando la merienda a los tres menores: María, de seis años, Anastasia, de cuatro, y Alexis, de uno. La mayor, Olga, que contaba diez años, se hallaba sentada junto a la ventana, leyendo un libro.

Las cuatro niñas eran bonitas. Anastasia era deslumbrante, si bien se adivinaba que la rechoncha María sería también una belleza. El niño estaba sentado en una silla para bebé, y la nana le daba pan mojado en un huevo pasado por agua; él expresó su disgusto ante la lentitud del procedimiento al agarrar la cuchara y tratar de destruir el huevo con violentos golpes. También era asombrosamente atractivo, con sus ojos azules, cabello dorado y la tez transparente de su madre. Rasputín observó que el borde de la mesa estaba almohadillado, a fin de que el niño no se magullara. Las tres hermanas chillaron y rieron ruidosamente al contemplarlo. Era obvio que lo adoraban.

Exactamente a las cuatro menos cinco, la emperatriz dijo:

—Es la hora del té. Vamos, Olga, Tatiana.

Los precedió escalera abajo, hasta llegar a una hermosa habitación que daba a la terraza. Había varias mesitas cubiertas con manteles blancos, vasos para el té y platos de plata para pasteles que contenían pan caliente y bizcochos ingleses. Se sentaron y casi inmediatamente se abrió la puerta y el zar entró. El reloj dio las cuatro. Rasputín y Militsa se levantaron; Militsa hizo una reverencia. El zar les dedicó una gran sonrisa.

—Sentaos.

—Nicky, éste es Grígori Efimovich, el hombre del que te hablé —le dijo su esposa.

Rasputín no estaba seguro de lo que debía hacer. El zar le evitó el bochorno al estirar la mano, que Rasputín estrechó al estilo europeo. La mano del zar era pequeña y delicada.

Militsa le había explicado ya a Rasputín que era un gran honor ser invitado al té. Nicolás era un hombre de familia y el té constituía una ceremonia familiar. Tatiana se sentó en el suelo y jugó con sus muñecas; Olga se dedicó a bordar. A Rasputín la escena le pareció encantadora. El zar era un hombre pequeño, barbudo, de modales campechanos, y empezó inmediatamente a hacer preguntas a Rasputín sobre los poblados campesinos de Siberia. Rasputín sabía mucho al respecto y contestó detalladamente; tenía que recordarse constantemente que este hombre sencillo y bondadoso era el zar de todas las Rusias.

Sin embargo, un rato más tarde, mientras la zarina hablaba, Rasputín miró de soslayo al zar y vio que éste lo contemplaba pensativamente. Supo intuitiva e instantáneamente que los modales amistosos y democráticos no eran más que una fachada. El zar sabía lo que quería y era voluntarioso; sus muestras de amistad no eran más que otro modo de salirse con la suya. En los años siguientes, Rasputín vería cuán certera era esta apreciación.

La propia zarina casi no miró a Rasputín durante la hora que pasó con ellos; al parecer, se cuidaba de mostrar a su esposo cuán completamente confiaba en este campesino. Mas, mientras Rasputín describía su visión de la Virgen de Kazán, el zar miró de reojo a su esposa, vio su concentración y frunció el ceño, meditabundo.

Exactamente a las cinco menos cinco, el zar se levantó.

—Debo regresar a mi trabajo. Tengo que ver a dos docenas de personas antes de la cena.

En vez de estrechar la mano de Rasputín, le dio una amistosa palmada en el brazo.

—Me han dicho que usted predice el futuro —declaró.

—Todos podemos hacerlo, señor —contestó Rasputín con una sonrisa.

El zar pensó en ello un momento y manifestó:

—Usted es un hombre del pueblo. ¿Quiere realmente deshacerse de nosotros el pueblo?

Rasputín lo miró directamente a los ojos y respondió con sinceridad:

—La gente del pueblo llano lo ama. Además, desconfían de los cambios. —El zar sonrió involuntariamente—. Son los intelectuales los que quieren destruir a Rusia.

El zar dijo sombríamente:

—Eso ya lo sé. —Contempló la alfombra y las pesadas botas de Rasputín—. ¿Qué cree usted que ocurrirá con todo esto de la revolución?

Rasputín manifestó firmemente:

—A finales de año, todo habrá acabado.

—Entonces, ¿habrá todavía más antes?

—Sí, habrá más.

El zar se encogió de hombros; con eso delataba su nerviosismo.

—Ya veremos si tiene usted razón.

Salió sin mirar atrás.

En el carruaje, camino de regreso a San Petersburgo, Militsa señaló:

—Usted le simpatizó, me di cuenta de ello.

—Pero sospechaba.

—¿Por qué habría de hacerlo?

—Porque cree que su esposa es demasiado crédula.

Lo que el zar escribió esa noche en su diario era un tanto neutro. «Conocí a un hombre de Dios, Grígori, de la provincia de Tobolsk.»

La gran duquesa Anastasia visitaba a menudo los barrios más pobres de la ciudad y organizaba la distribución de ropa de invierno. El día siguiente, por la tarde, Rasputín la acompañó y terminó la velada en la sala comunal de una pensión barata, escuchando la conversación de los pobres y de los obreros sin trabajo. Como ellos no sabían que él tenía relaciones con sus «superiores», exponían francamente sus opiniones políticas. Rasputín se enteró por primera vez de que el «domingo sangriento» había hecho que los obreros de San Petersburgo desconfiaran profundamente del zar. Antes de la masacre frente al palacio de Invierno, deseaban creer que él se preocupaba por ellos y sus intereses; ahora, lo veían como un enemigo, o, cuando menos, como un débil manipulado por ministros corruptos. Se mostraban escépticos ante el nuevo parlamento y el primer ministro Witte, que había persuadido al zar de que permitiera la creación de la Duma.

A Rasputín le pareció que la política rusa entrañaba un malentendido trágico. Si el zar pudiese venir aquí y escuchar silenciosamente, entendería cuán fácil sería evitar una revolución. Y, si estos obreros estuviesen mejor informados, sabrían que su mayor esperanza se encontraba en Witte. En ese momento decidió que le diría todo eso al zar la próxima vez que lo viera.

Sin embargo, durante los meses siguientes no lo volvieron a invitar a palacio. Estaba demasiado ocupado para preguntarse por qué. Su desaparición de San Petersburgo en 1904 había acarreado curiosidad y especulación; ahora que había regresado, todos querían verlo. Durante su ausencia, Militsa se había peleado con Iliodor, que, abiertamente, se mostraba demasiado grosero con sus invitados, por lo que ahora Rasputín era su principal protegido. No tardó en convertirse en el centro de sus veladas, que estaban siempre atestadas de gente que quería conocerlo.

Su poder de curación parecía aumentar con la práctica. Uno de sus éxitos más notables tuvo lugar con la princesa Irina Tatischclev, pariente de Militsa, que asistía a menudo a las veladas de ésta. La princesa era una mujer dulce y agradable de poco más de cuarenta años, pero un enorme bocio la desfiguraba, dándole el aspecto de una rana torcida. Como resultado, sólo los invitados más amables o más insignificantes le prestaban atención. A menos de una semana del regreso de Rasputín, la princesa tragó una gamba al tratar de seguir una conversación y casi se ahoga. La llevaron a una habitación. Cuando le contaron esto a Rasputín, fue a verla. La habían dejado a solas, con sólo un viejo sirviente haciendo guardia. Era evidente que sufría y le lloraban tanto los ojos que apenas veía quién estaba al lado de su cama. Rasputín le habló con tono tranquilizador y colocó ambas manos suavemente a ambos lados de su garganta. La princesa continuó ahogándose un rato más y, de pronto, suspiró largamente y cerró los ojos. Unos minutos más tarde, dormía. Rasputín regresó a la fiesta, donde conversó con una francesa que estaba convencida de haber sido amante de Napoleón en una vida anterior.

En el curso de las siguientes semanas, el bocio disminuyó día a día. Cada vez que Rasputín veía a la princesa, lo tocaba suavemente con la punta de los dedos. En la segunda semana de febrero, se había desvanecido por completo. El cambio fue asombroso. Esta mujer, antes desfigurada y repulsiva, aparecía ahora hermosa. La natural bondad de sus ojos y la dulzura de su sonrisa eran evidentes, ahora que el gran saco de carne se había desvanecido. Al cabo de seis meses, se casó con un brillante abogado, unos cuantos años menor que ella, llamado Vladimir Kolchac, y el matrimonio era obviamente feliz. Rasputín se sentía profundamente satisfecho al darse cuenta de que él había sido la causa de la dicha de esta encantadora y afable mujer y estuvo encantado cuando le pidieron que fuese padrino de su primer hijo.

En el monasterio, Rasputín conoció al doctor Mijaíl Lebikov, que había sido el médico del zar Alejandro III, un hombre bondadoso e inmensamente popular. En enero de 1906, un grupo de revolucionarios disparó contra unas tiendas de campaña plantadas en el hielo del Neva, creyendo que el zar se encontraba adentro. Nadie murió, y la policía acorraló posteriormente a la mayoría de los revolucionarios. El doctor Lebikov, que se encontraba en una de esas tiendas, recibió una bala en una pierna y la herida supuró. Rasputín fue a verlo al hospital y colocó las manos sobre las vendas ensangrentadas. Al día siguiente, la herida ya comenzaba a cicatrizar.

El agradecido doctor Lebikov trató de darle a Rasputín una fuerte suma de dinero. Rasputín le dijo que no necesitaba dinero y que daba siempre los regalos a los pobres. Pero un día, cuando mencionó que nunca había ido a Saratov, Lebikov sugirió que fueran juntos, a costa del propio médico. Un pope llamado padre Ionn los acompañaría. Rasputín aceptó inmediatamente y decidieron que irían tan pronto empezara el deshielo de los caminos, a principios de marzo.

Ése era también el momento en que el zar y la zarina se preparaban para marcharse de Zarskoé Selo, iniciando así su «migración» anual que los llevaría a Livadia, en Crimea, de allí a una villa en el Báltico y finalmente al yate real en los fiordos fineses. Normalmente permanecían fuera todo el verano, regresaban a Crimea en otoño y a Zarskoé Selo, en noviembre.

La tarde del martes, 27 de febrero, fue inesperadamente soleada; provocó la salida de alegres multitudes a las calles de San Petersburgo. En Zarskoé Selo hacía tanto calor a principios de la tarde que los niños salieron a jugar con su perrito. Sólo Alexei no tenía permiso de unirse al juego; debía quedarse en un asiento, bajo la mirada de la nana, una inglesa llamada miss Eager. Las niñas correteaban por el húmedo césped, gritando y riendo, mientras el perrito trataba de eludirlas. Pierre Gilliard, el tutor, salió por la puerta-ventana y se sentó al lado de miss Eager; llevaba un periódico francés que había llegado esa mañana de París. El titular declaraba que el caso Dreyfus había pasado al Tribunal Supremo de Apelaciones. Miss Eager opinaba que Dreyfus era inocente, y así lo expresó. Gilliard replicó que tal vez lo fuese, pero que, de serlo, él mismo había provocado parte del malentendido... En tanto los dos discutían, el perro corrió por el césped cuesta arriba. El niño, de diecinueve meses, que había mirado todo esto excitado, se libró de la nana y trató de agarrar al perro. Éste era casi tan grande como él y lo atropelló. El niño gritó alarmado y la nana y el tutor se apresuraron a levantarlo. La zarina, que se encontraba en una habitación de la planta baja, salió corriendo. Alexei llevaba pantaloncillos cortos y tenía grandes arañazos en una rodilla. Se había hecho daño también en la muñeca. Llevaron al niño a su dormitorio y mandaron llamar al médico de la corte, el doctor Botkin. Entretanto, la propia zarina hizo lo que Botkin le había dicho que hiciera; vendó la rodilla del pequeño con una venda elástica, tan apretada que con eso detuvo la sangre. Botkin, un hombre alto y corpulento, llegó media hora más tarde y puso expresión seria al ver el alcance del daño. Llamó inmediatamente a San Petersburgo y mandó llamar al especialista de los niños, el doctor Ostrogorsky. El servicio de trenes era excelente y Ostrogorsky llegó en menos de una hora. A finales de la tarde, el pequeño lloraba de dolor y su temperatura se había elevado a 42 grados. Unas horas más tarde, deliraba y tanto la rodilla como la muñeca se habían inflamado, alcanzando el doble de su tamaño normal.

Esa noche, nadie durmió; la zarina permaneció sentada junto a la cama de Alexei; ambos médicos se quedaron en la habitación adjunta. A la hora del desayuno, el niño estaba bañado en sudor y se retorcía y gemía.

Fue el zar quien recordó que Lebikov había curado a María de las anginas y el que sugirió que lo mandaran llamar. Botkin pensaba que sería probablemente inútil, pero estuvo de acuerdo. Enviaron el automóvil del propio zar. Desde San Petersburgo, el chófer llamó para informar que no encontraba a Lebikov en su casa, pero que creía que tal vez estuviese en el monasterio de Cronstadt; le ordenaron que siguiera buscándolo.

La zarina se encontraba en un estado lastimoso; por la tarde parecía un manojo de nervios. Pero se negó firmemente a tomar los sedantes que le había recetado Botkin, declarando que necesitaba estar totalmente despierta en caso de que su hijo la necesitara.

A las cinco de la tarde, ya había oscurecido; el automóvil aparcó afuera. El propio zar, que había cancelado todas su citas, salió apresuradamente a recibir a Lebikov. Para su sorpresa, Rasputín acompañaba al médico. Mientras éste explicaba por qué había tardado tanto, Rasputín preguntó quedamente:

—¿Dónde está el niño?

El zar frunció el ceño. No le gustaba que estuviera presente un intruso; seguía creyendo que sólo la familia y su círculo íntimo conocían el secreto de la enfermedad del niño. Pero recordó que su esposa tenía gran fe en Rasputín.

—¿Cree usted poder ayudar? —inquirió.

—Yo no puedo ayudar. Pero tal vez Dios pueda hacerlo.

—Tenga confianza en él, majestad. Curó mis heridas —le explicó Lebikov.

Únicamente la zarina se encontraba sentada al lado de la cama con armazón de latón, en el pequeño y sencillo dormitorio del niño. El zar entró en la habitación, seguido de Lebikov y de Rasputín. La mirada de la zarina se animó cuando vio a este último, que atravesó apresuradamente la estancia y se paró junto al lecho. Alexei respiraba penosamente con pequeños gemidos. Rasputín colocó el dorso de los dedos en su mejilla, roja y sudorosa. Entonces, sin hacer caso de los presentes, se dirigió al icono que se hallaba en un rincón de la habitación y se arrodilló. Lebikov se acercó a la cama, tocó la frente del pequeño e hizo preguntas en voz baja. Luego, salió a consultar con Botkin. Rasputín acabó de orar y regresó junto a la cama. Colocó una mano en la frente del niño y apartó la ropa de cama para colocar la otra en su hombro. El niño, que había estado casi doblándose del dolor, suspiró y estiró las piernas. Rasputín permaneció allí alrededor de un minuto más, mientras el zar y la zarina lo observaban sin decir una palabra.

Entonces, con gran sorpresa de todos, el niño abrió los ojos, miró a Rasputín y sonrió. Rasputín le dijo amablemente:

—Vamos, pronto te encontrarás bien, ¿verdad?

El niño asintió con la cabeza. En ese momento, Lebikov y Botkin aparecieron en el umbral de la puerta. El zar les hizo una señal para que no hablaran. Rasputín cogió una silla, se sentó junto a la cama y empezó a hablar con el niño casi en un susurro. Tomó la mano de Alexei y la acarició suavemente con la otra. El zar se acercó, inclinándose, para oírlo; Rasputín le preguntaba al pequeño si le gustaban los caballos y Alexei asentía entusiasmado.

La zarina lloraba, sin intentar detener las lágrimas que le bajaban por las mejillas. Rasputín se volvió hacia ella y le dijo alegremente:

—No hace falta llorar, *matushka*. Se pondrá bien.

Intentaba evidentemente que ella dejase de llorar, por si esto trastornaba al niño.

El zar agarró la mano de Rasputín con las dos suyas y le miró directamente a los ojos. Parecía estar a punto de hablar, pero no dijo nada. Para romper el silencio, Rasputín manifestó:

—Me dicen que se irán mañana a Crimea, *batiushka*... —El zar asintió con la cabeza, obviamente incapaz de confiar en su voz—. Bueno, pues dentro de un par de días él podrá viajar.

Botkin, que había puesto la mano en la frente del niño, exclamó:

—No lo entiendo. Su temperatura parece ser normal.

—Sí, ya estoy bien. ¿Puedo comer un poco de mermelada, mamá? —preguntó el niño.

La zarina se echó a reír, se deshizo nuevamente en lágrimas y salió corriendo del dormitorio. El zar se arrodilló junto a la cama y abrazó tiernamente al pequeño.

Rasputín tocó a Lebikov en el hombro.

—Vamos, prometimos llegar a casa de Militsa a las cuatro.

El zar se encontraba tan absorto con el niño que no se dio cuenta de que se marchaban.

En el coche, camino de regreso a San Petersburgo, Rasputín señaló a Lebikov:

—Están en graves apuros.

—Sólo tienen que cuidar especialmente del zarevich. Tal vez mejore a medida que crezca.

—Eso es sólo parte del problema. Sus emociones no

son las correctas, sus... —luchó por encontrar la palabra justa—, sus actitudes.

Lebikov lo miró con curiosidad.

—Hay mucha gente que dice que el zar necesita mucho más la protección de Dios que cualquiera de sus predecesores.

—Viven ahí como si estuviesen en la luna. Pero un emperador no puede permitirse separarse de su pueblo. Debería dejarse ver. Si no, pierde su confianza.

Lebikov estaba a punto de decir algo, pero cambió de opinión. Se daba cuenta de que el chófer escuchaba.

Cuando Rasputín dijo que el niño podría viajar al cabo de un par de días, el zar supuso que lo hizo en un intento por animarlo. Pero a la mañana siguiente y para sorpresa de Botkin, la inflamación había desaparecido y la rodilla ya no sangraba. Durante el desayuno, el chiquillo preguntó qué había ocurrido con «ese hombre raro».

—¿Quieres verlo?

El niño asintió con la cabeza, entusiasmado.

Por lo tanto, el conde Fredericks, el ministro principal de la corte imperial, recibió instrucciones de ponerse en contacto con Rasputín y pedirle que fuera a Zarskoé Selo.

Más tarde, esa misma mañana, Fredericks fue al despacho del zar.

—Dicen que le darán el mensaje. Se encontraba con una dama.

Por su tono, el zar lo miró con curiosidad.

—¿Qué tiene eso de malo?

Fredericks, que estaba al tanto de los chismes de San Petersburgo, contestó:

—Estaba encerrado.

—Estoy seguro que todo eso es inofensivo —respondió a toda prisa el zar.

Su mirada severa parecía prohibir cualquier comentario adicional.

Mas Fredericks, que conocía al zar desde su infancia y que, en privado, seguía llamándolo *mon enfant*, exclamó:

—¡Ja! —y se encogió de hombros, en señal de incredulidad.

Tratando de contener su irritación, el zar indicó:

—Si tienes algo que decirme en su contra, hazlo.

—No, no —contestó Fredericks, pero de tal manera que implicaba que sabía cuándo mantenerse callado.

—Escucha, reconozco que creí que este hombre era un charlatán, un embaucador como Philippe y ese otro francés. Ahora, veo que me equivoqué. Es un hombre bueno y decente... me di cuenta de ello cuando estuvo hablando con Alexei. No me interesa lo que haga en privado. Pero es honrado y confío en él.

Fredericks se inclinó con expresión solemne para indicar que comprendía y salió.

Cuando Rasputín llegó, dos horas más tarde, encontró a Alexei sentado en el suelo de su dormitorio, rodeado de juguetes blandos, mientras Anastasia le enseñaba un libro con dibujos. El zar entró poco después y vio a ambos niños sentados con la cabeza apoyada en las rodillas de Rasputín, mientras éste les contaba una historia sobre un caballito jorobado. El zar salió silenciosamente.

El 3 de marzo, cuatro días después de la caída de Alexei, la familia real pudo salir hacia Crimea. Al día siguiente, Rasputín, el doctor Lebikov y el padre Ionn se dirigieron a Saratov, en un viaje que se convirtió en una excursión sin prisas por la Rusia europea.

10

Desde el punto de vista del zar, haber conocido a Rasputín era una verdadera bendición. Los cuatro primeros embarazos de la zarina habían sido difíciles y la hemofilia del pequeño significaba un inmenso desgaste de su energía emocional. Por naturaleza, era tímida y una enfermedad infantil había incrementado su tendencia hacia la introversión. Desde el momento en que llegó a San Petersburgo, se sintió indeseada. No le gustaba a su suegra, que, prácticamente, estableció una corte rival. Su aversión a las reuniones sociales la hacía impopular en San Petersburgo, donde se la consideraba como una esnob. El pueblo llano de Rusia hablaba de ella como de «la extranjera». Sólo se sentía a salvo y confiada cuando se encontraba con su familia; ella y su esposo se adoraban mutuamente. Todas estas circunstancias se unieron para convertirla en una mujer insegura y neurótica. Antes de que Rasputín entrara en escena, Botkin le había dicho confidencialmente al conde Fredericks que creía que la zarina iba hacia una depresión nerviosa grave.

La presencia de Rasputín la transformó. En la noche de su regreso de Crimea, invitó a Rasputín al palacio de Alejandro. El zar lo trató como a un amigo y se dirigió a él llamándole Grígori. Ese día, en su diario, anotó: «Grígori llegó a las 6.45. Vio a los niños y habló con nosotros hasta las 7.45.»

Cuando salían del dormitorio del niño, la zarina reconoció ante Rasputín:

—Me preocupo muchísimo por él.

Rasputín le cogió una mano y contestó:

—Mientras yo esté vivo, no necesita usted temer por su vida.

Más tarde, la zarina confió a su esposo:

—Creo que Dios nos lo ha enviado.

Él se sentía reconfortado también por sus largas conversaciones con Rasputín. En el año 1906, el zar, que contaba treinta y ocho años, era un hombre muy perturbado. Siete años antes del nacimiento de Nicolás, unos revolucionarios habían atentado por primera vez contra su abuelo, el zar Alejandro II. A partir de ese momento, la familia real rusa vivió virtualmente en estado de sitio. En 1879, unos anarquistas hicieron estallar el tren real; pero no era más que el tren del equipaje; en el último minuto, el zar había decidido viajar en un tren que salía más temprano. Dos meses después, una tremenda explosión destruyó el comedor del palacio de Invierno; pero la cena se había retrasado debido a la tardía llegada de uno de los convidados y el zar escapó nuevamente. Mas la suerte tenía que acabar y una bomba lo mató finalmente, al año siguiente. Ésta era la explosión que Katkoff el mercader había presenciado. Su sucesor, el padre de Nicolás, reaccionó con una guerra acérrima contra los revolucionarios. Como resultado, se convirtió en prisionero en su propio palacio, rodeado permanentemente de policías, temeroso de comer un solo pedazo de comida que no hubiesen preparado sus cocineros franceses. Murió a los cuarenta y nueve años, destrozado por su intento por mantener a raya la historia.

El zar actual, Nicolás II, habría sido un monarca constitucional ideal. Hombre inteligente, encantador y amable, simpatizaba a todos los que tenían contacto con él. De habérsele permitido mostrarse libremente ante su pueblo, se habría convertido rápidamente en el hombre más popular de Rusia. El temor a los asesinos lo hacía imposible y el matrimonio con la introvertida Alejandra empeoraba las cosas.

El zar poseía un fallo peligroso: no comprendía lo que estaba ocurriendo. De hecho, habría sido más feliz de haber sido un caballero ruso residente en su propiedad en medio de Siberia. Nunca se le ocurrió preguntarse por qué estos anarquistas le hacían la guerra a la autoridad. De haberlo hecho, se habría percatado de que la solución se encontraba en quitarle filo a la situación por medio de la relajación de la autoridad. Estando las cosas como estaban, pensaba en los revolucionarios como en niños malvados, a los que había que atrapar y castigar o bien no hacerles caso hasta que decidieran comportarse como era debido.

Cuando el zar hablaba con Rasputín, todos sus prejuicios se confirmaban. Los hombres religiosos tendían, por naturaleza, a ser conservadores; deseaban un mundo estable en el que todos pudieran concentrarse en la salvación de su alma. Y puesto que creían que la mayoría de la gente se encuentra esclavizada por su propio materialismo, no simpatizaban con los revolucionarios cuyo objetivo consistía en una redistribución de la riqueza material. Por tanto, Rasputín y el zar estaban completamente de acuerdo en que el comunismo era una forma particularmente repugnante de estupidez, una incapacidad de reconocer que «no sólo de pan vive el hombre». Cuando esa tarde de junio Nicolás le pidió a Rasputín su opinión acerca de la Duma, Rasputín contestó sin vacilar que, ante todo, el error del zar había consistido en dejar que se estableciera. Ya que ésta era la conclusión a la que el propio Nicolás había llegado, le impresionó profundamente la perspicacia política de Rasputín.

—Cada vez que hablo con él, después me siento profundamente en paz —confió al jefe de su cuerpo de oficiales.

Al menos, Rasputín tenía sus ideas religiosas para rechazar a los revolucionarios. Las actitudes del zar se fundamentaban en la pereza mental. Esto no habría tenido importancia si hubiese estado dispuesto a dejar el gobierno en manos de hombres más competentes, hombres como su primer ministro Witte. Pero desconfiaba de cualquiera que pareciese dispuesto a llegar a un compromiso con los revolucionarios. Por ende, en mayo de 1906 despidió a Witte y lo sustituyó con un don nadie conservador llamado Goremykin, que aseguraba al zar que seguía siendo el soberano absoluto. En menos de un mes, fue evidente que Goremykin era un total desastre. Dimitió y recomendó que lo sustituyera el ex gobernador de Saratov, Pedro Stolypin.

Stolypin era uno de los hombres más valerosos y competentes de Rusia. Durante la revolución de 1905 viajó por el país, restableciendo el orden, ganándose el respeto de la gente por doquier, gracias a su valentía. Como era un hombre sensato, llegó a la misma conclusión que Witte: Rusia tenía que ser más democrática. Inevitablemente, el zar lo veía con profunda desconfianza. Los revolucionarios, también.

Apenas tres semanas después de ser nombrado primer ministro, un sábado por la tarde, Stolypin se hallaba sentado en su despacho cuando una tremenda explosión lo tiró de su silla. Oyó gritos y gemidos. Al salir corriendo, descubrió que un muro de la casa se había derrumbado. Las paredes expuestas de las habitaciones estaban cubiertas de sangre y de pedazos de carne humana; parecía haber gente mutilada y moribunda por todas partes. Treinta y dos personas murieron. El hijo menor de Stolypin, que había estado jugando en el balcón, tenía heridas, pero no eran graves; su hija quedó gravemente lesionada. Con increíble temple, Stolypin no se dejó desanimar, y el lunes, regresó a su oficina a trabajar.

Rasputín se encontraba en Zarskoé Selo cuando llegó la noticia de la explosión. Cuando el secretario del zar les dijo que la casa de Stolypin había estallado, a Rasputín le pareció detectar una pequeña señal de placer en el rostro del zar. Duró sólo un minuto; cuando el hombre añadió que Stolypin estaba ileso, pero que sus hijos tenían heridas, el zar dio muestras de preocupación; como padre que adoraba a sus hijos, se sentía identificado con Stolypin.

—¿Puedo ayudar en algo? —preguntó Rasputín.

—¡Sí, por supuesto! —El zar se volvió hacia su secretario—. Llama a Stolypin. Dile que nuestro buen amigo Grígori le ofrece sus servicios. Dile que Grígori posee un notable don de curación.

—Desgraciadamente, señor, la bomba destruyó la línea telefónica. Podría enviarle el mensaje por medio de la policía local.

—No, déjalo, no importa. —Se volvió hacia Rasputín—. Tal vez sería mejor que fueras personalmente. Pero hoy, no —y preguntó al secretario—: Dices que no hay peligro inmediato en el caso de los niños, ¿verdad?

—Creo que no.

—Entonces, ve a verlo el lunes, en su oficina.

El zar dio por sentado que Stolypin se encontraría en su oficina el lunes. Los hechos demostraron que tenía razón.

Rasputín llegó al edificio del gobierno central a las diez de la mañana del lunes. Un secretario le dijo que Stolypin no podía recibir a nadie. Cuando Rasputín mencionó que el zar lo enviaba, el secretario lo llevó a la oficina del primer ministro.

El hombre frente a Rasputín, del otro lado del escritorio, era alto, calvo, con barba negra y cuadrada y bigote rizado. Tenía las mejillas rasguñadas por la explosión. Miró fijamente a Rasputín con sus ojos fríos y penetrantes.

—Y bien, ¿qué puedo hacer por usted? —inquirió.

Rasputín había llegado preparado para acompañarlo en su dolor y ayudarlo. Esta actitud hostil lo desconcertó. Hizo un gran esfuerzo por reprimir su irritación, recordando que el hombre estaba bajo una fuerte tensión.

—Su majestad me pidió que le hiciera llegar sus condolencias. Quisiera también transmitirle las mías.

—Gracias.

El tono de Stolypin implicaba: «Y ahora, lárguese.»

De hecho, Stolypin había oído hablar de Rasputín, como todos en San Petersburgo. Desaprobaba la debilidad de la zarina por los charlatanes y los farsantes. Ahora, lo primero que pensó fue que Rasputín quería «tomarlo por tonto» y estaba resuelto a no caer.

Mientras la mirada hostil lo penetraba, Rasputín sintió que hervía de rabia. Se negó a bajar la suya; en vez de eso, concentró su propia fuerza de voluntad. Después de un momento, tuvo la satisfacción de ver que Stolypin desviaba la mirada. Con gran esfuerzo, Rasputín controló la voz.

—Quisiera tratar de ayudar a su familia. Dios me ha dado ciertos poderes...

Eso fue lo peor que pudo haber dicho. Stolypin lo interrumpió iracundo.

—No hay absolutamente nada que pueda usted hacer —y, con un esfuerzo evidente por ser cortés, añadió—: Gracias.

Sin una palabra, Rasputín se puso de pie. Odiaba a estos fanfarrones autoritarios, embriagados con su propio poder. Al salir de la oficina, le costó no pensar que cualquier cosa que le pasase a Stolypin, se la tendría bien merecida.

Esa noche, en su casa de San Petersburgo, Stolypin cenó con su amigo Mijaíl Rodzianko, miembro de la Duma. Describió la visita de Rasputín.

—Cuando lo tenía sentado frente a mí, mirándome con esos ojos pálidos, sentía un extraño odio, como si fuera una especie de sabandija. Entonces, me clavó la mirada de una manera muy rara; estoy seguro de que estaba intentando hipnotizarme.

De hecho, Stolypin se sentía un tanto avergonzado; quería justificar su brusquedad para con un hombre que se había limitado a ofrecerle su ayuda.

La conmiseración de Rodzianko le hizo sentirse mejor.

—Su secretario debe ser un idiota, por haberlo dejado entrar.

—Sí, es un tonto redomado.

Stolypin prefirió olvidar que él había dado la orden de que dejaran entrar a Rasputín.

Al día siguiente, Rodzianko repitió la historia a varios conocidos. Por la noche, todo San Petersburgo se había enterado. Fue el principio de la leyenda sobre los poderes «hipnóticos» de Rasputín.

El propio Rasputín se sentía profundamente molesto por el episodio. En años recientes se había acostumbrado a agradar a la gente y ser respetado. Era un hombre bondadoso y compasivo; pero no era un santo. Sólo un santo no habría dejado que se le subieran a la cabeza sus éxitos continuos en San Petersburgo.

Pero no era simplemente el orgullo herido el que le hizo dar vueltas a su entrevista con Stolypin. Algo más trastornaba su intuición. El zar le había pedido que hiciera un gesto de amistad hacia Stolypin. Y por alguna extraña razón, las mejores intenciones del zar parecían fallar siempre. Al día siguiente, Rasputín oyó el chisme de que había tratado de hipnotizar a Stolypin y volvió a sentir la misma aprensión. Diríase que el propio destino estaba contra el zar; había algo en él que parecía invitar los malentendidos y la desgracia. Peor aún, diríase que el destino estaba contra cualquiera que intentara ayudar al zar. Era sencillamente un hombre de mala suerte. Todos los instintos de Rasputín le decían que debía alejarse, antes de que esa mala suerte se le pegara.

Por otro lado, había ciertas compensaciones. La intimidad con la familia real lo había convertido en el hombre más solicitado de San Petersburgo. Cada mañana, recibía un montón de cartas e invitaciones. Sus admiradoras descubrieron que el dinero no le interesaba, por lo que le traían regalos y ropa cara, camisas de seda bordadas, pantalones de terciopelo negro, botas de cabritilla. Rasputín estaba resuelto a no dejarse corromper por la riqueza, pero era difícil no gozar de las atenciones y de la admiración; es natural en los seres humanos creer que se las merecen.

Como era un hombre que había pasado largas épocas vagando por los caminos, gozaba también de la hospitalidad. Ahora, le proporcionaba mucho placer creer que hacía un favor a alguien al aceptar su hospitalidad. Cuando el político Grígori Sasanov lo presionó para que dejara el monasterio de Cronstadt, que se hallaba inconvenientemente lejos de San Petersburgo, y se fuera a vivir a su apartamento, Rasputín aceptó gustoso porque Sasanov estaba obviamente ansioso por tenerlo como huésped. Cuando un pequeño judío llamado Aaron Simanovich, un orfebre que Rasputín conoció en Kíev, le ofreció convertirse en su secretario oficioso y encargarse de su correspondencia, Rasputín aceptó gustoso nuevamente, porque Simanovich se hallaba tan evidentemente encantado de ser la mano derecha de un hombre «famoso».

Las mujeres seguían siendo un problema. Ocasionalmente, se ganaban su gratitud al comportarse con discreción y sensatez. Esto fue lo que ocurrió con Elena Katkoff y Sofía Dobrovolski. Cuando, en noviembre de 1905, Rasputín regresó al monasterio, Sofía y Elena llegaron a su habitación, una pocos minutos después de la otra. Se sentaron y se miraron airadamente, tratando de quedarse más tiempo la una que la otra, y se marcharon finalmente juntas. A la mañana siguiente, Elena llegó temprano y dejó en claro que seguía considerándose su «esposa de la ciudad». Una hora más tarde, mientras se abrochaba el corsé, explicó:

—Sofía y yo hemos tenido una larga conversación. Acordamos que es una tontería sentir celos, por lo que nos aseguraremos de no venir nunca al mismo tiempo.

Esa tarde, Sofía llegó. Las dos mujeres siguieron siendo muy buenas amigas. Sólo a Rasputín le cansaba un poco el arreglo.

Otras mujeres eran menos complacientes y Rasputín hacía todo por evitarlas. Se vengaban al difundir historias sobre él, describiéndolo como un campesino, un patán, un seductor sin corazón e incluso un violador. Estos cuentos, aunados a los rumores acerca de sus poderes como hipnotizador, no tardaron en acarrearle una reputación que no tenía por qué esperar. Las mujeres deseaban conocerlo al enterarse de que era peligroso. Inevitablemente, le encontraban irresistible y atribuían la atracción a sus poderes hipnóticos, incapaces de darse cuenta de que se habían hipnotizado ellas mismas por adelantado.

El propio Rasputín empezó a sospechar que ése era el caso tras el episodio con la hija del general Izvolski. Lo habían invitado a casa de madame Zenaida Izvolski, con el fin de hablar de un proyecto de caridad. Durante el té, una joven bonita, de cabello oscuro, entró en la estancia y fue presentada a Rasputín como Polina, la hija del general. Se sonrojó y evitó su mirada, rechazó una taza de té y se marchó, evidentemente confusa. Media hora más tarde, Rasputín, al salir del retrete, la encontró mirándolo fijamente desde el umbral de la puerta del dormitorio que había enfrente. Le sonrió y, cuando ella empezó a cerrar la puerta, le dijo:

—Ven aquí, pequeña.

La joven se sonrojó y permaneció inmóvil, mirándolo. Rasputín se acercó y ella apartó la mirada. Paternalmente, él colocó una mano en su cabello y le alzó la barbilla, preguntándole:

—¿Por qué tanta timidez? No tienes nada que temer.

Cuando la chica lo miró, lo hizo con ojos atemorizados y empañados; sus labios se abrieron; diríase que ya se estaba rindiendo. Con un reflejo casi mecánico, Rasputín la besó. Ella no se resistió; de hecho pareció gustarle. Tras unos momentos, su cuerpo pesó en brazos de Rasputín. Temiendo que se hubiese desmayado, la guió a la cama, que se encontraba a pocos metros de allí. La chica tropezó con la alfombra, se cayó y permaneció pasivamente en el suelo, esperando obviamente que la violara. Mas, aunque Rasputín estaba excitado, se dio cuenta de que la puerta se hallaba abierta y de que su anfitriona lo esperaba abajo. Se inclinó sobre la joven, la besó en la frente y salió del dormitorio, cerrando la puerta a sus espaldas.

Esa noche, Polina escribió una carta a su mejor amiga en Suiza.

«Cuando me miró mis piernas parecieron convertirse en agua. Percibí una extraña fuerza emanando de sus ojos. Me pareció que era el diablo. Sin embargo, no era capaz de negarle nada...»

Así fue cómo se añadió otro hilo a la leyenda de Rasputín.

La verdad era sencillamente que a Rasputín le encantaban las mujeres. Una vez, escandalizó a Elena Katkoff, que seguía siendo muy religiosa, al decir que la creación de los dos sexos fue la idea más brillante de Dios. Desde que era un chiquillo, veía a las mujeres como objetos misteriosos y deleitables. Más de veinte años más tarde, seguía bajo el hechizo de la bonita rubia que vio a las puertas de la *modistka* en Tiumen. Todo en ellas le excitaba, su olor, su cabello, los secretos que ocultaba su ropa. Todavía ahora, le parecía asombroso que las mujeres fuesen tan distintas de los hombres, que tuviesen brazos blancos, caderas curvilíneas y una anatomía diferente.

En cuanto a dinero, alimentos y posesiones, Rasputín no era avaricioso. Regalaba todas sus posesiones y podía pasar días sin comer. Pero toda mujer le parecía un milagro y despertaba en él una instantánea curiosidad. En las fiestas, buscaba a menudo a las ancianas que los demás pasaban por alto, pues quería conocer los secretos de su vida, su alma oculta. Le encantaba que las mujeres fuesen tan bondadosas; hasta las peores parecían capaces de un real desinterés y sacrificio que tendría que avergonzar a la mayoría de los hombres. De haber sido un estudioso, habría gozado escribiendo un enorme tratado acerca de las mujeres, parecido a las obras clásicas sobre pájaros o mariposas.

Como la mayoría de los hombres, había pasado la vida estudiando desde lejos estos objetos de su devoción, a los que le era permitido contemplar, pero no explorar. Y aquí, de pronto, en San Petersburgo, podía elegir entre las mujeres más hermosas de Europa. Sus instintos masculinos no estaban preparados para resistir la abundancia. De hecho, no parecía existir razón alguna para que lo hiciera.

Por tanto, al poco tiempo, el más reciente «amigo y consejero» del zar comenzó a adquirir una reputación de charlatán, intrigante y libertino. Como consecuencia de ello, la familia real, se aisló aún más y perdió todavía más popularidad. Pero estando, como estaba, envuelta en su seguro mundo de ensueño de Zarskoé Selo, nadie de la familia se percató de ello.

En julio de 1906, el zar disolvió el primer parlamento; la Duma lo había trastornado al pedir tierra para los campesinos y al criticar la corrupción de sus ministros.

La mitad del partido obrero cruzó precipitadamente la frontera hacia Finlandia y apeló a sus conciudadanos para que se rebelaran. Hasta los conservadores más estúpidos estuvieron de acuerdo en que hacía falta otro parlamento; su zar no era lo bastante fuerte como para convertirse en otro Iván el Terrible. Pero sugerían que este parlamento debería componerse únicamente de campesinos, escogidos por sorteo, y que se excluyera automáticamente a cualquiera con inteligencia o educación.

El segundo parlamento se formó en marzo de 1907; esta vez contenía muchos más revolucionarios. La policía secreta, la Ocrana, hizo todo lo posible por destruirlo, inventando complots terroristas. Tuvo tanto éxito que la segunda Duma duró sólo hasta junio. Se enviaron rápidamente tropas a San Petersburgo, para aplastar toda protesta. Entretanto, el zar dio nuevas leyes electorales, de acuerdo con las cuales los ciudadanos de a pie no podían votar; ese derecho se reservaba únicamente a la nobleza y la alta burguesía.

Como consecuencia, la tercera Duma consistió mayormente en conservadores. Pero éstos no se salieron completamente con la suya. Stolypin persistió tenazmente con sus planes de devolver la tierra a los campesinos —ésta pertenecía en su mayoría a comunidades rurales— y tuvo tanto éxito en ello que, en 1910, había logrado mellar el filo de la situación revolucionaria.

A finales de 1907 ocurrió algo a lo que nadie prestó mucha atención: se firmó un pacto de defensa mutua entre Gran Bretaña y Rusia. Europa seguía preocupada por el aumento del militarismo alemán. Mas parecía muy poco probable que Gran Bretaña y Rusia llegaran a necesitar nunca unirse contra el káiser.

En abril de 1907, Rasputín hizo otra conquista; pero esta vez era en un plano puramente espiritual. Ella se llamaba Ana Taneyev, una joven sin atractivos y de cara redonda que resultó ser la mejor amiga de la zarina. No era ni ingeniosa, ni aristocrática, ni inteligente; pero era sincera y desinteresada y la zarina confiaba totalmente en ella. Durante mucho tiempo Alejandra sintió tristeza al ver que a su mejor amiga le faltaba un hombre con quien compartir su cama. Le encontró un apuesto oficial de marina cuyos nervios quedaron destrozados en la batalla de Tsushima; se llamaba Vyrubov.

A Ana le parecía atractivo, pero la idea del matrimonio la atemorizaba. Confió en la gran duquesa Militsa y le dijo que desearía contar con una bola de cristal para conocer el futuro.

—Eso no es necesario, querida. Conozco a alguien que podrá hacerlo por ti. Se llama padre Grígori.

La primera reunión no fue precisamente un éxito. Ana se escandalizó al ver que Rasputín daba tres sonoros besos en la mejilla a la gran duquesa al entrar en la estancia. Pero cuando él volvió su extraña y penetrante mirada hacia Ana, ella enmudeció; se marchó sin preguntarle acerca de su matrimonio. Pero llamó a Militsa por teléfono y le pidió que pidiera consejo a Rasputín. Al día siguiente, Militsa le transmitió el mensaje de Rasputín. El matrimonio, decía, se llevaría a cabo; pero no sería un éxito. Sus personalidades eran totalmente incompatibles.

Cuando Ana explicó a la zarina que había cambiado de opinión, la zarina se sintió herida y molesta. Todo se había arreglado ya. De todos modos, Rasputín no conocía al teniente Vyrubov, por lo que, ¿qué sabía él del asunto? Ana permitió que descartaran sus recelos y se casó con Vyrubov.

Fue, como predijo Rasputín, un desastre. Las únicas experiencias sexuales que había tenido Vyrubov eran con marineros. En la noche de la boda, se emborrachó y sus torpes intentos de desflorar a la novia provocaron el nerviosismo y la falta de cooperación de ésta. Vyrubov acabó por golpearla e insultarla. A la mañana siguiente, Ana fue corriendo a ver a la zarina y le hizo prometer que no tendría que volver a ver nunca más a Vyrubov. Se divorciaron un año más tarde. Para disculparse, la zarina regaló a Ana una pequeña casa al lado del palacio y, ese año, la invitó a acompañarlos en su viaje en yate.

Puesto que Ana adoraba a la emperatriz y que ésta adoraba a Rasputín, Ana llegó a adorarlo también. Cuando los chismes sobre su libertinaje llegaban a palacio, ella era la primera en defenderlo. Como su principal discípula, estaba en perfecta situación para negar los rumores. Según el chismorreo de San Petersburgo, Rasputín se sentaba en medio de un círculo adorador de aristocráticas admiradoras, algunas de ellas a sus pies. Cuando estaba de humor, colocaba a una jovencita sobre sus rodillas y la llevaba después al dormitorio, el «sanctasanctórum», con el fin de purificarse de sus deseos sexuales, mientras sus discípulas seguían hablando en voz baja... Ana se había sentado a menudo a los pies de Rasputín y nunca lo había visto poner una mano sobre ninguna mujer. De haber necesitado más pruebas, las tuvo el día en que se enteró de que se suponía que ella misma era su amante. La mojigata de Ana era virgen y estaba resuelta a seguir siéndolo durante toda la vida.

Rasputín no necesitaba seducir en público. Desde el momento en que se levantaba por la mañana, había una cola de solicitantes que llegaba hasta el pie de la escalera; algunos querían dinero, otros un nombramiento político, otros su ayuda para sacar un hijo de la cárcel, donde lo habían metido por actividades revolucionarias. Si una mujer atractiva deseaba ofrecerse como pago, Rasputín sólo tenía que llevarla al sofá y asegurarse de que la puerta estuviese cerrada con llave; los Sasanov ponían todo el apartamento a su disposición por las mañanas. Abajo, en la calle, dos policías secretos tomaban nota de todos los que entraban y salían. Su informe podría decir: «A mediodía, todos los solicitantes se habían marchado. A las 12.21, la actriz Polina M... llegó en un carruaje cerrado y se quedó una hora. A la 1.25, Ana Vyrubov llegó; mientras ella entraba, la actriz salía por la puerta de atrás...»

En el verano de 1908, mientras la familia real se encontraba en Crimea, Rasputín regresó a Pokrovskoé; era su primera visita en dos años. Su esposa había sufrido una hemorragia y tuvieron que llevarla al hospital. Una noche, Rasputín permitió que su hija María se quedara en casa de una amiga de la escuela, cuyo padrastro era labriego. Éste llegó a casa borracho, se insinuó a María y violó a su esposa ante las dos niñas. Al día siguiente, Rasputín fue a amonestarlo. Pero, antes de que hubiese terminado la primera frase, el labriego sacó un hacha que tenía oculta en la espalda y golpeó a Rasputín, derribándolo. Entonces, huyó de Pokrovskoé y su hijastra no volvió a verlo nunca más. A Rasputín le quedó una cicatriz hasta el final de la vida. Cuando, en setiembre, regresó a San Petersburgo, llevó consigo a María.

El apartamento de los Sasanov era obviamente demasiado pequeño para dos huéspedes. Ana Vyrubov se encargó de buscarle un sitio donde vivir y encontró un amplio apartamento en el tercer piso del 64 de la calle Gorokhovaya. Desde el punto de vista de Rasputín, uno de los rasgos más útiles del piso era una escalera que daba a una salida trasera, por la que podía huir cuando la cola de solicitantes se alargara demasiado.

Para María, que contaba diez años, la vida en la capital resultaba desconcertante. Y aún más la constante actividad que rodeaba a su padre: la gente que llegaba a todas horas del día pidiendo ayuda o consejo; la policía secreta que observaba la casa (por orden de Stolypin); las damas elegantemente vestidas que permanecían sentadas durante horas, escuchando a su padre hablar de religión; el carruaje real que llegó varios días después, por la tarde, para llevar a su padre a palacio. La propia María fue recibida por la familia real y se convirtió en visitante asidua. Como su padre, se asombró ante la sencillez de esa familia. Se esperaba de las cuatro princesas que estudiaran de la mañana a la noche, y dormían en sencillos catres. Comparada con ellas, María había sido mimada.

Ana Vyrubov era la suma sacerdotisa del culto a Rasputín, pero su principal acólito era una hermosa joven llamada Munia Golovina. Munia sufría una desilusión amorosa cuando conoció a Rasputín. Había estado comprometida con el príncipe Yusupov, uno de los hombres más ricos de Rusia. Yusupov tuvo una aventura con una mujer casada y el marido de ésta lo mató en un duelo. Munia se sentía tanto traicionada como despojada y encontró consuelo en la religión. En su opinión, Rasputín parecía un mensajero de Dios; ella creía que era un santo y no pedía nada más que sentarse a sus pies y escuchar su voz. Rasputín, que sentía realmente pena por ella, la trataba como a una hija.

Fue Munia quien habló de Rasputín al hermano menor de su difunto prometido. Con la muerte de su hermano, el príncipe Félix Yusupov se había convertido en el heredero de una de las mayores fortunas de Europa. Pero este apuesto joven estaba aburrido y era desdichado. Tenía también un problema secreto que no podía confiar a nadie: era homosexual. En la Rusia del primer decenio de este siglo esto era algo todavía completamente inaceptable, apenas había pasado una década desde que el compositor Chaikovski se había virtualmente suicidado por la misma razón.

Yusupov cxperimentó con el espiritualismo, el misticismo y el yoga; todo ello lo dejó insatisfecho. Entonces, Munia empezó a hablarle de Rasputín. No fue difícil convencer a Yusupov de que conociera al «santo». La reunión tuvo lugar en el salón de los Golovin. Presentaron a Yusupov y al *staretz*, que lo abrazó amablemente, lo hizo sentar y comenzó a hacerle preguntas. Rasputín estaba dispuesto a simpatizar con cualquiera que le recomendara Munia. Además, se sentía protector ante este pálido y apuesto joven de rasgos delicados y modales nerviosos. Se percató de que Yusupov era desgraciado y sufría de un conflicto interno. No tenía modo de adivinar que la raíz del problema era sexual. Al saber que Yusupov tocaba la guitarra, lo invitó a visitarlo a su apartamento y a llevar consigo la guitarra. De hecho, para Yusupov, Rasputín era intimidante. Transcurrirían cuatro años antes de que volvieran a verse.

En 1909, aumentaban los conflictos interiores del propio Rasputín. Había vagado por toda Rusia; se había acostumbrado a los espacios abiertos de la estepa. El ambiente de San Petersburgo lo asfixiaba. La mitad de sus discípulos lo admiraban por razones equivocadas, por creerlo un santo. La mayoría de sus enemigos lo odiaban por razones equivocadas, por creerlo un libertino. No era ninguna de las dos cosas. Era sencillamente un místico nato, un hombre que se siente extrañamente dichoso al caminar por un bosque o al subir una colina. A diferencia de los grandes santos, no tenía capacidad para atormentarse o autoanalizarse. La intriga lo aburría y las gentes de mayor éxito de San Petersburgo eran maestras en el juego de la intriga. Rasputín se sentía desconcertado y fuera de lugar.

Su «secretario», el pequeño judío Simanovich, hacía todo lo posible por educarlo. En esta empresa pidió ayuda a uno de los intrigantes más hábiles de la capital, un espía de la policía llamado Maniulov. Maniulov amaba el dinero y el poder; era, además, enormemente simpático. Había trabajado como agente doble en París y en Roma y, al regresar a San Petersburgo, reveló secretos de la policía a los revolucionarios y secretos de los revolucionarios a la policía.

Cuando Simanovich presentó Maniulov a Rasputín, el espía apenas podía creer que tuviese tanta suerte. En Rusia, como en otras partes, la información valía dinero. Y Rasputín se encontraba en una posición ideal para reunir información secreta. Puesto que el zar no se iba de la boca, poca gente sabía lo que pensaba o lo que ocurría entre él y sus ministros. Pero en el círculo familiar, o con Rasputín y Ana Vyrubov, el zar hablaba con toda franqueza. Rasputín llevaba tres años oyendo secretos de Estado que, de haber sido espía, le habrían proporcionado una fortuna.

Ahora, en su inocencia, sintió una inmensa simpatía por Maniulov; tenía afecto por un tipo turbio y que reconocía serlo. Decía a Maniulov todo lo que éste quería saber y utilizó su influencia con el zar para hacerle favores. Rasputín era como un niño jugando a las intrigas; nunca pudo convencerse de que eso tuviese una importancia real. Maniulov vendía la información que le daba Rasputín y ganaba mucho dinero. Rasputín, sin darse cuenta de ello, se convirtió en uno de los hombres más influyentes y, por tanto, más peligrosos, de San Petersburgo.

El hombre que deseaba más que nadie la caída de Rasputín era el primer ministro, Pedro Stolypin. Sus razones no eran enteramente injustificadas. Llevaba cuatro años luchando por reconciliar a los revolucionarios y los conservadores y por hacer que Rusia entrara, a la fuerza, en el siglo XX. El zar había llegado a confiar en su opinión. Pero el zar era como una veleta: un día estaba de acuerdo con una medida controvertida y cambiaba de opinión durante la noche. Con o sin razón, Stolypin creía que Rasputín era el responsable de la mayoría de estas vacilaciones. Stolypin persuadía al zar de que Rusia necesitaba más democracia parlamentaria; entonces, Rasputín le decía que era el autócrata de todas las Rusias y que debía pasar la Duma por alto. Y el zar revocaba su decisión.

Stolypin bufaba de cólera y juraba que se desharía de este siniestro intrigante. Por eso hizo que la policía secreta vigilara a Rasputín. Los informes de ésta no tardaron en convencerlo de que tenía el medio para destruirlo. La zarina creía que era un santo; los informes demostraban que tenía varias amantes, incluyendo Elena Katkoff, Sofía Dobrovolski y una actriz muy conocida. El zar creía que era un campesino sencillo y sincero; pero un espía de la policía sentado en un famoso restaurante, el Villa Rohde, a una mesa junto a la de Rasputín, oyó a éste alardear de que el zar era como arcilla en sus manos y que él, Rasputín, podía persuadirlo de hacer cualquier cosa.

A principios de 1911, Stolypin llevó estos informes

al zar. Éste escuchó atentamente y se sintió obviamente trastornado. Hacía tiempo ya que albergaba sus propias sospechas acerca de su «santo Grígori». Hubo, por ejemplo, el asunto inquietante con mademoiselle Tyucheva, la institutriz de los niños, que había protestado ante la zarina porque Rasputín pasaba demasiado tiempo en el dormitorio de las princesas, dos de las cuales eran ya bonitas adolescentes. Parecía disfrutar haciendo payasadas con las niñas y les hacía a menudo cosquillas, particularmente cuando llevaban camisón. La zarina preguntó, incrédula, si la institutriz creía que Rasputín albergaba pensamientos lujuriosos sobre estas jóvenes, y la mandó salir de la habitación. El zar añadió leña al fuego al llevar a Rasputín aparte y pedirle que se mantuviera fuera del dormitorio de las niñas cuando anduviera cerca mademoiselle Tyucheva. Poco tiempo después, la zarina encontró un pretexto para despedir a la Tyucheva. La institutriz regresó a casa de su familia, en Moscú, y contó historias espeluznantes acerca de los excesos sexuales de Rasputín...

Después de eso, el zar escuchó los informes de la policía, con expresión perpleja. ¿Estaría Stolypin tratando de decirle que Rasputín no era más que un hipócrita ordinario, un Tartufo? No, contestó triunfante Stolypin, no era un hipócrita. Era un miembro secreto de los khlistis y éstos creían en la libertad sexual total.

Cuando, esa tarde, Stolypin dejó al zar, estaba convencido de que la carrera de Rasputín había llegado a su fin. No contaba con la conocida tendencia del zar a cambiar de opinión. Cuando, durante su siguiente reunión con el zar, Stolypin mencionó el tema, el zar comentó de paso que lo único que se lograría al impedir la entrada de Rasputín a palacio sería que la zarina se trastornara; por tanto, tal vez sería más fácil dejar que las cosas siguieran como estaban.

Stolypin salió enfurecido de palacio. Puesto que no podía mostrar al zar su irritación, toda su rabia se dirigió a Rasputín.

Al día siguiente, por la mañana, Rasputín recibió una llamada telefónica en la que se le decía que fuese al despacho de Stolypin. Por el tono del secretario, era obvio que no se trataba de una invitación amistosa. Rasputín fue al edificio de gobierno. El mismo secretario que conoció cinco años antes le hizo entrar en el despacho del primer ministro. Stolypin alzó la mirada de su trabajo, encontró los extraños ojos de Rasputín fijos en él y se sintió de repente menos confiado. Con un tono oficial y cortante, dijo:

—No le pediré que se siente. No tardaré ni un minuto. Tengo aquí... —dio un golpecito a un papel que se encontraba sobre su escritorio— un informe de Lukianov, procurador del Santo Sínodo, que prueba, más allá de cualquier duda, que es usted miembro de los khlistis.

—Eso no es cierto —contestó quedamente Rasputín.

—¿Niega usted, pues, haber tenido contacto con los khlistis?

—Claro que no. Durante mis viajes, he tenido contacto con la mayoría de las sectas rusas. Pero no soy miembro de ellas.

A Stolypin, los ojos de Rasputín lo desconcertaban. Recordó los relatos que había oído sobre el poder hipnótico de Rasputín, olvidando que él mismo los había iniciado, y decidió poner fin a la entrevista.

—Las pruebas que tengo aquí me permitirían procesarlo por pertenecer a una secta prohibida. Pero prefiero evitar el escándalo. Espero que se haya usted marchado de San Petersburgo mañana y que se mantenga alejado al menos seis meses. Si regresa antes, lo haré arrestar —dijo con voz fría, jugueteando con un sello de goma para evitar la mirada de Rasputín—. Ahora, lárguese. Y no se moleste en ir a lloriquearle al emperador. Ya tiene conocimiento de esto.

Rasputín se encontraba más trastornado de lo que quería reconocer. Su esposa le había escrito desde Pokrovskoé, hablándole de unos misteriosos inquisidores que habían preguntado sobre las creencias religiosas de su esposo. También se lo había mencionado su antiguo discípulo, el monje Bernabé que, gracias a la influencia de Rasputín, era el nuevo obispo de Tobolsk. Y su padre, que había venido a verle en San Petersburgo, le habló de unos comentarios hostiles que hizo su antiguo enemigo, el padre Piotr, en el curso de un sermón, en el que mencionó los falsos profetas cuya caída sería tan espectacular como su ascenso.

Si el zar se había vuelto contra él, no tenía a quién apelar. Pero este aspecto del asunto casi no preocupaba a Rasputín. Con el paso de los años, su respeto por el monarca había ido disminuyendo constantemente y, una vez, le dijo a Simanovich que el zar era «un hombre vacío». Además, Rasputín estaba harto de San Petersburgo. Hacía tiempo ya que anhelaba la vida al aire libre, en los caminos, las veladas tranquilas en las habitaciones de invitados en monasterios o en las cocinas de los campesinos.

Así pues, ahora que había llegado el golpe, Rasputín se sentía extrañamente alegre y aliviado. Escribió una carta a la zarina, explicándole lo ocurrido. Hizo arreglos para que María se quedara en Kíev, en casa de los Katkoff. Luego, con unas pocas pertenencias guardadas en un costal, emprendió un peregrinaje a Tierra Santa.

La zarina estaba deshecha. Nunca se había tambaleado su confianza en Rasputín. Vio en este destierro un ataque a su persona, un intento por minar su seguridad. ¿Qué ocurriría si el zarevich se caía y se hería mientras Rasputín se hallaba fuera? Escribió a Rasputín una larga y desolada carta, que éste recibió al llegar a Kíev. Contestó inmediatamente, diciéndole que no se preocupara, que estaba seguro de que el chico seguiría sano. Prometió también escribirle desde todos los monasterios que encontrara en el camino. Mantuvo su promesa.

Unas semanas más tarde, la zarina recibió una carta de Estambul: «¿Cómo narrarle la gran calma? Tan pronto como salí de Odessa en el mar Negro, hubo calma en el mar y mi alma se fundió con el mar y durmió tranquila. Como el mar apacible, así el poder ilimitado del alma...» Rasputín había recuperado su paz interior y sus palabras, garabateadas en pedazos de papel con su letra de analfabeto, dieron a la zarina una confianza serena y total.

Cuatro meses más tarde, cuando Rasputín regresó de Tierra Santa a Pokrovskoé, la propia zarina reconoció que tal vez no fuese acertado que regresara a San Petersburgo. Pero le escribía casi a diario, cartas largas e íntimas que contenían frases como: «Beso sus benditas manos» y «Le amaré para siempre». Un policía que logró leer una de las cartas informó que todo parecía indicar que Rasputín era el amante de la zarina. Eso revelaba falta de perspicacia. La influencia de Rasputín sobre la zarina era mucho más fuerte que la de un amante; el sexo no habría hecho más que debilitarla.

En la imposibilidad de ir a ver ella misma a Rasputín, la zarina pidió a Ana Vyrubov que fuera en su lugar. En agosto de 1911, Ana emprendió el viaje con una amiga, madame Orlov. Fue en el expreso siberiano hasta Tiumen, donde la recibió Rasputín. Para su consternación, éste conducía una gran galera, la misma que utilizó, tantos años antes, en su primer viaje a Tiumen. Para las mujeres, el recorrido hasta Pokrovskoé estuvo lleno de baches e incómodamente caliente.

La casa de Rasputín encantó a Ana; escribió a la zarina que era «casi bíblica en su sencillez». De hecho, era ya una de las casas más grandes y cómodas de la aldea, pues Rasputín había enviado a su esposa parte del dinero que le daban sus admiradores y ella había comprado esta impresionante casa de dos pisos. Ana describió las sencillas cenas, a una mesa de madera sin mantel, las sirvientas que eran tratadas como parte de la familia (no sospechaba que una de ellas era amante de Rasputín), y los cuatro viejos amigos que llegaron después de cenar y pasaron el resto de la velada leyendo pasajes de la Biblia y cantando salmos. Pescaron y se bañaron en el Tura, dieron largos paseos en el bosque y dormitaron en los prados. El mes en Pokrovskoé no hizo sino confirmar la opinión de Ana de que Rasputín era un hombre sencillo cuyo único interés estaba en la religión.

Llegó setiembre. Ana debía reunirse con los miembros de la familia imperial en Kíev, donde tenían intención de hacer una visita de gala, junto con Stolypin y Kokovtsev, el ministro de finanzas. Rasputín decidió que, por mera cortesía, debía acompañar a sus huéspedes; además, esperaba ver nuevamente a los Katkoff.

Su tren llegó a las once de la mañana. El chófer de los Katkoff los esperaba en el andén, con el fin de ayudarlos con el equipaje.

—No hay prisa. No podemos irnos antes de que se disperse la multitud —dijo.

—¿Qué multitud?

—Se espera que el zar y el primer ministro pasen por aquí en cualquier momento, camino del ayuntamiento...

—Qué coincidencia tan asombrosa —exclamó Ana.

Rasputín no contestó. Según su experiencia, las coincidencias tenían generalmente un significado más profundo.

Permanecieron en el extremo del patio de la estación. Calle abajo, el gentío empezó a vitorear. El carruaje imperial se acercó, llevado por cuatro magníficos alazanes. Pero la zarina miró directamente a Rasputín y su rostro se iluminó, cual si el sol hubiese salido de entre las nubes.

Diez metros después del carruaje del zar llegó otro, en el que iban Stolypin y Kokovtsev. Stolypin miraba sombríamente hacia el frente, con las manos en el pomo de su bastón; la mayor parte de la gente no tenía idea de quién era. A Rasputín le pareció que su rostro estaba pálido y casi cadavérico. Cuando el carruaje llegó justo frente a ellos, el extraño presentimiento que tuvo desde su llegada pareció estallar y convertirse en una certidumbre. El rostro de Stolypin se convirtió en el de un cadáver, con los ojos completamente abiertos y mirando fijamente.

Ana se dio cuenta de que Rasputín había palidecido; le tomó de la mano y preguntó:

—¿Qué ocurre?

Rasputín oyó su propia voz decir:

—La muerte lo persigue.

En ese momento, Stolypin miró hacia él. Rasputín señaló el carruaje y gritó:

—¡La muerte lo persigue!

De hecho, Stolypin estaba cansado y desalentado. Delante del ayuntamiento, la policía rodeó al zar y a la zarina cuando se apearon del carruaje. Stolypin y Kokovtsev se quedaron solos. Stolypin declaró, irritado:

—¿Lo ve?, somos superfluos.

Esa noche, el séquito real asistió a una representación en la Ópera de Kíev. Los zares se encontraban en un palco; a Stolypin y a Kokovtsev los habían colocado en la segunda fila de las butacas. Durante el segundo entreacto de la ópera, *El zar Saltan* de Rimski-Korsakov, Stolypin se levantó, bostezando, para estirar las piernas. Un joven fue a su encuentro, con la aparente intención de hacerle una pregunta. Al llegar a pocos metros de distancia, metió la mano en el bolsillo, sacó un revólver y disparó dos veces. Ambas balas dieron en el pecho de Stolypin.

El hombre que lo mató, Mordka Bogrov, era un agente doble, que trabajaba tanto para la policía como para los revolucionarios. Entró al teatro diciendo a la policía que había un complot para asesinar a Stolypin y ofreciendo señalar al asesino. Bogrov fue ahorcado posteriormente.

11

Una vez muerto Stolypin, no había nada que retuviera a Rasputín alejado de San Petersburgo. Regresó, pues, a su apartamento de la calle Gorokhovaya. Simanovich y Maniulov estaban encantados de verlo nuevamente; también lo estaban los fieles discípulos, que se reunieron para darle la bienvenida. Cuando la familia real regresó de Crimea, el zar fue un dechado de amabilidad y la zarina le aseguró que el destierro se había ordenado sin que el zar lo supiese. Todo parecía conspirar para asegurarle que nada había cambiado, que todo seguía igual que antes. Sin embargo, su intuición resonó como una alarma y le advirtió que nada sería igual que antes.

A principios de diciembre, cuando la luz era fría y gris y la nieve caía del cielo cual un edredón, alguien tocó el timbre de la puerta. María abrió y anunció que había un hombre llamado Iliodor. Rasputín estaba tomando el té con media docena de sus discípulas. Salió apresuradamente de la habitación y abrazó a Iliodor, que llevaba un gorro de piel y tenía los hombros cubiertos de nieve.

—¿Qué estás haciendo en San Petersburgo?

—He venido a tratar de obtener dinero para terminar el monasterio. ¿Puedo poner mi abrigo frente al fuego?

Entró en la sala y se detuvo cuando vio a las mujeres. Munia Golovina se acercó con cortesía y Rasputín la presentó. Iliodor la saludó con una fría y distante inclinación de la cabeza; de pronto, palideció, murmuró algo en voz baja y salió de la estancia. Rasputín lo siguió apresuradamente y lo encontró abriendo la puerta de la calle.

Lo agarró de los hombros y le dijo riendo:

—¡Oye, no te puedes ir todavía! Ven a tomar un poco de té.

—Lo lamento. Tengo que irme.

Al ver la expresión sombría y resuelta de Iliodor, Rasputín comprendió que de nada valdría discutir. Iliodor se separó violentamente y salió. Rasputín miró fijamente la puerta cerrada y se encogió de hombros.

En la puerta de la sala encontró a una mujer llamada Olga Lotkin que había entrado a formar parte del círculo el año anterior; estaba pálida y parecía muy turbada. Se estaba abrochando el abrigo. Rasputín, sorprendido, preguntó:

—¡Qué! ¿Usted se marcha también? —Olga se deshizo en lágrimas. Impotente, Rasputín inquirió—: Pero, ¿por qué?

Ella respondió algo incomprensible y salió a toda prisa.

Los demás se hallaban tan sorprendidos por su ida como Rasputín. Pero, al día siguiente, Munia le contó todo. Dos años antes, Olga Lotkin, esposa de un oficial del ejército, había sido una de las admiradoras más devotas de Iliodor. Un día, después de confesarse ante él, estaba tan trastornada que lo abrazó por las rodillas y trató de besarle la mano. Iliodor reaccionó con increíble violencia, la agarró por el cabello y la abofeteó repetidamente. Cuando unos seguidores suyos entraron apresuradamente en la habitación, Iliodor les ordenó que la alejaran de su vista. Ellos la arrastraron al patio, la desvistieron y la golpearon. Entonces, la ataron a la parte posterior de una carreta y azuzaron a los caballos, que galoparon por Zaritsyn. Como resultado, Olga Lotkin sufrió una depresión nerviosa. Su esposo fue transferido a San Petersburgo; ella oyó hablar de Rasputín y se convirtió en una de sus admiradoras más devotas. Pero sentía demasiada vergüenza para hablarle de su humillación.

Rasputín se mostró comprensivo y no se sorprendió en absoluto. Desde que lo habían nombrado pope en Zaritsyn, Iliodor se mostraba más fanático que nunca. Era un predicador muy potente y no tardó en adquirir numerosos seguidores. Su sueño consistía en construir una fortaleza espiritual llamada Monte Tabor, cuyo rasgo principal sería una torre desde la cual él predicaría. Hordas de seguidores devotos lo ayudaban en la construcción.

Dos años antes, Rasputín visitó a Iliodor en Zaritsyn y sus logros lo impresionaron. Pero, en su opinión, el cristianismo de Iliodor era algo excesivo en intensidad y demasiado neurótico, y se burló amablemente de su obsesivo puritanismo. A Rasputín no le importaba que Iliodor fuese homosexual o heterosexual; lo que le parecía enfermizo era que Iliodor pareciera odiar el sexo. Cuando aceptó una invitación para visitar a Rasputín en Pokrovskoé, Rasputín se divirtió escandalizándolo al beber grandes cantidades de su vino dulce preferido y abrazando y besando a los miembros de su congregación. Sin embargo, no había una disputa abierta entre ellos. Rasputín decidió, pues, que cuando viera nuevamente a Iliodor, no mencionaría a Olga Lotkin. No tenía sentido ensanchar la brecha.

En diciembre, Maniulov le dijo que Iliodor estaba contando cosas acerca de él. Rasputín se encogió de hombros.

—Si lo hace, es que es un tonto.

¿Por qué pelearse? El asunto de Olga Lotkin no tenía realmente ninguna importancia; de hecho, a Rasputín le parecía que era una mujer pesada y neurótica.

Luego, un día, Rasputín recibió la visita del secretario del obispo Hermógenes, un hombre melancólico y entrometido llamado padre Sergio.

—El obispo Hermógenes desea verlo inmediatamente.

Su tono pomposo irritó a Rasputín.

—¿Qué quiere decir con eso de inmediatamente?

—Hoy; esta mañana, de ser posible.

—Bueno, pues no lo es. Tengo demasiadas citas. Dígale a su eminencia que estaré allí esta tarde.

El padre Sergio salió dando grandes zancadas, estirado y ofendido.

Hermógenes se hospedaba en el monasterio de Cronstadt. Cuando Rasputín llegó, le hicieron esperar media hora. Entonces, el padre Sergio anunció con aire de importancia:

—Su eminencia lo recibirá.

En el momento en que entró en la estancia, Rasputín se dio cuenta de que lo iban a juzgar. Hermógenes se hallaba sentado detrás de una gran mesa de caoba. Iliodor, cerca de la ventana. Estaban también presentes Mitia Koliabin, el «profeta idiota» que fuera una vez el asesor preferido de la zarina, y dos fornidos cosacos. El obispo, un hombre corpulento cuyo peso había aumentado considerablemente desde que Rasputín lo vio por primera vez, se levantó y miró a Rasputín de frente.

—Grígori Efimovich, te he pedido que vinieras aquí para responder a unas graves acusaciones.

Leyó entonces un documento muy similar al que Lukianov había entregado a Stolypin. En él se acusaba a Rasputín de ser miembro de los khlistis, de «contaminar» a varias mujeres, incluyendo a Elena Katkoff, Sofía Dobrovolski... y Olga Lotkin. Rasputín escuchó silenciosamente. La cosa le parecía absurda. Al terminar, Hermógenes le preguntó:

—¿Es cierto todo esto?

Rasputín contestó firme pero respetuosamente.

—Algo de ello, sí... tal vez una cuarta parte. La mayoría consiste en exageraciones y mentiras.

Hermógenes se sonrojó y tuvo dificultad en hablar.

—Aunque sólo una cuarta parte sea cierta... es usted una deshonra. —Luchó por recuperar el aliento y continuó—: Y una desilusión.

Rasputín se enfadó.

—Discúlpeme, eminencia, pero podría ser un error escuchar las mentiras de gente que es demasiado cobarde para enfrentarse directamente conmigo.

Iliodor espetó, furioso:

—Me *estoy* enfrentando a ti.

—En ese caso, tal vez podrías decirme por qué te has molestado en inventar todas estas tonterías.

—¡Acabas de reconocer que no son tonterías!

Rasputín no había sido nunca un pico de oro. Hasta entonces, se había defendido con competencia. Ahora, deseaba decirle a Hermógenes que Iliodor era un mojigato y un fanático, y que sus acusaciones se basaban en la envidia; pero le faltaba habilidad para ponerlo en palabras. La entrevista se convirtió en una competición de gritos. Hermógenes vociferó:

—¡Callaos!

Rasputín le gritó a su vez:

—Merezco que se me escuche.

Al oír eso, Mitia Koliabin se abalanzó sobre él y lo golpeó con los muñones de sus brazos. Los dos cosacos se lo quitaron de encima. Hermógenes dejó su lugar detrás de la mesa y rugió:

—¡Por el poder que me ha conferido la Santa Iglesia, te declaro excomulgado!

Rasputín le contestó a voz en cuello:

—¡Cállate, viejo imbécil! Guarda tus estúpidas maldiciones para ti.

Mitia Koliabin se liberó y atacó a Rasputín a puntapiés, gorjeando incomprensiblemente. Rugiendo iracundo, Rasputín le golpeó con ambas manos. Koliabin cayó de espaldas, sobre el obispo que, a su vez, cayó sobre la mesa. Iliodor, al sospechar que sería el siguiente, se escondió detrás de las cortinas. Los dos cosacos trataron de agarrar a Rasputín que, creyendo que todos en la estancia estaban a punto de atacarlo, cogió un pesado crucifijo en un rincón y lo blandió por encima de la cabeza. Todos respiraban pesadamente. Entonces, al ver que nadie intentaba atacarlo, Rasputín gritó:

—Si me amenazáis, yo os amenazaré.

No era una despedida muy impresionante, pero funcionó. Abrió la puerta de golpe y sintió un sombrío regocijo cuando el padre Sergio cayó dentro de la habitación.

A la hora del té, esa tarde, Rasputín llegó al palacio de Invierno.

—¡Dios mío, Grígori! ¿Has estado en una pelea?

Un ojo de Rasputín se estaba hinchando y había desaparecido un mechón de su barba.

La zarina se levantó de un salto y gritó:

—¿Qué ha ocurrido?

Tranquila y sosegadamente, pues había tenido tiempo de pensar, Rasputín les contó lo sucedido. El asunto de Olga Lotkin era un punto de partida ideal y, al relatarlo, vio que ellos lo malinterpretaban, que creían que Iliodor había atacado sexualmente a Olga Lotkin. Rasputín trató de corregir la impresión, pero la zarina no dejaba de interrumpirle y luego se deshizo en lágrimas.

Cuando hubo terminado, el zar señaló:

—Mmmm. Bueno, hasta donde puedo ver, este Iliodor parece ser la causa del problema...

La zarina lo interrumpió.

—¡Trató de atacar a esta mujer y luego de culpar a Grígori!

El zar colocó una mano en el hombro de Rasputín.

—Botkin se encuentra arriba. Ve a verlo y dile que te ponga algo en el ojo. Mientras tanto, deja esto en mis manos...

Al día siguiente, por la mañana, el secretario privado del zar fue al monasterio de Cronstadt y pidió ver al obispo Hermógenes. Le dijeron que el obispo se hallaba en cama, enfermo, pero él insistió en verlo. En la habitación de Hermógenes, que había padecido un ligero ataque cardíaco, leyó en voz alta la orden imperial de destierro. Hermógenes debía ir al monasterio de Zhirovestki e Iliodor a uno en Siberia.

Hermógenes, que había palidecido, indicó:

—Tengo derecho a que me juzgue un tribunal de obispos.

—El emperador ha anulado ese derecho.

Hermógenes agachó la cabeza.

A Iliodor no lo encontraron en ningún sitio. Estaba ya camino de regreso a Zaritsyn. Al llegar allí, le comunicaron la orden de su destierro. Su reacción fue histérica. Escribió una larga y violenta carta al Santo Sínodo, denunciando a Rasputín como un hombre libertino y malévolo y acusándolo de ser el amante de la zarina. Era un documento tan excesivo que el Sínodo ordenó que lo arrestaran. Lo condujeron a un monasterio cerca de San Petersburgo, en espera de un juicio. Allí, la rabia y la desilusión parecían haberlo llevado al borde de la locura. Reveló que había hecho copias de varias cartas de la zarina a Rasputín, cartas con frases como «Le amaré siempre», y las envió al Sínodo y a varios periódicos. El Sínodo decidió evitar el escándalo de un juicio y lo obligó a colgar los hábitos. Lo dejaron marcharse del monasterio. Iliodor huyó a Noruega, empezó a escribir un libro denunciando a Rasputín y tramó una revolución para derrocar al zar. El triunfo de Rasputín no podía ser más completo.

Sin embargo, en la primavera siguiente se dio cuenta de que sus presentimientos habían sido correctos. El destino le daba la espalda. Al principio era meramente una cuestión de rumores. Se decía que cierto profesor de Moscú había escrito un folleto en el que denunciaba a Rasputín como miembro de los khlistis y alegaba que debería ser juzgado. Rasputín nunca vio este folleto. Mas vio un artículo del mismo profesor, Novoselov, en el que decía casi lo mismo y que apareció en un periódico que pertenecía al presidente de la Duma, el liberal Guchkov. Al poco tiempo, la prensa de San Petersburgo publicaba insinuaciones diarias acerca de Rasputín y sus fechorías. Rodzianko, un amigo de Stolypin, un hombre corpulento y formidable que resultó ser tan implacable como Stolypin, sustituyó a Guchkov en la presidencia de la Duma. En marzo, la zarina informó a Rasputín que Rodzianko había pedido audiencia al zar, sin duda para acusar a Rasputín. Tenía razón. Rodzianko presentó al zar el antiguo informe de Stolypin y pidió permiso para investigar la vida de Rasputín. El zar, al que parecía agradarle caer bien a la gente, dio su permiso. Pero cuando, unos meses más tarde, Rodzianko solicitó otra entrevista, el secretario del zar le pidió que entregara su informe por escrito. Sabía lo que esto significaba. Rasputín y la zarina habían triunfado nuevamente.

Rodzianko no se dio por derrotado y pidió al primer ministro Kokovtsev que hablara con el zar, que difícilmente podía negarle una audiencia. De nuevo, el zar se mostró afable y cortés. Insinuó que sabía todo sobre el libertinaje de Rasputín pero que éste no hacía ningún daño. Acabó por sugerir que Kokovtsev hablara directamente con Rasputín.

Rasputín se asombró al recibir una orden de presentarse en casa de Kokovtsev y más aún cuando lo escoltaron a su estudio privado. Kokovtsev era un hombrecillo pulcro, de modales secos y un tanto estirados. Rasputín se divirtió al ver que el primer ministro evitaba deliberadamente su mirada; era evidente que lo habían advertido sobre el poder hipnótico de Rasputín. Cual un maestro abochornado, Kokovtsev explicó que la presencia de Rasputín en San Petersburgo causaba problemas para todos. La prensa liberal lo utilizaba como excusa para atacar la política del zar y las historias de su libertinaje eran embarazosas para la Iglesia.

Rasputín escuchó y experimentó una irónica simpatía hacia este torpe hombrecillo; cuando uno apelaba a su amabilidad, normalmente tenía éxito. Lo interrumpió finalmente.

—Por favor, no diga más. Me marcharé de San Petersburgo.

Kokovtsev lo miró fijamente, sin poder creer lo que estaba oyendo.

—¿Lo hará?

—Se lo prometo... deme dos semanas... Pero, antes de irme, hay algo que quisiera decirle.

—¿Qué?

Kokovtsev lo miró a los ojos y apartó rápidamente la mirada. Rasputín tuvo que reprimir una sonrisa.

—Usted dice que el país peligra. Creo que no se da cuenta de cuán mala es la situación. Soy un campesino y entiendo el ánimo de la gente. ¿Se ha detenido a pensar que las revoluciones no se hacen realmente por ideas políticas? Se hacen generalmente por comida. Debe haberse percatado de que la mayor parte de la inquietud política de los últimos cincuenta años se ha dado cuando Rusia estaba en guerra. Eso es porque la gente está hambrienta y, cuando está hambrienta, se enfurece. Le diré otra cosa que va mal en el país... los ferrocarriles. ¿Se da usted cuenta de que, si Rusia entra en una guerra, nuestra principal debilidad se encuentra en el sistema ferroviario? ¿Cómo transportar alimentos y tropas con un sistema ferroviario ineficaz?

Kokovtsev manifestó:

—Esperamos que no haya guerra.

—Yo también. Le diré algo en confianza. Hace dos años, cuando la Duma hablaba de hacerle la guerra a Austria, el zar me pidió consejo. Le dije que una guerra significaría el fin de Rusia. Tal vez me equivoco, pero creo que mis palabras le hicieron pensar. No sé mucho de política pero sé lo suficiente para saber que los alemanes y los austríacos creen que no nos atreveríamos nunca a luchar. Entonces, ¿qué cree usted que ocurrirá la próxima vez que la Duma sufra un acceso de patriotismo y el káiser crea que los diputados no se atreverán a oponerse a él?

—Sí, sí, tiene razón. Me... bueno, me temo que espero la llegada de otra persona ahora.

Cuando Rasputín se hubo ido, Kokovtsev escribió en su diario: «Rasputín es uno de los hombres más repulsivos que he conocido. Estuvo todo el tiempo con sus repugnantes ojillos pegados en mi persona, tratando de hipnotizarme. Dijo también muchas tonterías acerca de la guerra.»

Cuando Rasputín llegó a casa, encontró a Ana Vyrubov y a Munia Golovina. Cuando les dijo:

—Acabo de salir de casa de Kokovtsev —ellas se rieron, creyendo que bromeaba—. Lo digo de veras.

—¿Lo desterró? —preguntó Munia, riéndose.

—No. Pero acordé desterrarme a mí mismo.

—¿Lo dice en serio? —inquirió Ana Vyrubov.

—Me iré a Siberia en dos semanas, cuando el emperador vaya a Crimea.

—¿Por qué no viene a Crimea? —el rostro de Ana se iluminó.

—Porque no me han invitado.

—No quiero decir que vaya con la familia real. Pero conozco una casita muy agradable en Livadia; la alquilaré para usted. Y estará cerca, en caso de que queramos verle...

Rasputín se dejó convencer; la idea de pasar un verano tranquilo en Crimea le atraía poderosamente. Unos días más tarde, Ana le llamó por teléfono.

—Ya alquilé la casa. Así que más vale que vaya a Crimea con nosotros. No tiene sentido que viaje en otro tren.

—¿Lo sabe el emperador?

—No, pero no le importará.

Ana Vyrubov se equivocaba. El día en que salieron rumbo a Crimea, Nicolás se encontraba de muy mal humor y la perspectiva de un viaje largo y caluroso en el tren lo irritaba aún más. Detuvo a un camarero que pasaba frente a la puerta y le dijo:

—Tráeme una caja de fósforos. —Entonces notó la botella de vino dulce georgiano en la bandeja—. ¿Dónde llevas eso?

—Se lo llevo al *staretz*...

Ana palideció y estaba tratando de hacer señas al camarero, que parecía perplejo.

—¿El *staretz*? ¿Cuál *staretz*? —Se volvió hacia la emperatriz—. ¿Sabes algo de esto?

La zarina se sonrojó.

—No.

—Le sugerí que viajara con nosotros... alquiló una casa en Livadia... —explicó Ana.

El zar se volvió hacia el camarero.

—Pídele, por favor, al *staretz*, que me haga el favor de bajar en la próxima estación. —Cuando el hombre se hubo ido, se volvió hacia Ana—. Y tú, ¿podrías hacerme el favor de no invitar a nadie al tren sin mi permiso?

Volvió su atención al periódico inglés que estaba leyendo. Ana y la zarina se miraron de soslayo. Ambas se habían puesto coloradas.

En Crimea, el mal humor del zar se evaporó gradualmente, pero, cuando vio que la zarina escribía una carta a Rasputín, le dijo con frialdad:

—Me gustaría que la hicieras corta. Mi ministro del Interior sigue tratando de recuperar las cartas robadas por ese Iliodor. Cosas como ésta causan muchísimo embarazo...

Ni él ni la zarina sabían que ya se habían recuperado y que se hallaban en posesión de la madre de Nicolás, la emperatriz viuda.

Ese año, el clima era muy bueno y, en setiembre, la familia real fue a Belovetchkaya, en la frontera con Polonia. Alexei, que había celebrado recientemente su octavo cumpleaños, crecía y se fortalecía. En los últimos años, su salud había mejorado constantemente y la zarina estaba convencida de que esto se debía a los poderes de curación de Rasputín. Al niño no se le permitía todavía participar en ningún deporte y dos corpulentos marineros de la marina imperial estaban siempre a su lado, para sostenerlo cuando subía a un barco o bajaba apresuradamente las escaleras. Mas su salud era ya tan buena que se habían acostumbrado gradualmente a mantenerse atrás y tratar de pasar inadvertidos tanto como lo permitía su inmensa estatura.

Un día, mientras el zar y sus hijas se hallaban montando en el bosque, los marineros se prepararon para llevar a Alexei a remar en el lago. Cuando el niño subía al bote, dio un traspié y el pie se le dobló. Cayó contra un escálamo y gritó por el dolor que sentía. Los marineros, alarmados, lo hicieron sentar y le subieron la pernera de su pantalón corto. Había una pequeña magulladura en el muslo, justo debajo de la ingle. Pero pudo caminar de regreso al pabellón de caza. El doctor Botkin, que lo examinó más tarde ese día, encontró una pequeña hinchazón y le ordenó que permaneciera acostado. El niño lloraba y tenía fiebre, pero la hinchazón no crecía. Al cabo de una semana, desapareció y le permitieron levantarse. El zar decidió que se encontraba lo bastante bien para que se fueran todos a su pabellón de caza favorito en Spala. Pero, cuando llegaron, Alexei estaba pálido; algo iba mal. El tutor, Gilliard, trató de darle clases de francés, pero vio que no prestaba atención.

Una mañana, cuando parecía que Alexei se encontraba mejor, la zarina decidió sacarlo a tomar el aire; se alejó en el carruaje, sentado entre su madre y Ana Vyrubov. El camino era accidentado y el carruaje daba bandazos y saltaba. De pronto, Alexei gritó de dolor; palideció tanto que parecía estar a punto de desmayarse. La zarina ordenó al cochero que parara y luego que regresara a la casa. Cada bache en el camino de regreso provocaba gritos de dolor en el niño.

Durante cuatro días y cada cuarto de hora, sufrió espasmos de dolor. Los médicos llegaron de San Petersburgo, pero eran inútiles. Diríase que nada aminoraba el dolor ni suprimía la enorme hinchazón. La zarina se mudó al dormitorio del niño. El zar continuó con su rutina doméstica. Pero a medida que pasaban las semanas, palidecía y perdía peso.

A mediados de octubre, más de un mes después de la caída, el zar se hallaba comiendo con la familia, cuando un sirviente le entregó una nota. Palideció y salió apresuradamente. Era de la zarina y decía: «Creo que se está muriendo.» Agotado por tantas semanas de dolor, el niño apenas respiraba. La zarina, demasiado exhausta para llorar, con el rostro ceniciento, lo miró y alargó silenciosamente la mano para que la cogiera su esposo. Toda esa tarde, vigilaron junto a la cama, temiendo que la respiración se detuviera. Hacia el anochecer, la zarina salió de puntillas del dormitorio. Cuando regresó, anunció quedamente:

—Le he pedido a Ana que enviara un telegrama a Grígori.

El zar asintió con la cabeza.

—Pero tardará días en llegar.

—Nadie más nos puede ayudar.

Antes de la medianoche, un sirviente tocó suavemente a la puerta; tenía un telegrama. El zar lo abrió violentamente, lo leyó y se lo entregó a su mujer. Decía: «Dios ha visto sus lágrimas y escuchado sus oraciones. No se aflijan. El pequeño no morirá. No dejen que los médicos lo molesten» y lo firmaba «Grígori». La zarina escondió el rostro en las manos y respiró profundamente. Entonces, miró a su esposo y dijo calladamente:

—Podemos acostarnos ahora.

A la mañana siguiente, Alexei seguía vivo, pero los médicos declararon que la hemorragia continuaba. Mas, hacia el mediodía, empezó a respirar más profunda y tranquilamente. Botkin apartó cautelosamente la delgada sábana que lo cubría. Miró a la zarina.

—*Creo,* no estoy seguro, pero creo que la hemorragia se ha parado.

—Lo sé —contestó la zarina.

Por primera vez en varias semanas, se deshizo en lágrimas.

A la mañana siguiente, la hinchazón había disminuido. Alexei estaba delgado y parecía agotado. Pero el color regresaba a sus mejillas. El zar llevó aparte a Ana.

—Envía un telegrama a Grígori. Dile que se lo agradecemos desde lo más hondo del corazón.

12

1913 marcaba el tercer centenario de la dinastía de los Romanov, fundada en 1613 por el zar Miguel. Nicolás ordenó que se celebrara en toda Rusia, esperando que una ola de patriotismo terminara con la agitación revolucionaria. Se decepcionó. Huelgas extensas y disturbios civiles alteraron las celebraciones. Y la sombra de la guerra incrementaba la sensación de inestabilidad. En 1911, Italia había declarado la guerra a Turquía; en 1912, Bulgaria, Serbia, Montenegro y Grecia decidieron unirse al ataque. Las dos princesas montenegrinas, Militsa y Anastasia, trataron de convencer al zar de que declarara la guerra a Turquía.

Rasputín había regresado a San Petersburgo y estaba en términos aún más íntimos con la familia real. El zar sabía que su presencia despertaba hostilidad y que el nuevo presidente de la Duma, Rodzianko, estaba tramando destruir a Rasputín. Pero, tras la conmoción causada por la enfermedad de su hijo, ya no se habló de desterrar a Rasputín a Pokrovskoé. Cuando la familia real viajó a Kostroma, a orillas del Volga, donde Miguel, el primer zar de los Romanov, se enteró de su elección al trono, Rasputín fue con la comitiva. Las multitudes que los vitoreaban por todas partes convencieron al zar y a la zarina de que la mayor parte del pueblo ruso era todavía leal al trono. Nicolás pensó que no estaría mal una guerra contra los turcos; no había nada como una guerra para estimular el patriotismo. Pero cuando habló de ello con Rasputín, el *staretz* se mostró terminante y enfático.

—Ninguna guerra se puede justificar. Pero, en este momento, una guerra destruiría a Rusia.

Cuando el zar discutió, Rasputín se enfadó y golpeó la mesa para dar énfasis a lo que decía. El zar acabó por convenir que lo pensaría muy a fondo. Cuando Militsa se enteró de que Rasputín se había opuesto a una guerra contra Turquía, ordenó a sus sirvientes que no lo dejaran entrar nunca más en su casa.

Ese invierno fue uno de los más alegres que se hubiesen visto en San Petersburgo. Allí, al menos, las celebraciones habían creado un ambiente de excitación y festividad. La avenida Nevski destellaba con luces y decoraciones. El principal tema de conversación consistía en el escándalo del bailarín Nijinski, a quien habían expulsado del Ballet Imperial por aparecer en público con un traje particularmente revelador; todo el mundo sabía que había provocado su expulsión para poder unirse a la compañía de su amante, Diaghilev, en París. Con escándalos como ése, a nadie le interesaba la política. La revolución nunca había parecido menos probable.

Al regresar de Pokrovskoé, Rasputín había traído consigo a sus dos hijas, así como la sirvienta Dunia. Ella le proporcionaba una útil salida sexual y le evitaba el problema de citarse con la costurera que vivía dos pisos más arriba o la masajista que vivía en el piso de abajo. No se arrepentía de esta rutina doméstica; los acontecimientos de los dos últimos años le habían hecho darse cuenta de que estaba rodeado de enemigos. A los cuarenta y dos años, empezaba a pensar en el futuro.

En cuanto a sus hijas, Rasputín era un tanto mojigato. Si salían, debían ir con una dueña. Tenían que regresar a casa a las diez de la noche a más tardar. Las chicas se divertían con el teléfono; marcaban números al azar y tenían largas y temerarias conversaciones con hombres desconocidos.

Un día de mayo, María recibió una llamada telefónica de un hombre que le dijo que estaba enamorado de ella. Explicó que la había visto en la calle y que llevaba días siguiéndola. Describió los paseos que ella daba y la gente con quien había hablado. Le hizo ardientemente el amor por teléfono, pero se negó a darle su nombre.

El admirador desconocido llamaba cada dos o tres días. María no era bonita, se parecía demasiado a su padre, pero tenía labios generosos, ojos vivaces y buen tipo. La idea de que alguien la considerara hermosa bastaba para predisponerla a corresponder el sentimiento.

En la tercera semana de junio, Rasputín anunció repentinamente que ese verano regresarían a Pokrovskoé. La familia real había ido nuevamente a Crimea; pero la salud de Alexei había mejorado tanto que parecía improbable que necesitaran a Rasputín. Además, ya había mostrado su capacidad para curar desde lejos. El 20 de junio de 1914, los Rasputín emprendieron el viaje de siete días de regreso a Pokrovskoé, cinco días por tren y dos por barco. En Tobolsk, abordaron un vapor fluvial la última etapa del viaje.

Cuando se encontraba en cubierta, gozando de la brisa de la estepa, un joven de cabello oscuro, obviamente judío, se acercó a María y le dijo que era un reportero. Algo en su voz la intrigó. De pronto, cayó en la cuenta: era el admirador desconocido. El joven, que dijo llamarse Davidsohn, parecía abochornado pero reconoció que era cierto. Incapaz de pasar el verano sin verla, decidió seguirla a Pokrovskoé. María se sintió halagada. Davidsohn no era particularmente atractivo, pequeño y con gafas; mas la idea de que podía inspirar tal sentimiento le resultaba agradable a María. Cuando se separaron en el muelle de Pokrovskoé, ya sentía ternura por él. Pero se cuidó de que su padre los viera cuando le permitió robarle un beso.

El domingo, 28 de junio, era un día claro y tranquilo. Rasputín se encontraba de muy buen humor, encantado de estar en casa. Fueron a misa y Rasputín no mostró su impaciencia con el aburrido sermón del padre Pyotr. Durante la comida, divirtió a todos con relatos sobre San Petersburgo y cómo había logrado despistar a la policía secreta que lo seguía siempre.

A las dos y cuarto, mientras estaban aún sentados a la mesa, alguien llamó a la puerta. Era el cartero, con un telegrama. Rasputín lo abrió. Era de Maniulov, que solicitaba la ayuda de Rasputín para conseguir un nombramiento político para alguien. Rasputín se encaminó al correo para enviar una respuesta.

La mayoría de los aldeanos habían salido a disfrutar del sol; Rasputín anduvo por las calles atestadas, saludando a sus amigos. Cuando trataban de detenerlo para hablar, explicaba que tenía que apresurarse para enviar un telegrama.

Cerca del correo, se paró cuando una mujer coja se arrastró hacia él, con la mano izquierda estirada. Rasputín buscó una moneda en el bolsillo. En ese momento, la mujer sacó la otra mano de debajo del chal y se abalanzó contra él. Le hundió el cuchillo en el abdomen y luego lo empujó hacia arriba. La sangre salía a borbotones, manchando la ropa de Rasputín, que se volvió para correr. La mujer se abalanzó nuevamente sobre él, tratando de clavarle el cuchillo en la espalda. Rasputín cogió un pedazo de madera que había en el arroyo y la golpeó en la cabeza. La mujer se cayó en el camino y trató de alejarse, gateando. Para entonces, las personas que pasaban por allí se habían dado cuenta de lo que ocurría; varios la agarraron y la arrastraron a la comisaría. Rasputín regresó tambaleándose a su casa, con la sangre escurriéndole entre los dedos.

Lo tumbaron en la mesa de la cocina y le quitaron el pantalón. A través de la larga herida, sus intestinos salían, cual globos.

Mientras Prascovia y Dunia, la sirvienta, le limpiaban la herida, alguien llamó a la puerta. Era el reportero, Davidsohn, quien explicó que había oído hablar del ataque y quería informar de ello en su periódico. Cuando trató de mirar por encima del hombro de María, ésta se sobrecogió al adivinar algo horrible. Este hombre estaba detrás del atentado contra la vida de su padre. Iracunda, lo empujó y le cerró la puerta en las narices.

Más tarde ese mismo día, llegó la policía. La mujer arrestada se llamaba Chionya Guseva y llevaba varios días hospedada en la aldea. Unas cartas que encontraron en su posesión revelaron que era una discípula de Iliodor; el cuchillo que usó pertenecía al pope que había tenido que colgar sus hábitos.

Una investigación posterior demostró que la sospecha de María era correcta; al llegar a Pokrovskoé, Davidsohn fue directamente al alojamiento de Guseva. Ahora, había desaparecido.

El 28 de junio de 1914 es notable por otro acontecimiento, aparte del atentado contra Rasputín. A cinco mil seiscientos kilómetros de Pokrovskoé, en la ciudad de Sarajevo, en Bosnia, un joven patriota llamado Gavrilo Princep seguía los movimientos de su proyectada víctima, el archiduque Ferdinand, heredero del trono de Austria, que había escogido un mal día para una visita de Estado a Sarajevo, puesto que era Vinovdan, el aniversario de una derrota serbia. Ese domingo, poco después de las diez de la mañana, una bomba casera estalló e hirió a varios espectadores, pero el archiduque y su esposa salieron ilesos. Siguieron su camino, para asistir a la ceremonia en el ayuntamiento. Al salir, media hora más tarde, el archiduque manifestó a su esposa:

—Tengo la sensación de que puede haber aún más bombas.

El coche se alejó.

Pocos minutos antes de las once, Gavrilo Princep observaba su llegada y empuñó el revólver Browning que llevaba en el bolsillo. Entonces, inesperadamente, el coche dobló por otra calle. Un oficial gritó, señalando al chófer que se había equivocado de camino. El coche dio marcha atrás. Cuando pasó frente a Princep, éste saltó hacia adelante, con el revólver alzado, y disparó dos veces. Tuvo buena puntería; Ferdinand y su duquesa murieron casi simultáneamente.

El archiduque Ferdinand fue asesinado a las once de la mañana; a Rasputín lo acuchillaron a las dos y cuarto de la tarde. Pero Sarajevo y Pokrovskoé están separados por cincuenta grados de longitud, una diferencia horaria de tres horas y cuarto. Guseva acuchilló a Rasputín precisamente en el mismo momento en que Princep disparó contra Ferdinand y su mujer.

Mientras Rasputín yacía en el hospital, entre la vida y la muerte, las consecuencias se siguieron inevitablemente la una a la otra. Indignado por el asesinato del heredero del trono, Franz Ferdinand de Austria exigió reparaciones a Serbia, así como que se diera permiso a oficiales austríacos para interrogar a los oficiales serbios, con el fin de descubrir el complot. El zar tenía un pacto de defensa mutua con Serbia; en medio de esta crisis, se esperaba claramente que declarara la guerra a

Austria, que, a su vez, tenía un pacto de defensa mutua con Alemania. El honor de Serbia, ¿era lo bastante importante como para que Rusia se lanzara a la guerra? En dos ocasiones, Rasputín había aconsejado enfáticamente al zar contra la guerra por los Balcanes. De haber podido regresar a San Petersburgo a finales de 1914, habría repetido indudablemente el consejo. Pero se encontraba en el hospital y le estaban operando para evitar una peritonitis.

El zar vaciló y ordenó finalmente una movilización parcial. Esperaba todavía encontrar un pretexto para evitar la guerra. El káiser le envió un mensaje insultante, ordenándole que cesara inmediatamente la movilización o que se atuviera a las consecuencias. Los austríacos bombardearon Belgrado, la capital de Serbia. Cuando el zar se enteró de los rumores de que los austríacos habían ordenado una movilización completa, dio órdenes finalmente para la movilización de Rusia.

Pasó un mes antes de que Rasputín se recuperara lo suficiente para prestar atención a las noticias de la capital; escribió inmediatamente una carta al zar, carta que empezaba: «Amigo mío, lo repito nuevamente, una terrible tormenta amenaza Rusia; infortunio, sufrimientos sin fin...» Pero era demasiado tarde. Rusia ya estaba en guerra.

Francia y Bélgica tenían pactos de defensa mutua con el zar. Las tropas alemanas marcharon sobre Bélgica y Gran Bretaña entró en la guerra en defensa de Bélgica. El Japón declaró la guerra a Alemania; Italia se la declaró a Austria. A principios de agosto, la mitad del mundo estaba en guerra.

Cuando, ese mismo año, Rasputín regresó a San Petersburgo, el nombre de la ciudad había cambiado a Petrogrado; los rusos consideraban que era antipatriótico llamar su capital con el nombre alemán elegido por Pedro el Grande. Rasputín se apresuró a ver al zar, llevando consigo a María. Estaba pálido y parecía mucho más viejo; tanto su cabello como su barba aparecían veteados de canas.

El zar y la zarina lo recibieron amablemente y María se sentó a los pies de la zarina, apoyando la cabeza sobre sus rodillas. Pero cuando Rasputín empezó a hablar de la guerra, el zar le dijo, con frialdad:

—Amigo, es demasiado tarde. No podemos dar marcha atrás.

—Nunca es demasiado tarde para negociar la paz.

El zar contestó irritado:

—Tú eres un hombre de Dios. No entiendes estas cosas. Además, es un mal momento para renunciar, ahora que estamos ganando.

Esto no era enteramente cierto. Los austríacos habían logrado una importante victoria en agosto en Zamoc-Komrov y los alemanes, en Tanenburgo; pero los rusos habían ganado la batalla de Lemberg, en su territorio. El país estaba electrizado con patriotismo y victoria; vitoreaban al zar cada vez que aparecía en público. Ya no se hablaba de revolución. Rasputín le pareció un pesimista pesado que temía los riesgos.

Tras explicar su punto de vista, el zar salió de la estancia. La zarina trató de consolar a Rasputín, explicándole que ella también estaba en contra de la guerra —su propio hermano se hallaba en el ejército alemán—, pero que Rusia tenía derecho a defenderse. Acabó diciendo:

—No se desespere. Queda todavía mucho trabajo para usted. Lo necesitamos como siempre.

Cuando salió del palacio, Rasputín parecía enfermo y agotado. La guerra había logrado lo que no habían logrado sus enemigos: había destruido su influencia sobre el zar.

Los siguientes cuatro meses fueron los peores que hubiese vivido Rasputín. Si bien la herida de la puñalada había cicatrizado, su salud declinaba; se sentía siempre cansado, abandonado, no sólo por el zar, sino también por Dios. Las horas que pasaba rezando no lo consolaban. Empezó a beber mucho alcohol para paliar la desesperación; cada noche, Dunia lo observaba beber hasta quedarse dormido en la silla, y entonces lo ayudaba a acostarse.

Le parecía una absurda ironía que sus enemigos estuviesen más activos que nunca. Ese invierno, en San Petersburgo existía la manía de los espías y Rasputín pronto descubrió que alguien había divulgado el rumor de que él era un espía alemán. Para colmo, el rumor insistía también en que la zarina era su amante y que ella era asimismo una espía alemana. Según una broma de esos tiempos, el zarevich decía: «No sé de qué lado estoy. Cuando los rusos pierden, papi parece melancólico, y cuando pierden los alemanes, mami llora.»

Después de setiembre, la guerra empezó a ir mal para Rusia. Los generales eran incompetentes y los ministros, corruptos. Se hablaba abiertamente de las ganancias escandalosas de algunos e incluso de malversación a gran escala de los fondos asignados a la compra de armas; pero nadie hacía nada al respecto. Siglos de ineficacia y de corrupción habían acostumbrado a los rusos a creer que era algo inevitable. Los soldados luchaban bien, pero carecían de armas y morían por millares. Es más, como había señalado Rasputín a Kokovtsev, el sistema ferroviario era tan malo que las municiones y los alimentos se amontonaban en las vías muertas. Aun si Kokovtsev hubiese hecho caso del consejo, no había tenido tiempo de hacer nada; el zar lo despidió poco después y nombró al anciano y despistado Goremykin en su lugar. El zar aprovechó la guerra para convertirse en el autócrata absoluto que siempre había creído que debía ser. No permitió que la Duma se reuniera y los seis diputados bolcheviques fueron arrestados. Se prohibió la venta de vodka, para evitar que las tropas se emborracharan; pero esto era innecesario. La excitación patriótica había causado una dramática disminución del nivel de embriaguez. En esos primeros meses, se creía generalmente que la guerra terminaría antes de la primavera.

Cuando el zar salió de San Petersburgo para ir al cuartel general de Polonia, Rasputín tenía la esperanza de que lo mandaran llamar nuevamente a palacio. Pero no llegó ningún mensaje. En noviembre de 1914, Dunia tuvo que regresar a Pokrovskoé para cuidar a su madre moribunda; Rasputín comenzó a pasar las veladas en el Villa Rode, su restaurante preferido, donde podía escuchar música gitana. El gerente aprendió rápidamente a mandar por un carruaje para llevarlo a casa cuando empezaba a roncar.

A medida que su salud se deterioraba, sentía que

su poder lo abandonaba también. Una anciana que padecía artritis fue a verlo justo antes de Navidad. Tenía las manos y los brazos tan retorcidos que semejaban madera quemada. Rasputín tomó sus manos en las suyas y rezó; pero no ocurrió nada. Cuanto más trataba de llegar a la fuerza oculta en su interior, menos parecía ser capaz de concentrarse. Finalmente, envió a la mujer con una nota a la consulta de su amigo el doctor Badmaev. Después bebió hasta perder el conocimiento.

Cuando, días más tarde, Dunia regresó de Siberia, se conmocionó ante el cambio que se había operado en Rasputín. Diríase que era un moribundo. Su tez parecía masilla gris; sus manos temblaban cuando intentaba servirse una copa. Pese a sus protestas, Dunia lo acostó y lo alimentó con una espesa sopa de verduras.

La tarde del 15 de enero de 1915 nevaba fuertemente. Simanovich fue a ver a Rasputín y le habló del sufrimiento de los judíos. La guerra había obligado a muchos de ellos a dejar sus casas y llegaban a raudales a las ciudades rusas. Allí, se convertían en víctimas de la espionitis; había habido varios pogroms. Rasputín escuchó melancólicamente, consciente de que no era capaz de ayudar. Tras media hora, Dunia entró a decir a Simanovich que era hora de que se fuera. Cuando Simanovich iba a salir, la puerta se abrió de golpe y María entró corriendo. Estaba pálida.

—Papi. Ana ha muerto en un accidente de tren.

—¿Estás segura? ¿Dónde te enteraste de eso?

—En casa de los Sasanov. Alguien llamó al señor Sasanov.

Rasputín gimió y se pasó una mano por la cara. Entonces, dijo a Simanovich:

—Ponte al teléfono. Entérate de si es verdad.

Diez minutos más tarde, Simanovich regresó.

—No es cierto. Está herida de gravedad, pero no muerta.

Rasputín bajó con dificultad de la cama y se vistió. Dunia no intentó detenerlo; sabía que de nada serviría hacerlo.

—Consígueme un coche de punto. Voy a verla —indicó a Simanovich.

Había tanta nieve que el coche tardó dos horas en

llegar a Zarskoé Selo. Rasputín subió directamente por la escalera principal de palacio, seguido de María.

—¿Dónde se encuentra Ana? —preguntó al mayordomo que abrió la puerta.

Éste lo guió a la enfermería.

El zar y la zarina se hallaban junto a la cama. Rasputín no les hizo caso. Permaneció de pie, al lado de la cama, y tomó las manos de la mujer inconsciente que yacía sobre el edredón. Se dio cuenta inmediatamente de que casi no le quedaba vida. Ana respiraba trabajosamente y estaba mortalmente pálida.

—Aniushka. Aniushka. Despierta —le dijo en voz alta y fuerte. No hubo respuesta. Se inclinó, acercándose más y repitió—: Aniushka, abre los ojos.

Sintió que recuperaba el conocimiento.

Agitó los párpados y miró hacia arriba. Tardó un momento en enfocar los ojos; entonces, lo reconoció.

—Grígori. ¡Gracias a Dios! —exclamó.

Rasputín no dijo más; se limitó a cogerla de las manos. Ahora, con los ojos cerrados, entró en la conciencia de Ana y se percató del dolor que sufría en las piernas y las caderas. Profundizó su concentración y sintió la fuerza aumentar en su corazón y fluir nuevamente a través de sus manos. Había perdido su propio conocimiento y se había convertido en la debilidad de Ana y en su propia necesidad de llenarla de fuerza. Percibió el alivio de Ana mientras la vida volvía a fluir en su cuerpo. Tras unos cinco minutos, colocó las manos de la mujer sobre el edredón. El color había regresado a sus mejillas. Miró al zar y a la zarina, que se encontraban del otro lado de la cama.

—Vivirá. Pero quedará inválida.

Puso las manos en los hombros de María.

—Vamos.

Salieron de la habitación. Tan pronto como la puerta se cerró a sus espaldas, Rasputín sintió que sus sentidos lo abandonaban; se desplomó, cayendo en el suelo. A través de la oscuridad, oyó que María pedía:

—Consigan un médico.

Logró enderezarse lo suficiente para decir:

—No, llevadme a casa.

Más tarde, ese día, mientras Rasputín dormía, alguien tocó al timbre de la casa. Era un mensajero con un enorme ramo de flores y una cesta de frutas tan grande que el policía que se encontraba afuera tuvo que ayudarlo a subirlo. La tarjeta decía sencillamente: «Cariños de mamá.»

Al cabo de dos días, Rasputín se había recuperado completamente. El tercer día, volvió a visitar a Ana y habló con ella durante media hora, cogiéndola de las manos. Después de eso, tomó el té con la zarina y el zar entró a hablar con él. No se habló de la guerra. El frente del Este estaba en un punto muerto, pero el zar seguía esperando que todo acabaría antes de la primavera.

Al día siguiente, Rasputín caminaba sobre la dura nieve de la avenida Kammeno-Ostroski cuando oyó las pisadas de un caballo que se acercaba; la cautela lo obligó a volverse y saltó alocadamente. El trineo lo golpeó y lo derribó. Los policías que lo seguían siempre corrieron y uno de ellos logró agarrar la brida del caballo. Rasputín estaba atontado y una herida en la cabeza le sangraba; se sentó, aturdido, y observó cómo los policías detenían a los tres hombres del trineo. Más tarde, ese día, el policía apostado fuera de su casa le explicó que los hombres reconocieron haber llegado de Zaritsyn, el antiguo «baluarte» de Iliodor. Pero la acusación de intento de asesinato contra Rasputín se abandonó silenciosamente; Dzhunkovski, el jefe de la policía, odiaba a Rasputín y había jurado conseguir su caída.

Tan pronto como el zar regresó al cuartel general, la zarina mandó un carruaje para llevar a Rasputín a palacio. Quería pedirle consejo. Había oído que los rumores se referían al comandante en jefe del ejército, el gran duque Nicolás, como «el zar Nicolás III» y como el hombre más popular de Rusia. ¿No sería mejor que el propio zar tomara en sus manos el mando supremo? ¿Debería ceder ante la presión para que permitiera que la Duma volviera a reunirse? ¿Cuáles eran los ministros de los que se podía fiar? Rasputín le aconsejó que no despidieran al comandante en jefe, pero sugirió que el zar no mencionara su nombre en las proclamas públicas.

Camino de regreso a Petrogrado, a Rasputín le pareció que la zarina necesitaba algo con que ocupar su mente mientras el zar se encontraba en el cuartel general. En la avenida Nevski, pasó frente a un convoy que llevaba al hospital a los heridos del frente y en él encontró la respuesta: debería convertirse en enfermera. Le daría la sensación de que ayudaba en el esfuerzo de la guerra y mantendría su mente alejada de la política. Cuando, el día siguiente, le sugirió la idea, la zarina se entusiasmó; no sólo se convertiría en enfermera, sino que sus dos hijas mayores harían lo mismo. Empezó a adiestrarse inmediatamente y, durante unos meses, Rasputín no volvió a oírle hablar de política ni de la idea de que el zar debía sustituir al gran duque como comandante en jefe. Cuando le habló de ello a María, se rió entre dientes y se frotó las manos como un villano de pantomima.

—Tu padre se está volviendo astuto en su vejez.

Pero, con el zar en el cuartel general, ni siquiera la enfermería evitaba que la zarina se preocupara por la situación política. Bombardeaba a su esposo con cartas (escritas en inglés) llenas de consejos políticos: «Querido, me enteré de que ese horrible Rodzianko y otros fueron a ver a Goremykin rogándole que se volviera a reunir inmediatamente la Duma. ¡Ay, por favor, no lo hagas! No es asunto suyo, quieren hablar de cosas que no les conciernen y provocar más descontento...» Más abajo, en la misma carta: «Recuerda que nuestro amigo [Rasputín] te rogó que no te quedaras demasiado tiempo; él ve y conoce a Nicolás [el gran duque Nicolás] como la palma de la mano así como tu corazón demasiado blando y bondadoso... Nicolás conoce mi voluntad y teme mi influencia (guiada por Grígori) sobre ti...» Era cierto; Rasputín había rogado al zar que no pasara mucho tiempo en el frente; sabía que, mientras él estuviese fuera, la zarina estaría obsesionada con la política. Y la política de la zarina consistía mayormente en una serie de antipatías violentas. Sus comentarios acerca del gran duque y el corazón bondadoso de su esposo implicaban que el zar sólo dejaba por consideración al gran duque al mando del ejército.

La zarina logró por fin su propósito; el 5 de setiembre de 1915, el gran duque Nicolás fue relevado de su cargo como comandante en jefe y el propio zar se encargó del mando supremo. De pronto, Rasputín encontró que se le requería en la corte cada día de la semana y que las cartas de la zarina al frente contenían un número creciente de frases como: «Nuestro amigo cree que la gracia de Dios se halla en Hvostov y que él sería un excelente ministro del Interior.» Hvostov era un hombre mediocre con un don para la intriga y la adulación; pero la zarina explicó que «apoya a nuestro amigo y se dejaría cortar en pedazos por ti».

Así pues, Hvostov fue nombrado ministro del Interior. El zar siguió el consejo de su esposa en cuanto a la Duma y, a mediados de setiembre, declaró cerradas las sesiones, una medida que carecía de tacto y llevó a una huelga de protesta entre los trabajadores de Petrogrado que duró dos días. De haber estado en casa, el zar habría escuchado tal vez a consejeros como Rodzianko, y se habría abstenido de añadir leña al fuego de la revolución. Pero mientras se encontraba en el cuartel general, la zarina se hacía cargo de todo. Y puesto que Rasputín era su principal consejero, él era virtualmente el zar.

Desgraciadamente, ni él ni la zarina tenían el don de la política. Rasputín seguía siendo manipulado por intrigantes como Simanovich, Maniulov y el patrocinador de este último, el siniestro príncipe Andronikov. A Hvostov, Andronikov le era antipático y nombró como guardaespaldas y «niñera» a un policía corrupto llamado coronel Komisarov, cuyo trabajo consistía en minar la influencia de Andronikov. Hacía todo lo que podía para mantener sobrio a Rasputín, puesto que podían mandarlo llamar a palacio en cualquier momento, para evitar que se liara sexualmente con demasiadas mujeres de las que llegaban con solicitudes, pues los periódicos estaban llenos de historias sobre las violaciones y las seducciones de Rasputín, y para asegurarse de que no utilizara su influencia a favor de la gente que le resultaba antipática a Hvostov. Rasputín era lo bastante astuto para saber que era poco más que un instrumento en manos de esta gente y lo bastante realista para saber que no podía hacer gran cosa al respecto.

Un día, cuando estaba a punto de sustentarse con

su piscolabis consistente en arenque y vino georgiano, Simanovich le dijo que tenía una solicitante más, una que había reservado hasta lo último. Resultó ser una hermosa mujer de poco más de treinta años, ataviada a la moda con un vestido azul que resaltaba su bien proporcionado cuerpo y que se dejó caer inmediatamente a los pies de Rasputín, aduciendo que sólo él podía salvar a su esposo. Rasputín pidió el nombre del marido y se sorprendió al enterarse de que se trataba del general Sukhomlinov, el ministro de la Guerra, un hombrecillo rechoncho de setenta años, de quien se sabía que disfrutaba de la buena comida y la bebida. Su incompetencia era parcialmente responsable de las derrotas del ejército ruso; hubo incluso un momento en que rechazó la oferta que hicieron los franceses de proporcionarles municiones, alegando que el ejército ruso poseía suficientes. La Duma había hablado de la posibilidad de acusarlo de desfalco, pero el hecho de que el zar disolviera la Duma terminó con esa amenaza.

Rasputín le preguntó por qué estaba tan angustiada. Ella le explicó que los enemigos de su esposo seguían tratando de acusarlo de estafar dinero que debió gastarse en armas.

—¿Lo hizo? —inquirió Rasputín mirándola fijamente a los ojos.

La mujer se sonrojó y bajó la mirada.

—Sólo un poco... como todos los oficiales rusos.

Rasputín la agarró de la mano y la levantó bruscamente.

—Entonces, pudo ser el responsable de miles de muertes. ¿Por qué habría de ayudarlo? —inquirió con severidad.

Madame Sukhomlinov se deshizo en lágrimas.

—Porque lo amo. Y es realmente un hombre bueno y decente...

Rasputín nunca pudo soportar las lágrimas. Rodeó sus hombros con un brazo.

—De acuerdo. Por favor, no llore.

La mujer se sorbió las lágrimas sobre el hombro de Rasputín.

—Me lo promete, ¿verdad?

Se estiró y desabrochó un botón de atrás de su vestido. Rasputín observó, irónico pero preocupado, en tanto ella dejaba caer el vestido al suelo y se desataba el corpiño, revelando unos pechos blancos y redondos.

Se estaba quitando las enaguas cuando le dijo:

—¡Basta ya!

La visión de las piernas bien torneadas, enfundadas en medias de seda gris, había despertado el deseo en su cuerpo; mas la derrota total que vio en el rostro de la mujer, la súplica e infelicidad, hicieron que se diese cuenta de que no podía aceptar lo que le ofrecía.

—Vístase —las lágrimas rodaban silenciosamente por las mejillas de la mujer—. Haré lo que pueda por su esposo, se lo prometo —indicó bruscamente.

La mujer le rodeó el cuello y lo besó. La suavidad de sus labios hizo peligrar su resolución, pero sabía que no podría respetarse a sí mismo si la utilizaba así para satisfacer una lujuria pasajera. Le dio la espalda mientras se vestía; ella se arrodilló, le besó la mano y salió.

Simanovich entró, poniendo los ojos en blanco.

—¿Te deshiciste de ella?

—Prometí ayudarle.

—¿No te gustó?

Era evidente que Simanovich deseaba que fuera él quien tuviese influencia sobre la zarina.

—Estoy envejeciendo —contestó Rasputín.

De pronto, se sintió cansado y asqueado.

Cuando, esa tarde, durante el té, Munia Golovina le comunicó que Félix había regresado a San Petersburgo (poca gente se había acostumbrado a llamarlo Petrogrado), Rasputín se mostró perplejo.

—¿Quién es?

—El príncipe Félix Yusupov. Lo conoció usted hace unos años. Desea verlo de nuevo.

Rasputín recordó al joven tímido de mirada preocupada.

—Sí, me acuerdo de él. Me dijo que tocaba la guitarra.

El recuerdo produjo en Rasputín una especie de afecto sentimental por Yusupov, que parecía necesitar ayuda y consejos.

—Me gustaría verlo de nuevo.

—Vendrá a mi casa mañana por la tarde. ¿Podría usted venir a tomar el té?

—Bien. Me encantará. Dígale que lleve su guitarra.

Por primera vez desde la entrevista con madame Sukhomlinov, su depresión amainaba.

Más tarde ese mismo día, habló a la zarina del general Sukhomlinov y ella le escuchó comprensivamente. El proceso contra el general se abandonó discretamente.

13

A principios de diciembre, Rasputín anhelaba regresar a Pokrovskoé para las Navidades. Estaba harto de Petrogrado y de las interminables intrigas. La política le aburría y, sin embargo, se veía obligado a pensar en la política y a hablar de ella desde el momento en que despertaba por la mañana. Hasta el tiempo que pasaba en Zarskoé Selo se estaba convirtiendo en una carga. Era lo bastante perspicaz para darse cuenta de que la zarina carecía de inteligencia para juzgar la situación política, que se dejaba llevar una y otra vez por sus emociones. Mas él se encontraba dándole los consejos que ella deseaba oír, sencillamente porque no había modo de inducirle a ver la verdad sin hacerla desdichada. No cabía duda de que Goremykin, el primer ministro, era un desastre y debía despedírsele a la mayor brevedad posible, pero la zarina le tenía simpatía y confiaba en él por ser tan reaccionario. Era obvio que el mejor hombre para sustituirlo sería Rodzianko, o incluso Guchkov; pero la zarina odiaba a ambos porque querían una constitución democrática. Al propio Rasputín no le gustaba Rodzianko, que lo había perjudicado varias veces; pero se percataba de que con él de primer ministro el país se uniría detrás del zar. Como mínimo, el zar debía volver a reunir la Duma.

A principios de diciembre, Rasputín pasó una tarde entera discutiendo con Goremykin, tratando de convencerlo de que volviera a reunir la Duma e hiciera varias pequeñas concesiones a los liberales; el anciano era terco como una mula. Rasputín regresó a casa exhausto y deprimido.

Para calmarse, se paseó por los muelles del Neva, hasta hallarse frente a la bahía de Finlandia. La gran extensión de agua le tranquilizó gradualmente el ánimo. Recordó su primer día en San Petersburgo, cuando se encontró en ese mismo sitio, mirando hacia la isla de Cronstadt. Diríase que había pasado un siglo desde entonces. De pronto, cayó en la cuenta de que había logrado por fin todo lo que había soñado de pequeño: una posición de poder y una intimidad con el zar más estrecha aún que la del arcipreste Avvakum. La ironía de la situación le hizo sonreír. Se hallaba atrapado en una ciudad que había llegado a odiar y en un estilo de vida mortal para el alma.

Cuando regresó al apartamento en la calle Gorokhovaya, le dijo a María:

—Mañana tomaremos el tren de regreso a Tobolsk.

Sus dos hijas se pusieron a bailar a su alrededor, emocionadas. Esa noche llamó a Prascovia por teléfono, informándole que podía esperarlo al cabo de unos ocho días, según las condiciones del camino de Tobolsk a Pokrovskoé.

A las ocho de la mañana del día siguiente, Dunia lo despertó.

—La zarina está al teléfono.

Rasputín agarró el auricular y contestó irritado:

—Hola, Mama, ¿qué ocurre?

—Es Alexei —explicó ella con voz entrecortada.

—Creí que se encontraba con su padre.

—Sí, está con él. Acabo de recibir un telegrama. Tiene una hemorragia nasal y regresan hoy mismo.

—Que le sangre la nariz no tiene importancia.

—No regresarían si no la tuviese. ¿No puede hacer nada?

—Iré a verlo tan pronto como llegue. ¿Cuándo será?

—Mañana, no sé a qué hora.

Rasputín colgó y comunicó, cansadamente, a Dunia:

—Nos quedamos.

Vio a la zarina esa tarde. Tenía la cara hinchada, se había dado un golpe en la mandíbula, tenía los ojos rojos y parecía cansada. Al parecer, el niño sufrió un fuerte resfriado la semana anterior y el sonarse constantemente le había producido una hemorragia nasal que no se detenía con nada. El niño, de once años, volvía a tener fiebre.

Al día siguiente hubo más telegramas. Alexei sufría tanto ya que tenían que parar frecuentemente el tren. Tardarían al menos veinticuatro horas más en llegar a casa. Rasputín pasó una hora tranquilizando a la zarina y la dejó finalmente sonriente y animada. Él estaba agotado.

Cuando llegó a casa, Félix Yusupov lo esperaba. Los dos se habían visto la semana anterior en casa de Munia Golovina; pero Yusupov parecía extrañamente reticente. Ahora, el príncipe se levantó de un salto y, para asombro de Rasputín, se deshizo en lágrimas. Rasputín le rodeó el hombro con un brazo.

—Vamos, vamos, amigo, siéntese y cuénteme sus problemas.

Mientras Yusupov sollozaba en su hombro, Rasputín tuvo una ráfaga de perspicacia. Lo empujó suavemente hacia un sillón. Yusupov se sonó violentamente la nariz.

—He pasado toda la semana tratando de verle, pero usted estaba siempre en palacio.

—Bueno, pues hablemos ahora. Se trata de su matrimonio, ¿verdad?

Yusupov lo miró sorprendido.

—Sé cuál es el problema.

—¿Ah, sí?

Yusupov se preguntaba evidentemente si hablaban de lo mismo.

—¿Cuánto tiempo hace que sabe que... prefiere a los hombres?

Yusupov suspiró aliviado. Volvió a sonarse la nariz para evitar las lágrimas.

—Creo que desde pequeño. Pero luché contra ello. Ahora... ya no quiero luchar.

Hablaron durante más de una hora. Rasputín no sabía nada de la homosexualidad, pero su comprensión y su calidez dieron a Yusupov la impresión de que lo comprendía. Cuando las dos hijas de Rasputín llegaron, Yusupov se fue. María comentó:

—Es muy apuesto. Pero hay algo extraño en él.

—Tiene hielo en los ojos —señaló Daria.

—Tiene problemas. Al menos, eso piensa él... —explicó Rasputín.

Esa noche, fue al Villa Rode y bailó al son de la música gitana. A la tercera botella de vino, se quedó dormido. Al despertar, se encontraba en un coche que lo llevaba a su apartamento. Tenía una sensación de pesadez en el estómago. Cuando, media hora más tarde, se acostó, la pesadez se había convertido en quemazón. Permaneció acostado media hora, sintiéndose peor por momentos y preguntándose si debía llamar a un médico. Se tambaleó hacia el lavabo y vomitó violentamente. Tuvo náuseas durante otro cuarto de hora. Finalmente, se tumbó boca abajo sobre la alfombra, tratando de hacer desaparecer las náuseas. El teléfono sonó en la habitación vecina. No hizo caso. Cuando se encendió la luz de su habitación, se había quedado dormido. María entró en camisón. Se arrodilló al lado de su padre y lo sacudió.

—Mama está en el teléfono. Quiere que vayas inmediatamente a palacio. Dice que Alexei se está muriendo.

María no se preocupó demasiado al ver a su padre tumbado en la alfombra. Lo había visto borracho antes. Pero, cuando él se incorporó, ella se alarmó.

—Pareces enfermo.

Rasputín tenía la tez cenicienta y los ojos rojos. Se levantó con dificultad.

—No te preocupes. Ayúdame a vestirme.

Empezaba a amanecer cuando el coche llegó a Zarskoé Selo. De camino, Rasputín había dormitado. Dunia, que se encontraba con él, lo mantuvo cubierto con mantas de viaje y le friccionó las frías manos.

La zarina bajó corriendo al vestíbulo en el momento en que Rasputín llegó; era obvio que había estado mirando por la ventana del dormitorio.

—Grígori, gracias a Dios que ha llegado. —Se hallaba tan angustiada que no se percató de cuán enfermo parecía—. Venga rápido.

Casi lo arrastró escalera arriba.

El zar se hallaba arrodillado junto a la cama, rezando. El niño, despierto, parecía tener fiebre y estaba sonrojado. La almohada se encontraba cubierta de manchas de sangre. Botkin se hallaba de pie, junto a la ventana, contemplando la nieve.

Cuando Rasputín vio el estado del niño, su propia sensación de enfermedad desapareció; la fuerza en su interior se enfocó y se concentró repentinamente. Se acercó a la cama y sonrió. El niño trató de sonreírle también. Rasputín alargó la mano y le tocó la frente, que estaba caliente.

—Vaya, me das muchos problemas, ¿verdad? —le dijo.

Puso la mano en la mejilla de Alexei. Miró al zar y le preguntó con burlona aspereza:

—¿Para qué me hicieron venir hasta aquí? No le pasa nada.

—Ha estado sangrando —alegó el zar.

—Pero ya no sangra. Ya está bien. —Agitó el cabello del niño—. ¿Verdad que sí?

Alexei asintió con la cabeza, demasiado exhausto para sonreír.

Rasputín se volvió hacia la zarina.

—Regreso a casa, estoy cansado.

Ella lo acompañó a la puerta. Rasputín le dio un beso y susurró:

—Estará bien, ahora.

La zarina le rodeó el cuello con los brazos y lo abrazó tan violentamente que él casi se ahogó.

—Cuidado, Mama —le dijo.

Por primera vez, Alejandra vio su rostro.

—¿Está *usted* bien?

—Sí, creo que sí.

Se contuvo justo antes de decir «Creo que alguien trató de envenenarme», pues sólo la preocuparía. En vez de ello, indicó:

—Necesito unas vacaciones en mi pueblo.

—Sí, por supuesto. Pero aún no, por favor. No, hasta que Alexei se encuentre realmente mejor.

Rasputín durmió durante todo el trayecto de regreso a Petrogrado.

A la mañana siguiente, María llamó a palacio. Alexei había dormido apaciblemente toda la noche. Tras la visita de Rasputín, ya no hubo hemorragia.

En la noche del 11 de enero de 1916, Rasputín despertó de una pesadilla inquietante. Soñó que era un oso, perseguido por cazadores en uniforme rojo. Todos ellos llevaban sombrero de copa. Lo habían arrinconado en una cueva, desde donde escuchaba los gritos que se iban acercando. Entonces, una multitud surgió de los árboles y se dio cuenta de que eran campesinos, vestidos de harapos y pieles de animal. Se levantó sobre las patas traseras y los campesinos cayeron al suelo, adorándolo. De pronto, se oyó el estallido de unos disparos; se volvió y vio que los cazadores vestidos de rojo se encontraban detrás de él, dentro de la cueva, y que le apuntaban con sus armas. Despertó sudando.

Encendió la luz, luchando contra el pánico. Entonces se dirigió a la mesa y cogió una pluma. En una hoja de papel puso, como encabezamiento: «El espíritu de Grígori Efimovich Rasputín-Vovhyk de la aldea de Pokrovskoé.» Sus dedos siguieron escribiendo, como por voluntad propia. Cuando, media hora más tarde, hubo terminado, releyó las primeras frases: «Escribo y dejo esta carta en San Petersburgo. Tengo la sensación de que dejaré esta vida antes del próximo primero de enero.» Estaba demasiado cansado para seguir leyendo. Volvió a acostarse y cayó en un sueño profundo.

A la mañana siguiente, dobló la carta sin leerla y la metió en un sobre, en el cual escribió: «Para ser entregada a la zarina en caso de mi muerte». La guardó en un cajón, ocultándola debajo de un papel secante. Ya no recordaba lo que había escrito. Pero estaba seguro de que era algo que preferiría no saber.

En febrero de 1916, el zar despidió finalmente a Goremykin y nombró en su lugar a Boris Stürmer, otro candidato de Rasputín. Fue una decisión que no gozó de mucha popularidad. El pueblo creía que Stürmer era alemán; el gabinete sabía que era un hombre mediocre cuyos únicos talentos consistían en la adulación y la intriga. La Duma sospechaba, con razón, que debía su nombramiento a Rasputín. En marzo, le tocó a Polivanov, el ministro de la Guerra, que había sustituido a Sukhomlinov, el desfalcador. Polivanov era implacable y eficiente. Había mejorado el adiestramiento y el equipo del ejército y se preparó para contraatacar masivamente a los alemanes. Antes de que tuviera tiempo de llevar a cabo el ataque, fue despedido y sustituido por el general Shuvaiev. El general no era ni implacable ni eficiente; pero era totalmente leal al zar y a la zarina. En julio, le tocó a Sazonov, ministro de Asuntos Exteriores, otro ministro que pensaba por sí mismo y a quien Rasputín le era antipático. Stürmer lo sustituyó en el cargo que ocupó él mismo, además del de primer ministro. La zarina, cuyos consejos llevaron a estos cambios, volvió entonces su atención al ministerio del Interior, para el cual recomendó otro candidato de Rasputín, Alejandro Protopopov.

En junio se lanzó la gran ofensiva preparada por el destituido Polivanov en un frente de unos cuatrocientos ochenta kilómetros. Los austríacos fueron cogidos por sorpresa y se batieron en retirada. El zar ordenó que sus tropas mantuvieran la ofensiva, costara lo que costase. Le obedecieron, pero el precio fue enorme: más de un millón de hombres en un mes.

Las cartas del zar a la zarina detallaban los planes militares; le enviaba también mapas. Cada carta contenía la orden de no revelar estos planes a nadie; pero ella daba por sentado que él se refería a nadie excepto Rasputín. De haber sido Rasputín un espía alemán, cosa que muchos en Petrogrado creían ya, el ejército ruso habría sido derrotado contundentemente en el verano de 1916. De hecho, siguió avanzando, con enormes pérdidas. Rasputín se escandalizó al ver la cifra de las bajas y aconsejó repetidamente al zar que detuviera el avance y dejara de desperdiciar la vida de los hombres. El zar no le hizo caso, pues creía que la victoria valía este precio. Esta impresión no era compartida por sus soldados; en invierno se había extendido ya el descontento en el ejército.

En Petrogrado, Rasputín se divertía enormemente, ayudando a planificar su propio asesinato. Beletski, el corrupto policía, fue quien le habló primero de los planes, cuyo autor era la persona que el propio Rasputín había nombrado, Alexis Hvostov, ministro del Interior. Desde el principio, había buscado una oportunidad para deshacerse de Rasputín, a quien consideraba como un vulgar ignorante y un peligro potencial para sus propias ambiciones.

Había hablado del asunto con Beletski, que sugirió que el método más sencillo consistiría en atraer a Rasputín a un coche o un carruaje, asesinarlo en una callejuela y arrojar su cuerpo en el Neva. Beletski, que también creía que Rasputín era un vulgar ignorante, le tenía, sin embargo, cierta simpatía, por lo que le advirtió que no subiera a ningún vehículo desconocido. Esa misma noche, un coche se detuvo junto a Rasputín, que iba caminando por el muelle Inglés y un policía que él reconoció sacó la cabeza.

—El ministro le ruega que vaya a verlo. Es un asunto urgente.

—En ese caso, dígale que venga a verme —contestó Rasputín, volviéndose y alejándose, y dejando al policía con la mano en la pesada cachiporra que llevaba en el bolsillo.

Hvostov se enfureció. Mandó llamar al coronel Komisarov, el guardia especial de Rasputín, para pedirle consejo. Komisarov le dijo que el método más seguro era el veneno y que sabía dónde conseguirlo. Pero Komisarov, como Beletski, había llegado a odiar a Hvostov y sentía cierto afecto por Rasputín. Tras un mes de retrasos, llevó a Hvostov un gran baúl con docenas de cajones, en cada uno de los cuales había una etiqueta con una calavera. Pasó dos horas explicando los efectos del veneno a Hvostov, que le prometió mucho dinero una vez que Rasputín hubiese muerto. De hecho, los «venenos» eran todos remedios caseros, y Komisarov sacó sus aparentemente exhaustivos conocimientos de un viejo libro que Rasputín le prestó.

Este tiro le salió por la culata a Rasputín. Esa noche de diciembre, cuando fue a la Villa Rode, uno de los agentes de Hvostov se encontraba sentado a la mesa de al lado; y, cuando Rasputín dormitó un momento, el hombre echó una cucharilla de polvos blancos en su bebida. Era un antiguo remedio letón para los dolores de espalda que contenía ácido tártaro; fue éste el que enfermó tanto a Rasputín la noche que lo mandaron llamar a la cama del zarevich.

Hvostov empezaba a sospechar de sus dos compañeros en la conspiración. Decidió que Iliodor sería probablemente un mejor asesino e inició una correspondéncia secreta con el ex pope, que vivía entonces en Finlandia. Hvostov ofreció a Iliodor fondos ilimitados para organizar el asesinato y le envió a un antiguo ladrón llamado Rzhetski con el primer pago. En la frontera con Finlandia, los oficiales inspeccionaron el equipaje de Rzhetski y se sorprendieron al encontrar tanto dinero. Enviaron un telegrama a la policía de Petrogrado y se enteraron por el historial de Rzhetski de que era un ex convicto. La policía de Petrogrado llamó a Beletski, que adivinó adónde iba Rzhetski y por qué llevaba tanto dinero. Ordenó que lo arrestaran y lo devolvieran a Petrogrado. Entonces fue a ver a Hvostov y le dijo, con expresión inocente, que acababa de atrapar a Rzhetski, que trataba de huir con la caja para gastos menores. Hvostov rechinó de dientes pero no pudo hacer nada. Beletski y Rasputín pasaron la velada riendo y bebiendo.

Fue en ese momento que Beletski provocó su propia caída por un descuido. Estaba harto del departamento de policía y de trabajar bajo las órdenes de Hvostov; Rasputín susurró unas palabras en el oído del zar y Beletski fue nombrado gobernador de Siberia. Antes de marcharse para tomar el cargo, otorgó una entrevista a un periódico de Petrogrado, en la que habló abiertamente del complot contra la vida de Rasputín. Lo que había olvidado era que el zar había dado órdenes de que ya no se publicaran noticias sobre Rasputín en los periódicos de Petrogrado. El director del rotativo supuso que una entrevista con el comisario adjunto de la policía estaría oficialmente acreditada. Ambos descubrieron su error; el periódico fue clausurado y Beletski perdió su nombramiento como gobernador de Siberia. Para colmo, el zar despidió también a Hvostov y nombró provisionalmente al primer ministro Stürmer como sustituto. Rasputín hizo todo lo posible porque el zar revocara su decisión; agradecía a Beletski el haberle proporcionado tanta diversión inofensiva. Pero el zar se mostró inflexible y Beletski siguió en desgracia.

Stürmer entregó el ministerio del Interior al tío de Hvostov, un hombre honrado que se horrorizó al enterarse de cuánto dinero del gobierno desaparecía en los bolsillos de los funcionarios corruptos. Al saber que Maniulov, el amigo de Rasputín, era uno de los peores infractores, Hvostov le puso una trampa, ofreciéndole un soborno con billetes marcados. Maniulov aceptó el soborno y lo arrestaron. No parecían preocuparle sus apuros; cuando lo interrogaron, se limitó a dar a entender que, si comparecía en juicio, haría interesantes revelaciones acerca de Rasputín. A la zarina le hablaron de ello y envió un telegrama al zar. El tío de Hvostov se encontró de súbito sin trabajo. Protopopov, el amigo de Rasputín, tomó su lugar.

Pese a sus intrigas, Rasputín hacía todo lo posible por evitar el deslizamiento hacia los desastres. En Petrogrado, el precio de los alimentos se había multiplicado; hasta la sal costaba seis veces más que antes de la guerra. Mucha gente moría de frío debido a la escasez de combustible; el transporte era insuficiente para traer carbón de la región del Donetz en el sur. Mientras la gente moría de inanición, se transportaban las carcasas de carne podrida, rumbo a las fábricas de jabón: habían llegado demasiado tarde a las estaciones. En el frente, los soldados morían innecesariamente debido a la falta de armas y de municiones. El problema, como había dicho siempre Rasputín, se encontraba en el sistema ferroviario. Rogó al zar que hiciera algo al respecto y el zar detuvo todo transporte de civiles durante tres días y utilizó los trenes para transportar alimentos y combustible. Pero tres días no bastaban y la escasez de alimentos aumentó.

Cuando empezó el invierno, Stürmer fue objeto de más críticas. Se echaba de ver ya que era tan ineficaz como Goremykin y que carecía de su honradez y valor. El problema consistía en encontrar a alguien que lo sustituyera; la zarina odiaba a los pocos hombres competentes de Rusia.

A medida que la situación empeoraba, incluso esa objeción perdió fuerza. A sugerencia de Rasputín, Protopopov tanteó a Rodzianko, para ver si aceptaría ser primer ministro. Rodzianko sonrió extrañamente a Protopopov (a quien consideraba como un retrasado mental) y le contestó que le encantaría, con una condición: que la zarina permaneciera en el palacio de Livadia durante el resto de la guerra y que no se le permitiera intervenir en la política. Protopopov se tapó las orejas con las manos y salió corriendo de la habitación.

En noviembre, Stürmer fue finalmente despedido. Al decidir deshacerse de él, el zar pasó por alto los ruegos de su esposa. En su lugar, nombró a Alejandro Trepov, un conservador leal. Desde el punto de vista de la zarina, Trepov tenía una desventaja, odiaba a «nuestro amigo». Además, consideraba que el nombramiento de Protopopov como ministro del Interior era un desastre e hizo prometer al zar que se desharía de él. La zarina estaba frenética. Hizo lo que pudo por disuadirlo. «Corazón, puedes confiar en mí. Tal vez no sea muy inteligente, pero poseo fuertes emociones y eso ayuda a menudo más que un buen cerebro...» Cuando el zar regresó del cuartel general, hablaron largamente de Protopopov y se acercaron más que nunca a una amarga pelea. Pero el zar cedió finalmente y permitió que Protopopov siguiera en su cargo.

14

Un día, a principios de diciembre, Munia Golovina fue a ver a Rasputín. Encontró la puerta abierta. Rasputín se hallaba sentado en una silla junto a la ventana.

—Grígori, no debería dejar abierta la puerta. Cualquier persona podría entrar.

—¿Quién?

—Alguien que deseara perjudicarlo. ¿Dónde están todos?

—Las niñas salieron de compras con Dunia.

Al verlo de cerca, se dio cuenta de que parecía enfermo y cansado. Acercó una silla y le cogió las manos.

—He estado hablando por teléfono con Ana. Ha recibido una carta de Prascovia.

Rasputín la miró sorprendido.

—¿Sobre qué?

—Su esposa dice que usted ha predicho que morirá pronto.

—Tal vez muramos todos pronto.

—Pero, ¿por qué decirlo ahora?

Rasputín la miró fijamente y ella vio que tenía profundas ojeras.

—Si de veras quiere saberlo... puedo oler la muerte. Puedo oler el desastre. ¿Oyó lo que Purishkevich dijo de mí en la Duma?

—Por supuesto. Pero sus amigos no lo creen.

Purishkevich, uno de los diputados más brillantes, había pronunciado un violento discurso en contra de Rasputín y su maléfica influencia. Era la acusación más detallada y perjudicial que se le hubiese hecho hasta entonces.

—Dice que odio la democracia. Pero, ¿se da cuenta de que la Duma está ahora en sesión sólo porque *yo* rogué al zar que permitiera que se reuniera nuevamente? Y este mismo Purishkevich que me llama una «herida ulcerada» trató de convencerme, hace seis meses, de que le consiguiera el cargo de ministro del Interior.

Munia sintió alivio al ver que Rasputín se enfurecía; sus depresiones la atemorizaban.

—Lo han atacado antes y ha sobrevivido.

Rasputín la miró con una extraña expresión.

—Y, ¿cree usted lo que Purishkevich dice de mí?

—No sea tonto. Sabe que no lo creo —contestó con firmeza. Se levantó y colocó una mano en la cabeza de Rasputín—. Ana y yo lo conocemos mejor.

—¿Seguro?

Rasputín le rodeó la cintura y la atrajo hacia sí, le desabrochó el abrigo para poder apretar la mejilla contra su vestido. Ella permaneció quieta, con una leve sonrisa.

—¿Está segura de que es así?

—Por supuesto.

El tono de Munia era alegre y confiado. Rasputín bajó la mano deliberadamente hasta sus tobillos y la deslizó hacia arriba, sobre la media de seda. Ella no se movió cuando la mano se movió sobre la desnudez encima de la media y descansó en el delgado algodón de sus bragas. Rasputín la apretó contra sí y le acarició las nalgas.

—¿Está absolutamente segura? —preguntó.

Ella permaneció inmóvil con la mano descansando aún en el cabello enmarañado de Rasputín. Tenía las mejillas sonrojadas, pero su voz era firme.

—No podrá quebrantar mi fe en usted, Grígori Efimovich. Sé que me está poniendo a prueba.

Rasputín dejó caer la mano y se apoyó en la silla, cerrando los ojos. Entonces, le agarró la mano y se la besó.

—No debería estar besando *mi* mano.

Se había arrodillado frente a él y se llevó su mano a los labios. Él la miró con irónico afecto.

—Ahora, dígame la verdad, por favor, ¿qué le hizo decirle a su esposa que creía que no la volvería a ver?

—Sucede todo el tiempo. Tengo una sensación. Ya sabe usted que cuando estoy cansado me gusta pasearme junto al río. Ayer el agua se convirtió repentinamente en sangre.

—¿A la caída del sol?

—No estaba cayendo el sol. Era sangre de verdad... la sangre de los grandes duques.

Oyeron las voces de las chicas en el vestíbulo. Munia se levantó apresuradamente. Cuando María y Daria entraron corriendo en la estancia, se encontraba sentada junto a la ventana.

Desde su primera visita, seis meses antes, Félix Yusupov era un visitante asiduo del apartamento de Rasputín. Su devoción parecía profunda y auténtica, si bien evitaba deliberadamente la compañía de las discípulas. En una ocasión, María lo vio coger el vaso de vino del que había bebido su padre y llevárselo a los labios, como besándolo. Unos días más tarde, cuando Yusupov llegó con un fuerte dolor de cabeza, Rasputín lo hizo sentarse en una silla, y, de pie a sus espaldas, le apretó las manos sobre la frente. El dolor de cabeza desapareció y Yusupov agarró la mano de Rasputín y la mantuvo sobre sus labios durante largo rato. Finalmente, Rasputín dijo:

—Basta —y apartó la mano.

Una mañana, cuando Rasputín despertó, Dunia le informó:

—El príncipe Yusupov se encuentra en el estudio. Insistió en esperar.

Rasputín se levantó a duras penas y refunfuñó; le dolía la cabeza.

—Primero tráeme té.

Diez minutos más tarde, cuando entró en el estudio, encontró a Yusupov tumbado sobre el sofá, desnudo.

—¿Qué cree usted que está haciendo? —preguntó Rasputín.

Sin mirarlo, Yusupov explicó:

—Grígori, necesito su ayuda. Necesito que me cure.

Las lágrimas le corrían por las mejillas. Rasputín acercó una silla al sofá y se sentó; una mojigatería natural le hizo evitar mirar el cuerpo desnudo de Yusupov.

Éste comentó:

—Anoche volví a caer. Parece que no puedo evitarlo. —Agarró las manos de Rasputín—. Ayúdeme, por favor. Ponga sus manos sobre mí —y las presionó contra su pecho y su abdomen.

Rasputín las apartó violentamente y se levantó.

—¡Por Dios, vístase!

Yusupov lo miró con expresión dolorida y Rasputín se sintió culpable.

—Lo siento. Me duele la cabeza y estoy cansado.

Yusupov trató de cogerle nuevamente la mano y Rasputín retrocedió, irritado.

—Deje de portarse como un niño mimado.

Yusupov lo miró estupefacto, como si Rasputín lo hubiese abofeteado.

—Vístase. Regresaré en un momento —ordenó Rasputín.

Fue a la cocina, se sirvió una gran copa de vino y se lo tomó de un trago; Dunia lo observó con aprensión, pues Rasputín nunca bebía por la mañana. Éste oyó cómo se cerraba una puerta y miró fuera de la cocina.

—Se ha marchado —dijo Daria.

—¿Qué ha ocurrido? —preguntó Dunia.

—Nada. Ese chico necesita una buena tunda.

Dunia, que había oído algunas de las confesiones que le había hecho Yusupov a Rasputín, comentó:

—Eso probablemente le encantaría.

Pasaron diez días, durante los cuales Rasputín no supo nada más de Yusupov. Pensaba en él con una punzada de arrepentimiento. Yusupov le parecía susceptible y egocéntrico; pero creía que había algo bueno en él. Mas estaba demasiado ocupado para pensar mucho en ello.

El 14 de diciembre, por la tarde, María le informó:

—Félix llamó por teléfono. Dijo que llamaría más tarde.

—Bien. Ya se le acabó el mal humor —respondió Rasputín.

Cuando estaba a punto de salir del apartamento para ir a Zarskoé Selo, Yusupov volvió a llamar.

—Grígori, quisiera disculparme.

—¿De qué?

—¿No está enfadado conmigo?

Yusupov estaba utilizando su tono de «niñito» y esto irritó a Rasputín, que se controló y contestó:

—Claro que no.

—¡Ah! Me alegro tanto. ¿Quiere conocer a Irina?

—Sí.

Rasputín no conocía a la esposa de Yusupov.

—Regresa mañana de Crimea. ¿Podría venir a cenar con nosotros? Sería una cena tardía.

—¿Como a qué hora?

—¿A medianoche?

—Supongo que sí. Si viene a buscarme usted.

—Por supuesto.

—Entre por la escalera trasera. Diré al guardián que le abra la puerta.

El zar había llegado ese día del cuartel general. Se encontraba de buen humor. Ya había visto al primer ministro Trepov, que le habló de sus planes para mantener a raya a la Duma; las sesiones terminarían durante la Navidad y se iniciarían nuevamente en enero. Si los izquierdistas «creaban problemas», Trepov los intimidaría y cerraría la sesión. La perspectiva de hacer eso tan pronto encantó tanto al zar como a la zarina. El zar habló con optimismo sobre la posibilidad de deshacerse pronto de Trepov. Al ver el ceño fruncido de Rasputín, le dio una palmada en la espalda.

—¿Por qué tan melancólico, padrecito?

—¿Será sensato deshacerse tan pronto de Trepov?

El zar respondió firmemente:

—Mire, ni me gusta ni confío en él. En cuanto haya encontrado un sustituto, lo voy a despachar. Pero no antes de que haga el trabajo sucio —rió entre dientes.

—Al menos, Trepov comprende la importancia del sistema ferroviario.

—Todos lo entendemos, Grígori, todos lo entendemos. Venga, vamos a tomar el té.

Lo tomaron en el *boudoir* color malva de la zarina y el zar habló de la guerra. La campaña en el Somme estaba causando enormes pérdidas humanas a Alemania. Los rumanos habían declarado la guerra a Austria, señal de que creían que Austria sería derrotada. En Macedonia, los aliados habían iniciado una gran ofensiva. Ahora, el gobierno alemán pedía al presidente Wilson que negociara la paz. Todo ello significaba que el fin estaba cerca.

Rasputín cambió de tema y habló de Yusupov, cuyo padre había sido relevado recientemente como gobernador de Moscú.

—Ah, sí. He oído rumores extraños acerca de él —observó el zar.

—¿Qué rumores? —inquirió la zarina.

—No importa, amor. No lo entenderías.

Después de leer un cuento al zarevich, Rasputín se despidió.

—¿Cuándo regresará al cuartel general? —preguntó al zar.

—Pasado mañana.

—En ese caso, no vendré mañana.

—Entonces, dame tu bendición.

Rasputín le miró directamente a los ojos; los suyos estaban tristes.

—No. Esta vez, yo soy el que necesita su bendición.

Se arrodilló a los pies del zar. Ligeramente azorado, el zar hizo la señal de la cruz sobre su cabeza. Cuando se levantó, Rasputín abrazó fuertemente al zar y besó a la zarina. Salió apresuradamente.

—¿No te parece que Grígori está un tanto extraño últimamente? —preguntó el zar.

Rasputín despertó al día siguiente sintiéndose pesado y embotado. Trató de rezar, pero diríase que tenía la mente envuelta en una nube de oscuridad. Los solicitantes empezaron a llegar poco después de las diez; afortunadamente, hacía tanto frío que había menos que de costumbre. Una mujer, que quería que Rasputín sacara a su hijo del ejército, dejó una buena suma de dinero en billetes. Cuando se hubo marchado, Dunia entró y cogió algunos; sabía que Rasputín los regalaría probablemente antes de que terminara la mañana. Lo encontró escribiendo una carta.

—¿Qué está haciendo?

—Estoy escribiéndole al zar, pidiéndole que saque a alguien del ejército.

—¿No lo verá hoy?

—No.

Estaba hablando con el último solicitante, un banquero que quería que lo conectara con el ministerio de la Guerra, cuando entró Dunia.

—Madame Vyrubov quiere verle. Dice que es urgente.

Rasputín se deshizo del banquero, prometiéndole que haría todo lo posible. Ana entró presurosa en la estancia; llevaba la capa y las botas de piel cubiertas de nieve. Cojeaba mucho como resultado del accidente.

—Grígori, ¿qué es todo esto de que va a ir a casa de Yusupov esta noche?

—Me ha invitado para que conociera a su esposa.

—Mama ha investigado. Su esposa se encuentra en Crimea.

—Lo sé. Regresa hoy.

Ana cogió ambas manos de Rasputín.

—Prométame que no irá.

—¿Lo pide Mama?

—No, lo pido yo. Pero a Mama le parece que es muy raro. Y yo hablé con Protopopov esta mañana. Dice que se ha extendido un rumor de que algo le va a ocurrir a usted. Purishkevich ha hecho insinuaciones.

—No creo que Félix conozca a Purishkevich.

—No importa. Es peligroso salir a medianoche.

Rasputín se llevó una mano de Ana a la mejilla.

—Aniushka, no puedo decepcionarlo. Se lo prometí.

Ana suspiró y bajó la mirada. Estaba tan acostumbrada a aceptar todo lo que él decía que le era difícil oponerse.

—Pero, ¿por qué tan tarde?

—Para que sus parientes no se enteren de la visita. Su padre me odia.

—Está bien. Usted sabe lo que hace —Ana se puso de pie y le cogió una mano, mirándolo directamente a los ojos—. ¿O no?

Rasputín le sonrió; tenía expresión de cansancio.

—¿Qué más quiere? Ya lo ha recibido todo.

Una hora más tarde, Protopopov le llamó por teléfono. Era evidente que había hablado con Ana. Le repitió lo que ella ya le había dicho: que había rumores de que algo le ocurriría y que Purishkevich parecía estar detrás de ello.

—Pero Félix no conoce a Purishkevich.

—Sí que lo conoce. Mis agentes los vieron juntos por la mañana después del discurso de Purishkevich en la Duma. Estuvieron casi una hora en su oficina.

—Está bien. Le preguntaré al respecto cuando lo vea. Pero Félix es demasiado cobarde para matar a nadie.

Simanovich llegó esa tarde para encargarse de las cartas que Rasputín no había abierto. Él también había oído los rumores. Después de tomar el té en la cocina con Dunia, preguntó:

—¿Qué es todo esto de que va a salir a medianoche?

—Únicamente para ir a casa de Yusupov. Vendrá a buscarme.

—No vaya.

—Es usted la tercera persona que me dice eso hoy. Tengo que ir. Lo prometí.

Cuando Yusupov llegó, poco después de la medianoche, Dunia dormía en su sillón y las chicas estaban acostadas. Rasputín salió silenciosamente. Yusupov parecía abatido y estaba pálido. Llevaba un enorme abrigo de piel y una gorra de piel con orejeras.

—¿Por qué está tan tapado? —inquirió Rasputín.

—¿No estuvimos de acuerdo en que sería un secreto?

—No es precisamente un secreto. Protopopov me llamó y me dijo que pensaba usted matarme.

—¡Qué!

Yusupov parecía un conejo espantado y Rasputín se rió a carcajadas. Entraron en el coche. Yusupov miró por la ventana trasera antes de emprender el trayecto. Rasputín, que se había sentido extrañamente intranquilo, se relajó repentinamente.

—¿Por qué no vamos mejor a la Villa Rode a escuchar música gitana?

—Si gusta. Pero mi mujer lo espera.

—¡Oh! Está bien. —Miró por la ventana—. ¿Por qué vamos por aquí?

—Por si nos siguen.

—Mandé a los policías secretos a su casa. Les dije que no saldría esta noche.

Diez minutos más tarde, se detuvieron frente a la casa de Yusupov. Hacía poco que se había mudado y había todavía postes del andamiaje en la calle. La música de una banda de jazz norteamericana flotaba en el tranquilo y frío aire.

—¿Qué pasa? ¿Dais una fiesta?

—No. Mi mujer invitó a unos amigos. Iremos al comedor y tomaremos el té.

La casa olía a pintura fresca. Yusupov le precedió, bajando por las escaleras recién alfombradas hasta el sótano. Rasputín miró a su alrededor con curiosidad. Esta habitación había sido también pintada y amueblada recientemente.

—¿Té? ¿O prefiere vino?

—Ninguno de los dos. Esperaré hasta que baje su esposa.

—Entonces, ¿qué desea?

—Que toque algo en la guitarra.

Mientras Yusupov tocaba una melodía húngara, Rasputín se paseó por la estancia. Examinó atentamente una enorme vitrina antigua, abrió la puerta y miró sus múltiples compartimentos y estantes. La música de arriba había cesado. Yusupov dejó de pronto de tocar.

—Iré a ver si Irina está lista. ¿Por qué no come un poco de pastel?

—No, gracias. No me gusta el pastel.

—¿Vino dulce?

—Cuando llegue su esposa. Brindaré por ella.

Yusupov salió de la habitación. Rasputín se acercó a un gran crucifijo de cristal que se encontraba en el rincón. Al examinar el cuerpo de Cristo, detenido por clavos de plata, lo inundó una extraña tristeza. Se arrodilló frente al crucifijo, agachó la cabeza y rezó.

Detrás de él, Yusupov abrió la puerta. Permaneció inmóvil cuando vio que Rasputín rezaba. Entonces, de dos grandes zancadas, atravesó la habitación. Rasputín siguió rezando silenciosamente, si bien debió de oír que la puerta se abría. Yusupov sacó un revólver del bolsillo. Estaba muy pálido y le temblaban los labios. Alargó el brazo, con el revólver en la mano, cerró los ojos y apretó el gatillo. El estallido fue ensordecedor en la pequeña habitación. Rasputín lanzó un grito ahogado y cayó de bruces. Se oyeron pisadas en las escaleras y cuatro hombres entraron atropelladamente. El primero era Vladimir Purishkevich, un hombrecillo calvo de barba cuadrada. Miró a Rasputín que yacía boca abajo y gritó:

—¡Bravo, chico! ¡Lo has hecho!

Le dio una palmada en la espalda a Yusupov.

En ese momento, la luz se apagó. Yusupov gritó, aterrorizado. La luz volvió a encenderse y un joven en uniforme de oficial dijo:

—Lo siento, toqué accidentalmente el interruptor.

Yusupov se volvió hacia él.

—¡Por Dios! ¡Idiota! ¿Quiere que me dé un ataque cardíaco?

Un hombre barbudo en levita se arrodilló junto a Rasputín. Puso el cuerpo boca arriba y buscó el pulso.

—Está muerto, no cabe duda.

Yusupov y Purishkevich se abrazaron mutuamente. Los otros tres hombres dieron palmadas en la espalda a Yusupov.

—Esta noche, ha salvado a Rusia —le dijo Purishkevich.

Yusupov se sentía generoso.

—*Nosotros* salvamos a Rusia.

El joven en uniforme de oficial, el gran duque Dmitri Pavlovich, el mejor amigo de Yusupov, informó:

—Necesito un trago fuerte.

Los cinco hombres subieron.

En el pasillo, uno de los conspiradores, un hombre llamado Sukhotin, se puso el pesado abrigo de piel y la gorra de Rasputín y subió al coche. Su cometido consistía en regresar a casa de Rasputín y entrar por la puerta trasera, dando la impresión a la policía secreta de que Rasputín había regresado a casa.

En la habitación encima del sótano, Yusupov sirvió grandes cantidades de vodka. Todos bebieron solemnemente.

—Por Rusia.

La mano de Yusupov seguía temblando.

El hombre de levita, un tal doctor Lazovert, preguntó:

—¿Cuándo lo sacamos?

—Más vale esperar a que Sukhotin regrese con el coche.

Yusupov dio cuerda al gramófono y puso un disco. Entonces, mientras los demás hablaban emocionados, salió de la estancia.

En el sótano, Rasputín seguía tumbado boca arriba, tal como lo había dejado Lazovert. Yusupov atravesó cautelosamente la habitación y lo miró fijamente. Se arrodilló junto al cuerpo, miró por encima del hombro y desabrochó el pantalón de Rasputín. Empezó a tirar de él para bajárselo. En ese momento, el cuerpo se crispó. Yusupov miró la cara y gritó. Los ojos de Rasputín estaban abiertos y miraban enfurecidos a Yusupov. De una sacudida, se incorporó y se arrodilló. Cuando Yusupov trató de alejarse rodando, Rasputín lo agarró por el cuello. Yusupov soltó un aullido y peleó como un gato. De pronto, se encontró libre nuevamente. Rasputín había vuelto a rodar y estaba boca arriba nuevamente, con los brazos en cruz y los ojos cerrados. Yusupov subió a toda velocidad y encontró a Purishkevich en el pasillo.

—¡Está vivo! ¡Todavía está vivo!

Cuando Lazovert salió para ver lo que ocurría, Yusupov gritó:

—¡Idiota! ¡Dijiste que estaba muerto!

—¡Dios mío! —exclamó Purishkevich.

Yusupov se volvió y vio a Rasputín subiendo las escaleras a gatas. Al divisar a los hombres arriba, empezó a gritar y rugir; no eran palabras, sino más bien los sonidos que habría emitido un toro herido.

—¿Dónde está el revólver? —preguntó Purishkevich y entró corriendo en la habitación.

Rasputín llegó al último peldaño de la escalera, se puso de pie tambaleante y corrió hacia una puerta lateral. Ésta se abrió y entró un hálito de aire nocturno. Purishkevich regresó, blandiendo el revólver.

—¿Dónde está?

—Afuera, en el patio.

Purishkevich salió, seguido de los demás. Rasputín gateaba hacia el portón. Purishkevich se le acercó, sereno, apuntó y disparó. Rasputín cayó boca abajo.

Un momento más tarde, un policía apareció en la entrada.

—¿Qué ocurre?

Yusupov se acercó apresuradamente al policía, que lo reconoció.

—¡Ah, es usted, alteza! Oí un disparo.

Yusupov lo agarró del brazo.

—Sí, no fue nada. Sólo un convidado tonto que está tratando de enseñarnos cómo mató a un oso de cerca.

Se echó a reír, pero sentía que se entrecortaba su voz. Agarró al policía del brazo y lo llevó a la calle.

—Realmente, no hay de qué preocuparse. No queremos un escándalo...

El policía saludó rápidamente.

Para entonces, había varias personas más en el patio. Eran los sirvientes de Yusupov. Purishkevich se encontraba de pie junto al cuerpo tumbado.

—Creo que sigue vivo. Acaba de moverse —dijo.

Dio un puntapié a la cabeza con el zapato de punta; se oyó un ruido apagado.

—Metámoslo en la casa —sugirió Yusupov.

Llevaron el cuerpo al comedor y extendieron periódicos en la alfombra con el fin de evitar las manchas de sangre. Mientras lo hacían, alguien tocó el timbre de la puerta. El sirviente entró y susurró a Yusupov:

—Hay un policía en la puerta... quiere verlo.

Era el mismo que vieron en el patio.

—Mire, señor, lo lamento, pero creo que debo pedirle más detalles. No puedo regresar y...

Se interrumpió, sobresaltado, cuando Purishkevich salió corriendo de la sala y lo agarró del brazo.

Los ojos del hombrecillo centelleaban.

—Hombre, ¿ha oído hablar de Rasputín? —preguntó con voz tensa y aguda.

El policía asintió con la cabeza.

—¿El hombre que ha estado traicionando nuestro país con los alemanes, el amante de la emperatriz?

Yusupov intentó interrumpir, pero Purishkevich alzó la voz.

—Bueno, pues está muerto. Lo hemos matado. Yo soy Vladimir Mitrafanovich Purishkevich, miembro de la Duma. Lo matamos para salvar a Rusia. Y si usted es un patriota, no dirá una palabra de esto. ¿Entiende?

El policía volvió a asentir con la cabeza, demasiado asombrado para hablar. El comportamiento de Purishkevich hacía pensar que estaba borracho.

—¡Ahora, déjenos hacer nuestro trabajo!

El policía permitió que lo sacaran por la puerta principal.

—¡Ahora sí que la has liado! —exclamó Yusupov—. Más vale que lo arrojemos al río en seguida. Tendremos la mitad de la policía aquí en un minuto.

La obvia histeria de Purishkevich lo hacía sentir calmado y superior. Entró en el estudio y sacó una porra del escritorio.

—¡Esto es por si acaso vuelve a despertar!

Mientras hablaba, Dmitri Pavlovich gritó:

—¡Félix! ¡Rápido! ¡Está vivo!

Rasputín luchaba por sentarse y con las manos arañaba el periódico que tenía debajo. Tenía la cara cubierta de sangre y una mejilla sangraba donde Purishkevich le había dado el puntapié. Con un grito de rabia, Yusupov se abalanzó sobre él; le golpeó violentamente con la porra, gritando:

—¡Hale! ¡Toma esto! ¡Esto hará que te acuestes!

Rasputín se derrumbó sin emitir sonido. Yusupov permaneció inmóvil encima de él, atacándolo con la porra.

Finalmente, Dmitri Pavlovich lo agarró del brazo.

—Basta. Está muerto. ¿Quieres llenarte de sangre?

Yusupov soltó la porra, se volvió y empezó de pronto a llorar histéricamente. Entonces se volvió otra vez y miró el rostro apaleado, que ya parecía totalmente inhumano, y se desmayó.

Purishkevich se dirigió a los sirvientes, que se encontraban en el umbral de la puerta.

—Consigan una manta y envuélvanlo. ¡Apresúrense! La policía podría llegar en cualquier momento.

Lo arrastraron por los pies, con la cabeza golpeando los escalones, dirigiéndose hacia el coche.

EPÍLOGO

El 17 de diciembre de 1916, la zarina escribió al zar en el cuartel general: «Esta noche, gran escándalo en casa de Yusupov... gran reunión, Dmitri, Purishkevich, etc., todos borrachos, la policía oyó tiros, Purishkevich salió corriendo y gritó a la policía que nuestro amigo había sido asesinado... Félix dice que nunca fue a su casa. Sigo confiando en la merced de Dios que sólo lo hayan hecho huir a algún sitio...»

Ésta fue la última carta que la zarina escribió a su marido. El primero de enero, cuando sacaron el cuerpo de Rasputín del hielo, Nicolás regresó inmediatamente a Petrogrado para consolar a su mujer. Dos días más tarde, Rasputín fue enterrado en el parque imperial de Zarskoé Selo. Para entonces, María había encontrado la carta de su padre, en la cual predecía su propia muerte, y se la entregó a la zarina:

La carta decía:

El espíritu de Grígori Efimovich Novhyk de la aldea de Pokrovskoé.

Escribo y dejo la presente carta en San Petersburgo. Tengo la impresión de que dejaré esta vida antes del primero de enero. Deseo hacer saber al pueblo ruso, a Papa, a la Madre rusa y a los niños, a la tierra de Rusia, lo que deben comprender. Si me matan unos asesinos comunes y particularmente mis compañeros campesinos, vos, zar de Rusia, no tenéis nada que temer, permaneced en el trono y gobernad, y vos, zar de Rusia, no tendréis por qué temer por vuestros hijos, pues reinarán durante cientos de años en Rusia. Pero si me asesinan unos boyardos, unos nobles y si derraman mi sangre, sus manos permanecerán manchadas con mi sangre, no podrán lavarse mi sangre de las manos en veinticinco años. Se irán de Rusia. Hermanos matarán a hermanos y se matarán mutuamente y se odiarán y, durante veinticinco años, no habrá nobles en el país. Vos, zar de la tierra de Rusia, si oís el repicar de una campana que os diga que Rasputín ha sido asesinado, debéis saber esto: si fueron vuestros parientes los que causaron mi muerte, entonces nadie de vuestra familia, es decir, ninguno de vuestros hijos o parientes vivirá más de dos años. El pueblo ruso los matará. Me voy y percibo la orden divina de decir al zar del pueblo ruso cómo ha de vivir si he desaparecido. Debéis reflexionar y actuar con prudencia. Pensad en vuestra seguridad y decid a vuestros familiares que he pagado por ellos con mi sangre. Me matarán, ya no formo parte de los vivos. Rezad, rezad, sed fuerte, pensad en vuestra bendita familia.

GRÍGORI

Dmitri Pavlovich y Yusupov eran ambos miembros de la familia real, Dmitri por lazos de sangre y Yusupov por lazos matrimoniales.

El zar no regresó al frente. Diríase que una extraña apatía lo había invadido.

En 1917, empezó la Revolución. En enero hubo huelgas y manifestaciones de protesta. El 8 de marzo hubo motines por la escasez de pan. Dos días más tarde, la policía disparó contra la multitud, que repetía, como un cántico: «Muerte a la alemana.» El regimiento de Volinski se rebeló y otros le siguieron; aparecieron barricadas en las calles. La Duma sancionó la formación de un gobierno provisional.

Cuando el zar trató de salir del palacio, los soldados se lo impidieron con sus rifles, diciéndole: «No puede irse, señor coronel.» Había esperado demasiado tiempo antes de seguir el consejo de Rasputín de que fuese prudente y pensara en su seguridad.

El 16 de abril, Lenin llegó por tren a Petrogrado. Durante cierto tiempo no fue más que un agitador; Kerenski estaba al frente del gobierno provisional. Pero, en octubre, los bolcheviques se apoderaron de los principales edificios de Petrogrado. Con el tiempo, esa ciudad pasó a llamarse Leningrado, así como la Zaritsyn de Iliodor se llamó Stalingrado.

En agosto de 1917, Kerenski había llevado a la familia real a Tobolsk; en el trayecto, en barco fluvial, pasaron por Pokrovskoé, donde vieron la casa de Rasputín, más alta que las demás, frente al río.

María Rasputín se había casado y su esposo, un joven místico llamado Boris Soloviev, pensaba rescatar a la familia real. El obispo Hermógenes, que, irónicamente, se había convertido en obispo de Tobolsk, ofreció su ayuda. Pero el zar se negó a cooperar a menos que recibiera la promesa de que no tendría que salir de Rusia.

En abril de 1918, la familia real fue transferida a Ekaterinburgo. El 16 de julio, cuando hubo rumores de que el ejército de rusos blancos avanzaba, los llevaron a todos al sótano de la casa y los asesinaron. Dispararon primero contra Nicolás; la zarina y los niños cayeron de rodillas y les dispararon en esa posición. Cuando la princesa Anastasia se movió, la golpearon con la culata de un rifle. Una mujer que obtuvo posteriormente fama al asegurar que era Anastasia, insistió en que sólo estuvo inconsciente por los golpes y que era la única superviviente.

Los asesinos de Rasputín nunca fueron castigados. Purishkevich murió del tifus en el sur de Rusia, tras luchar contra los blancos; había escrito un libro titulado *Cómo maté a Rasputín*. Yusupov se fue a París, donde escribió también un libro titulado *Rasputín: su influencia maléfica y su asesinato*. Su relato del asesinato contiene discrepancias obvias. Por ejemplo, insiste en que primero dio a Rasputín pasteles envenenados con cianuro, sin saber, por lo visto, que el cianuro necesita pocos segundos para matar. Asegura que Rasputín le daba la cara cuando le disparó, pero no explica por qué la entrada de la herida causada por la bala se encontraba en la espalda. Mas, hasta la muerte de Yusupov, era peligroso mencionar las sospechas o poner en duda su propio relato de los motivos patrióticos que le hicieron asesinar a Rasputín; en 1934 demandó a la Metro Goldwyn Meyer por hacer una película titulada *Rasputín, el monje loco,* en la que se sugería que el motivo del asesinato de Rasputín era la venganza, pues Rasputín había violado a su esposa; ganó 375 000 dólares. En 1965 demandó a la Columbia Broadcasting System por invasión de la intimidad cuando presentaron una obra de teatro acerca de Rasputín; en esta ocasión, perdió.

Cuando, en 1961, conocí a María Rasputín en Los Ángeles, después de haber escrito un libro sobre su padre, me contó algunos de los hechos reales de la vida de este personaje. Éstos son los que he intentado mostrar en la presente historia.

Índice onomástico

MEMORIA de la HISTORIA

Títulos publicados

1/Fernando Vizcaíno Casas
ISABEL, CAMISA VIEJA
El popularísimo escritor español aborda el género biográfico con gran rigor y amenidad.

2/Carlos Fisas
HISTORIAS DE LAS REINAS DE ESPAÑA
*La Casa de Austria
Una semblanza sorprendente de las grandes desconocidas de nuestra historia: las mujeres que compartieron el trono de España.

3/Juan Antonio Vallejo-Nágera
PERFILES HUMANOS
Protagonistas de la Historia vistos desde un ángulo insólito.

4/Juan Eslava Galán
YO, ANÍBAL
La figura trágica de Aníbal, que, haciendo honor a un juramento emitido en su infancia, se propuso sojuzgar a Roma y restituir a Cartago el dominio del Mediterráneo.

5/J. J. Benítez
YO, JULIO VERNE
Confesiones del más incomprendido de los genios.

6/Néstor Luján
LA VIDA COTIDIANA EN EL SIGLO DE ORO ESPAÑOL
Una visión amplísima y profunda de uno de los períodos más apasionantes de la historia de España.

7/Fernando Díaz-Plaja
A LA SOMBRA DE LA GUILLOTINA
La cara sangrienta de la Revolución francesa cuando el trágico invento era dueño de Francia.

8/Fernando Vizcaíno Casas
LAS MUJERES DEL REY CATÓLICO

Una apasionante combinación de historia y fantasía, documento y novela, tan rigurosa y amena como Isabel, camisa vieja.

9/Cruz Martínez Esteruelas
FRANCISCO DE BORJA, EL NIETO DEL ESCÁNDALO

El gran santo jesuita en el apasionante escenario del siglo XVI.

10/Cristóbal Zaragoza
YO, JUAN PRIM

Una espléndida interiorización del drama, la agonía y la muerte del general Prim.

11/Ricardo de la Cierva
YO, FELIPE II

Un retrato histórico plenamente humano y muy distinto de las interpretaciones rutinarias.

12/Carmen Barberá
YO, LUCRECIA BORGIA

La turbulenta y dramática vida de uno de los personajes femeninos más enigmáticos de la historia.

13/Juan Antonio Vallejo-Nágera
LOCOS EGREGIOS

Una visión muy original de personajes esenciales del pasado.

14/Carlos Fisas
HISTORIA DE LAS HISTORIAS DE AMOR

«El Amor es un no sé qué que empieza no se sabe cómo y termina no se sabe cuándo.»

15/Eduardo Chamorro
YO, CONDE-DUQUE DE OLIVARES

Luces y tinieblas de un hombre que intentó llevar a cabo un ambicioso programa de reformas para España.

16/Carlos Fisas
HISTORIAS DE LA HISTORIA

El popular espacio radiofónico corregido y aumentado.

17/Carlos Fisas
HISTORIAS DE LA HISTORIA/Segunda serie

Las anécdotas más sorprendentes y divertidas de los grandes personajes del pasado.

18/Carlos Fisas
HISTORIAS DE LA HISTORIA/Tercera serie

Intimidades y sucesos históricos contados por el más ameno de los cronistas.

19/Carlos Fisas
HISTORIAS DE LA HISTORIA/Cuarta serie
Episodios curiosos y significativos que le harán pasar un rato divertido.

20/José María Gironella
YO, MAHOMA
Un retrato vivo y profundo de uno de los personajes que más han contribuido a la historia de la humanidad.

21/Su Alteza Real Princesa Miguel de Kent
REINAS QUE VIENEN DE LEJOS
Retratos de ocho mujeres que ejercieron una gran influencia en la historia de sus países de adopción.

22/José Luis Martín Vigil
YO, IGNACIO DE LOYOLA
Un libro ameno, polémico y riguroso sobre el fundador de la Compañía de Jesús.

23/Rafael Abella
LOS PIRATAS DEL NUEVO MUNDO
El relato de uno de los episodios más sangrientos de la historia que se lee como la más apasionante novela de aventuras.

24/José Luis Olaizola
EL CID, EL ÚLTIMO HÉROE
Un relato que permite comprender quién fue realmente este gran personaje de la Edad Media.

25/María José y Pedro Voltes
MADRES Y NIÑOS EN LA HISTORIA DE ESPAÑA
Grandezas y miserias de la vida íntima de otros tiempos.

26/Fernando Fernán-Gómez
HISTORIAS DE LA PICARESCA
Desde la antigüedad hasta hoy, un retrato de la peripecia humana a través de un anecdotario sorprendente.

27/Fernando Díaz-Plaja
LAS ESPAÑAS DE GOYA
Desde el rey hasta el mendigo, desde el sueño feliz hasta la pesadilla, toda una época reflejada en la obra de un pintor genial.

28/Juan Manuel González Cremona
CARLOS V, SEÑOR DE DOS MUNDOS
La vida del hombre que, entre su nacimiento en un excusado y su muerte en un monasterio, fue el gobernante más poderoso de la Tierra.

29/Néstor Luján
EL COLLAR DE MARÍA ANTONIETA

Una intriga que sacudió los cimientos de Francia en vísperas de la gran Revolución.

30/José Luis Vila-San-Juan
CORONAS SIN CABEZA, CABEZAS SIN CORONA

Quiénes fueron, y por qué les destronaron, los últimos soberanos de las grandes monarquías convertidas en repúblicas.

31/Víctor Alba
LINCOLN

La vida de uno de los personajes más singulares de la historia contemporánea a través de las crónicas de un imaginario periodista.

32/Carlos Fisas
HISTORIAS DE LAS REINAS DE ESPAÑA
**La Casa de Borbón

Divertidas anécdotas y episodios picantes de la vida privada y pública de algunas de las mujeres que más influyeron en el destino de nuestro país.

33/Ottorino Gurgo
PILATOS

Una visión distinta de la personalidad atormentada de un hombre que ha simbolizado siempre la cobardía y el cinismo.

34/Rafael Conte
YO, SADE

La frenética vida de un personaje que llegó a unos excesos criminales y sexuales que nadie se había atrevido a imaginar.

35/Jesús Torbado
YO, PABLO DE TARSO

La vida inquieta y conflictiva de un hombre que fue decisivo para la evolución de la cultura occidental.